かへり見すれば

久保木哲夫

青簡舎

はじめに

さる雑誌社から何か思い出話でも書いてみないか、との話があった。教育界に長くいたのだからそこから得られたことでもいいし、専門の国文学に関することでもいい、あるいは身辺の出来事でもいい、どんなことでもいいからしばらく連載してみないか、との話であった。

連載の総タイトルは編集部と相談して「かへり見すれば」とした。「かへり見」には、うしろを振り返る、反省する、などの意がある。こういう機会にわが身を振り返って見るのも悪くはないと思った。古典の研究者らしく、「かえり見」とはせず、わざわざ「かへり見」とした。

もっとも厳密にいうと、古語としての「かへり見」には、本来過去を振り返るという時間的な意味はあまりなかったらしい。たとえば現代語では、挨拶などの際に、「顧みますと、私は入社以来……」などと用いられたりするが、古語ではほとんどそういう使い方をしない。空間的に、単にうしろを振り返るという意味で用いられることが多い。教科書などに採られていて有名な万葉集の歌に、

ひんがしの野にかぎろひの立つ見えてかへり見すれば月かたぶきぬ

という柿本人麻呂のものがあるが、この「かへり見すれば」がそうである。東の野にほのかな明け方の光がさしはじめているのが見え、振り返って見ると、月は西に傾いている。広大な原

野、月と日とがまさに入れ代わろうとしている空、万葉集を代表する雄大な叙景歌として知られているが、この例などは典型的に「うしろを振り返る」という意であろう。

またわれわれ世代には哀切な響きとともに忘れられない、

海行かば水漬くかばね　山行かば草むすかばね　大君の辺にこそ死なめ　かへり見はせじ

という歌も、やはり万葉集中に見えるものだが、一首の歌として独立して載っているのではなく、長歌の一部として見られるものである。ただしこの「かへり見」はちょっと微妙である。

もし海を行くなら水びたしの屍に　山を行くなら草に覆われた屍に　たとえそうなっても

大君のおそば近くで死のう　決してわが身を振り返ったりはしない

「うしろを振り返る」という基本的な意味はそのままだが、ここは先の例とはやや異なり、抽象的で、むしろ、私は決して後悔しないだろう、といったほどの意味で用いられている。

これまで私が書いてきた文章はほとんどが専門の国文学に関する論文だった。そこではなるべく客観的に記述しようという意味もあって、極力「私」という語を使わないようにしてきた。しかし一度、思う存分「私」という語を使った文章を書いてみたいという気持ちもどこかにあった。後悔するしないにかかわらず、とにかく自分の歩んできた道を、研究面や教育面も含めて振り返ってみたかった。

かへり見すれば　目　次

はじめに　1

I

「今こそ別れめ」―文語文―　8
「七夕」と「たなばた」―常識を疑う―　15
漱石もうっかり―ミス―　23
注釈の役割り　30
仮名と漢字―悩ましい使い分け―　37
「百人一首」あれこれ　46
「心の闇」―親と子―　55
愛情確認の今昔―贈答歌―　63
名前と読み　72
おビール―敬語の問題―　81
短詩型文学　92

Ⅱ

折の文化 102
干支（えと） 111
正月行事 120
仲秋無月 128
地震 136
本と私 144
書 ―歴史と人を刻む― 153
文法教育 163
書写教育 173
御堂関白記 ―世界記憶遺産― 183
冷泉家 ―古典籍を伝える― 192

Ⅲ

消えた母校 202
地方の小さな公立大学 212

クラブ活動 221
茶髪 ―社会的規範― 230
研究会 237
外国語 245
教育の評価 253

Ⅳ

東北弁 262
少年期 270
恩師 278
家庭菜園 287
私の戦後 295
近代医学 303
手術 ―あとがきに代えて― 313

I

「今こそ別れめ」―文語文―

言葉は変わる。時代によってまったく新しい言葉が生まれてくることもあるし、同じ言葉でも、少しずつ意味が広がったり、時代とともに変化したりする。時に大きく変わることもある。枕草子に、

うつくしきもの　瓜に描きたるちごの顔。

という一文があり、

雛の調度。蓮の浮き葉のいと小さきを池より取り上げたる。葵のいと小さき。何も何も、小さきものはみなうつくし。

と言っている。ここにいう「うつくし」は、現代語の「美しい」とはかなり概念が違っている。少なくとも beautiful の意ではない。瓜に描いた赤ちゃんの顔。ひな遊びの道具。蓮の葉っぱの大変小さいのを池から取り上げたの。祭に使われる葵で大変小さいの。そして、「何も何も、小さきものはみな「うつくし」と言っている。要するに「かわいらしい」というほどの意味なのである。

仰げば尊し

変わるのは単語の意味だけではない。部分的にだが、文の構造が変わることもある。たとえば「仰げば尊し」はわれわれにとって大変懐かしい歌である。卒業式ではどこの学校でも必ず歌った。

仰げば尊し　我が師の恩
教への庭にも　はや幾とせ
思へばいと疾し　この年月
今こそ別れめ　いざさらば

ところが歌詞はむずかしいし、先生が生徒に「仰げば尊し　我が師の恩」などと強要することはいかがなものかというような議論もあって、最近では新しい歌である「贈る言葉」や、「世界に一つだけの花」「いい日旅立ち」あるいは「卒業」などが歌われるようになって、すたれてきた、という。確かに文語文で、日常的にはあまり使われない言葉が用いられている。「はやいくとせ」とか、「おもえばいととし」などは、耳で聞いただけではわかりにくいかもしれない。

そんな話を雑談でしていたら、びっくりしたことがあった。「今こそ別れめ　いざさらば」は、「今がちょうどその別れ目、さようなら」の意だと思っていた人が何人もいたのである。

中学や高校で習ったと思うけれど、古典文法には係り結びの法則というのがあってね、などというようなことを、かなり一生懸命説明しなければならなくなった。「ぞ」「なむ」「や」「か」などの助詞が用いられると、それを受ける文節は終止形ではなく、連体形で結ぶ、また「こ

ぞ」という助詞が用いられると、やはり終止形ではなく、この場合は已然形で結ぶ。たとえば、

花咲きけり

という文があって、強意の助詞である「ぞ」が用いられると、

花ぞ咲きける

となるだろうし、同じ強意の助詞でも「こそ」が使われれば、

花こそ咲きけれ

となる。もし疑問の助詞である「や」を添えると、

花や咲きける

となろう、といった具合である。この場合は、もともと、

今別れむ

という言い方で、「今別れましょう」という意味だったのだが、それを強める意味で「こそ」を使ったために、意志を表す助動詞の「む」が已然形になって、「め」となり、

今こそ別れめ

となったのだ。従って「め」は「目」ではなく、意味としては、

今まさに別れましょう。さようなら。

ということになる。そんなことを熱心に喋った。係り結びの法則などというのは古典文法では初歩の初歩なのだが、皆さんは案外忘れていらっしゃる。方言などに多少残っているところもあって完全にではないようだが、現代語ではほぼ消滅してしまった語法でもある。

蛍の光

　たまたまテレビを見ていたら、「題名のない音楽会」という番組が「卒業式の歌特集」というのをやっていて、最近あちこちで歌われている評判の曲、たとえば、現役の中学校の先生たちによって作詞作曲された「旅立ちの日に」などを演奏していた。最後に、全国でどんな曲がよく卒業式で歌われているかという、ベストテンみたいなことの発表があり、それによると、やはり「仰げば尊し」や「蛍の光」が圧倒的に多かった。敬遠されているとは聞いていたけれど、まだまだ人気があるのだと思った。その「蛍の光」の場合もまた歌詞がむずかしいという声をよく聞く。

　蛍の光　窓の雪　　　とまるも行くも　限りとて
　書読む月日　重ねつつ　　かたみに思ふ　ちよろづの
　いつしか年も　すぎの戸を　　心のはしを　ひとことに
　開けてぞ今朝は　別れゆく　　さきくとばかり　歌ふなり

　まず一番の冒頭部分には、中国における「蛍雪の功」などという故事が踏まえられているから、そのことについての説明が必要であろう。二番の「かたみに」は、「形見に」ではなく、お互いに、の意。「ちよろづの」は、千万の、数え切れないほどたくさんの、の意で、「さきくと」は、お幸せに、ご無事で、などの意である、といったようなこともわざわざ説明しなければなるまい。

「いつしか年も　すぎの戸を」という表現も厄介である。これは伝統的な和歌的技法で、「いつしか年も過ぎ」と「杉の戸を開けてぞ今朝は」というように、「すぎ」の部分がいわゆる掛詞（かけことば）になっている。たとえば中世を代表する歌人の藤原定家に、

　ことぞともなくて今年もすぎの戸の明けておどろく初雪の空

格別どうということもなくて今年も過ぎ、杉の戸が開けるように年も明けて、何とまあおどろくほどの初雪の空だ、という内容の歌があり、これも「すぎ」の部分が掛詞になっている。

少しでも古典の和歌に慣れ親しんでいる者にとってはこうした掛詞のような表現はごくありふれた技法なのだが、現代語の表現としてはあまり使われないから、一般の人にとってはやはり戸惑うことになるのかもしれない。

影を慕ひて

同じ日本語なのにこんなにも違う。文語文はわかりにくい。だから古典がだんだん遠くなる。最近俳句に親しむ人が増えて、意図的に、非日常的な文語文で表現しようとする人が増えてきたのはそうした意味ではよろこばしいことだが、俳句雑誌などを開いていると、時どきおかしな文語文、おかしな表記にぶつかることがある。たまたま手もとにあった雑誌の中だけでも、

　奇蹟なく耐ふこと多し隙間風

　山茶花の笑顔迎へるいで湯宿

など、たちどころにいくつかを拾い出すことが出来る。前者は「耐ふ」が下二段活用であって

四段活用ではないから、「こと」という体言に接続する場合は「耐ふこと」ではなく、「耐ふること」でなければならないし、後者は「迎へる」が、口語なのか文語なのかはっきりしない。もし口語なら現代仮名遣いで「迎える」としたいし、歴史的仮名遣いで書いてあるのだから文語だとすると、「迎ふる」とありたい。

現代人による俳句だけではない。有名な歌謡曲の中にも首をかしげざるを得ない表現がある。以前から気になっているものに、「影を慕ひて」という歌がある。

まぼろしの
影を慕ひて　雨に日に
月にやるせぬ　我が想ひ
つつめば燃ゆる　胸の火に
身は焦がれつつ　しのび泣く

哀愁を帯びたギターのイントロとともに評判の名曲であるが、この「月にやるせぬ我が想ひ」がおかしい。現代語の「ない」には二通りあって、たとえば、

見ない人　行かない時

などの「ない」と、

心ない仕打ち　さりげない態度

などの「ない」とは違う。前者は打消の助動詞で、後者は形容詞である。従ってもしそれを文語的に言おうとするなら、前者は、

見ぬ人　　行かぬ時

となるが、後者は、

心ぬ仕打ち　　さりげぬ態度

とはならない。あくまでも形容詞として、

心なき仕打ち　　さりげなき態度

と言わなければならない。「月にやるせぬ我が想ひ」も同じである。もともとは「やるせなし」という形容詞だから、本当は

月にやるせなき　我が想ひ

でなければならないことになる。

言葉の意味の広がりや変化と、こうした誤りとは明らかに違う。誤りが時に正しい言い方を追いやってしまうこともあるが、なるべくなら正しい言い方を守りたい。

最近、哲学とか国文学、あるいは英文学など、直接生産にかかわりのない人文系学科は不要だとする空気があり、国の施策ともなっていて、どうかすると片隅に追いやられようとしている。文化の継承という面から見ると、甚だ「心もとなき」思いがするのである。

「七夕」と「たなばた」

―常識を疑う―

常識というのは時に疑ってみる必要があるとつくづく思う。七夕伝説は、牽牛星と織女星とが毎年七月七日の夜、一年に一度だけ天の川を渡って相逢うというのが話の基本である。ところが中国では、天の川を渡るのはもっぱら女の織女星であるのに対し、日本では、ほとんどが男の側の牽牛星が渡る形になっている。それは男が女のもとに通うという古代日本の婚姻形態と関係があるのではないか、そうした影響を受けての変化ではないか、と一般には解されている。

具体的に用例を見てみると確かにそのとおりで、日本でも漢詩の世界では中国と変わりないが、和歌の世界になると織女星はひたすら待つ女を演じている。具体例はいくらでもある。そんなことを考えながら万葉集や古今集の七夕関係の歌を見ていたら、まったく思いがけない問題にぶつかった。われわれがごく普通に使っている「七夕」という語は、実は「たなばた」とは本来読まなかったらしいし、意味も違っていたらしいのである。「七夕」と「たなばた」とは完全に異なる語であった。

万葉仮名

ご承知のように、わが国にはもともと固有の文字がなかった。お隣の中国から文字が入ってきて、ごく一部の知識人達がそれを使いこなせるようになった時、当然ながら文章は漢文だった。古事記も万葉集も漢字で記録されているが、基本的にはすべて漢文である。ただし地名や人名などの固有名詞、あるいは和歌の部分はそういうわけにはいかないので、大変な苦労をして特殊な使い方を工夫した。一般に万葉仮名と呼ばれている。たとえば、

多麻河泊尓　左良須弖豆久利　佐良左良尓　奈仁曽許能児乃　己許太可奈之伎

たまがはに　さらすてづくり　さらさらに　なにぞこのこの　ここだかなしき

（巻一四・三三七三）

のように、一字一音を利用して書いたり、

家有者　笥尓盛飯乎　草枕　旅尓之有者　椎之葉尓盛

いへにあれば　けにもるいひを　くさまくら　たびにしあれば　しひのはにもる

（巻二・一四二）

のように、「家（いへ）」「有（あり）」「盛（もる）」「草枕（くさまくら）」「旅（たび）」などと、いわば訓を利用して書いたりした。

なかには「相見鶴鴨（あひみつるかも）」のように、助動詞「つる」や助詞の「かも」を表すのに名詞の「鶴」や「鴨」を用いているような、一見ふざけたものもあるし、鹿や猪を意味する「しし」を書き表すのに、「十六」が用いられている例もある。まだ若かったころ、それ

を知った時には本当に驚いた。

「しし十六」、万葉時代の人がすでに九九を知っていたとは……！

ともかく大いに苦労したのであろう、ひとさまの文字を用いて四五〇〇首もの和歌を記録したのである。もっともそれを読む後世の人もまた苦労した。漢字だけで書いてある和歌をどう読むのか。平安時代の中頃から本格的な研究がはじまり、何とか大部分が読めるようになったのは鎌倉時代に入ってからである。今でも読めない文字を持つ歌が何首かある。

「たなばた」

ところで「七夕」である。万葉集には七夕関係の歌が全部で一三三首あり、そのうち、「たなばた」あるいは「たなばたつめ」という語が用いられている歌は一一首ある。表記の内訳は、

多奈波多　一例、　棚機　一例、　棚幡　一例、　織女　八例、

ということになる。そのうち「織女」は、同じ表記でありながら、ある歌では「たなばた」、ある歌では「たなばたつめ」と読まれている。次のような具合である。

織女之　袖続三更之　五更者　河瀬之鶴者　不鳴友吉　（巻八・一五四五）
たなばたの　そでつぐよひの　あかときは　かはせのたづは　なかずともよし

天漢　梶音聞　孫星　与織女　今夕相霜　（巻・二〇二九）
あまのがは　かぢのおときこゆ　ひこほしと　たなばたつめと　こよひあふらしも

おそらく、五・七・五・七・七の関係で、五音のところでは「たなばた」、七音のところで

は「たなばたつめ」と使い分けたのであろう。「たなばた」も「たなばたつめ」も、しかしいずれも織女星を意味していることに間違いはない。

そもそも「たなばた」とは「棚機」とも書くように、機織りの機械、織機を意味していたのであろう。その織機を操って機を織る娘、いわば機織り娘のことを「棚機つ女（たなばたつめ）」といい、その「たなばたつめ」が中国伝来の織女星と結びついた。ところが和歌の七音のところでは「たなばたつめ」がそのまま使えるけれど、五音のところでは都合が悪く、「たなばたつめ」の省略形である「たなばた」、織機の意味ではない、新しい意味の「たなばた」が生まれたのだと考えられる。万葉集における「たなばた」は、「たなばたつめ」と同じく基本的にはすべて織女星を意味する。

ところで右の表記の中に「七夕」はない。万葉集では「七夕」は用いられていないのかというとそうではなく、題詞のなかに一〇例、和歌のなかに二例ある。和歌の例は次のようなものである。

一年　七夕耳　相人之　恋毛不過者　夜深往久毛　（巻・一〇三二）
ひととせに　なぬかのよのみ　あふひとの　こひもすぎねば　よはふけゆくも

月累　吾思妹　会夜者　今之七夕　続巨勢奴鴨　（巻・一〇五七）
つきかさね　あがおもふいもに　あへるよは　いましななよを　つぎこせぬかも

要するに「七夕」は「たなばた」ではなく、「なぬかのよ」あるいは「ななよ」と読み、もっぱら七日の夜を意味していたのである。織女星を意味する「たなばた」とはまったく異なる、別な語であった。

混乱

先にも触れたように、万葉集の読みの研究には長い歴史がある。天暦五（九五一）年、村上天皇の命により、昭陽舎（通称「梨壺」）というところに和歌所が置かれ、大中臣能宣《おおなかとみのよしのぶ》、源順《みなもとのしたごう》、清原元輔《きよはらのもとすけ》、坂上望城《さかのうえのもちき》、紀時文《きのときぶみ》の五人が寄人《よりうど》に選ばれた。世にいう梨壺の五人である。彼らの仕事の内容は万葉集の解読と新しい勅撰和歌集の編纂であったが、それ以来営々とつづけられた万葉集の読みの研究はもっぱら和歌の部分であって、題詞には及んでいない。従って題詞がどう読まれてきたかということについてはわからないのだが、たまたま私の手もとにあった万葉集の注釈書に読みが施されたものがあって、題詞の「七夕」に「たなばた」とルビが付されていた。

これまでだったらおそらくそのまま見過ごしてしまうところだったろう。たまたま「七夕」に関心があった折だったので、私は、おや？　和歌本文の読みとこれは違うではないか！　おかしい！　と思った。

それから片っ端から万葉集の注釈書に当たってみた。なかには徹底して「なぬかのよ」とルビを付しているのもあったし、「しちせき」で通しているのもあった。しかし多くは「たなばた」であった。特に問題だと思ったのは、最も一般的なテキストとして座右に置かれることの多い、岩波書店の新日本古典文学大系や、小学館の新編日本古典文学全集所収の万葉集が、いずれも「たなばた」とルビを振っていたことであった。

漢字で書いてあるものを、当時どのように読んでいたかを知ることはしかしなかなかむずかしい。万葉集における「七夕」の場合はたまたま歌本文にも同じ文字があり、そこに読みが記されていたから一応それを根拠とみなすことが出来るが、その読みにしても実は後世の人による読みである。和歌本文と題詞とをまったく同じように扱っていいかという問題もあり、確実なところはわからない。それでは逆はどうか。「たなばた」を当時の人はどのように書いていたか。この問題は古い写本類を調べればある程度わかる。幸い和漢朗詠集や古今和歌集などは平安時代の写本が多少は残っている。

今度はそれらを片っ端から調べてみた。鎌倉時代の写本になると「七夕」表記がごく普通になるが、平安時代の写本はほとんどが仮名書きだった。仮名書き以外の場合は万葉仮名で書かれているものもあったが、「七夕」表記は一切なかった。興味深いのは和漢朗詠集の鎌倉時代の写本である。平安時代の写本には原則として見られないが、鎌倉時代になると漢詩について読みの施されているものが増えてきて、題の「七夕」にも「しつせき」とあるものがあった。いわゆる朗詠読みでは「七夕」は「しちせき」、あるいは「しっせき」と読まれていた可能性のあることがそれによって知られた。

そのほか西本願寺本三十六人集や陽明文庫に伝わる類聚歌合なども平安期の写本なので、それらも調べてみた。用例は非常に多く、ほとんどが仮名書きだったが、三例ほど「七夕」表記が見られた。また藤原師通の日記である後二条師通記には寛治六（一〇九二）年七月七日の条に、和歌が一首書かれており、そこにも「七夕」表記が認められた。こうしてみると、平安時代の後期、十一世紀の末ごろから十二世紀のはじめごろになってはじめて「たなばた」と「七夕」との混乱、表記の混乱が認められることになる。もっとも、現存資料においては、というただし書きがつくことになるから、それ以前に絶対になかったとは言い切れないし、もっと早い段階での混乱の可能性も十分に考えられるわけだが、少なくとも八世紀に成立したとされる万葉集においては、おそらく「たなばた」と「七夕」との混乱はまだなく、「七夕」を「たなばた」と読むようなこともなかったろうと思われる。

要するに万葉集においては、「たなばた」はもっぱら織女星を意味し、「七夕」は、「しちせき」あるいは「なぬかのよ」と読んで、七日の夜の意味のみを担っていたのだろう。ところが時代が下るに従って次第にその役割分担があいまいになってくる。やがて「たなばた」は必ずしも織女星だけを意味しなくなって、牽牛・織女の両者を意味したり、たなばた祭りという行事やその行事が行われる日を指したりするようになってくる。そうした意味上の混乱もあって、徐々に表記の混乱に結びついていったのだろう。

常識

そんなことがわかったので、改めてきちんとした資料を整え、論文の形式にし、学会誌に投稿した。小さな、どうでもいいような問題ではあったが、読んでくださった方々は、皆さん虚を突かれたような感じだったらしい。「七夕」は「たなばた」と読むものと思い込んでいたので……、ほとんど疑いもしなかったし……、まさに目からうろこ……、こんなことが論文のテーマになるなんて……、といったような感想が私のもとに寄せられた。知人である万葉集の研究者は頭を抱えてしまった。

古典文学大系や古典文学全集の校注者はそれぞれ複数で、いずれも著名な方々ばかりであるが、やはり「七夕」は「たなばた」と読むものとして疑いもしなかったのだろう。間違った知識を提供しつづけてきたのだからその罪は決して軽くはないが、しかし私はとてもその方々を非難する気にはなれない。偶然のことからたまたま気がついたけれども、私自身、やはりあたりまえのこととしてまったく疑いもしなかったのだから。常識も、時には疑ってみる必要があると、改めて心から思っている。

漱石もうっかり　―ミス―

誰にでもミスはある。もちろん私も例外ではない。ただ、自分のミスにはなかなか気がつかないのに、ひとさまのミスにはすぐ気がつく。著書や論文の抜刷りを送っていただき、目を通していると、変換ミスやミスプリントが忽《たちま》ち目につく。そうしたことに関しては自分でもびっくりするほど早い。これまでにどれほど多くのミスを見つけては友人たちに注意を促し、感謝されてきたことか。

ある時は出版社で、いま出来たばかりの本です、と言って、豪華な図録を見せてもらったことがある。そっと机の上に置いて、ぱらぱらとページを繰っていたら、早速はしがきのところにミスが見つかったので、編集者にその旨を告げた。編集者は慌てた。著者の方も私も随分丁寧に見たのですけれど、と言い、まだどこにも発送していませんし、目立つところなのでやはりそこだけ刷りなおします、とのことであった。製本までしなおすのは大変だと思ったら、そのページだけを取り換える特殊な技術があるのだそうである。余計な費用をかけさせてしまったね、と言ったら、いえ、お陰さまで恥を掻かなくて済みました、とお礼を言われた。

それなのに、自分自身のミスには気がつかない。原稿を書くと、出版社に送る前に必ず何度も読みなおす。論文や著書の場合はゲラの段階でさらに初校、再校、三校と、少なくとも三回は目を通し、チェックをする。資料や一覧表などでややこしいものになると、さらに念校といって、もう一度、問題の箇所だけを確認させてもらうこともある。それでもミスがある。自分で気がつけばまだいい。ひとさまから指摘されて、えっと思う。あれだけ丁寧に見たのに……、ダメだなあ……、人間のやることって、なかなか完璧にはいかないものだなあ……、などと一般論に転嫁して、自分を納得させる。

文章

学校の教師は、特に国文学関係の教師は、他人の文章をあげつらうのは言ってみれば商売のようなものである。教材は古典であれ現代文であれ、いずれにしろ日本語で書かれた文学作品である。また教室では、期末に行われる筆記試験の答案やリポート、あるいは最終的には卒業論文なども含めて、学生の書く文章にも常時大量につきあうことになる。学生の書く文章は、内容はもちろんだが、きちんと言いたいことが言えているか、論理は通っているか、文章におかしな点はないか、何よりも誤字がないかに気をつける。

大教室で行われる試験の答案は成績をつけたら一定期間保管し、あとは処分してしまうが、ゼミのリポートや卒業論文などの場合は丁寧に朱を入れたり、メモをとったりしておき、直接面談をして、ある時は間違いを訂《ただ》しながら、またある時は質問をしながら、感想とともに本人に返却する。自分の文章の不完全さには目をつぶって、ひとさまの文章にはえらそうに手を入れたり、意見を言ったりするわけである。長い教師生活を送った結果、それはいわば習い性となってしまった感がある。
気になるのは直接指導している学生の文章だけではない。新聞や小説などを読んでいてもおかしいと思うことがしばしばある。朝日新聞が夏目漱石の作品を再掲載した時、私は改めて楽しみながら読んだのだが、漱石の文章には独特の当て字や送り仮名が用いられていて、現代の一般的な表記法からすればいちいち手を入れたくなるところが多かった。しかしそれとは別に、「吾輩は猫である」を読んでいて、おやっと思ったことがあった。第三章の冒頭に、

三毛子は死ぬ、黒は相手にならず、聊か寂寞の感はあるが、幸い人間に知己が出来たのでさほど退屈とも思わぬ。先達ては主人の許へ吾輩の写真を送ってくれと手紙で依頼した男がある。この間は岡山の名産吉備団子をわざわざ吾輩の名宛で届けてくれた人がある。段々人間から同情を寄せらるるに従って、己が猫である事は漸く忘却してくる。

とあった。死んだ「三毛子」や相手にならない「黒」は猫仲間であるが、むしろ今は人間のほうに親しい仲間が出来たと言っている箇所である。しかしよく考えてみるとこの文章はおかしい。以前読んだ時には気がつかなかったけれども、そもそもこの猫には名前がないのである。非常に有名なものだが、冒頭の文章に、

吾輩は猫である。名前はまだ無い。

とあり、最後まで名前はなかったはずなのだ。それなのに「吾輩の名宛で届けてくれた人がある」とはどういうことか。「吾輩宛に届けてくれた人がある」ならいいけれど、名前もないのに「名宛で」というのはどう考えてもおかしいのではないか。一事が万事こんな調子である。

こまかいことで、しかも天下の文豪の文章にいちゃもんをつけるなんてまことに畏れ多いが、こんなふうに、一見どうでもいいようなことについ気がついてしまう。悲しきさがであると自分では思っている。

誤釈

私自身の仕事の話になるが、亭子院《ていじいんの》歌合《うたあわせ》という作品について論文を書いていた時のことである。亭子院というのは第五十九代天皇、宇多天皇が譲位された後に住まわれたところで、歌合とは、人びとが左右に分かれ、それぞれに歌を詠み合ってどちらの歌がすぐれているかを競い合う、いわば文芸を題材とする一種のゲームである。

この歌合は宇多上皇の主催で、延喜十三（九一三）年に行われた。歌合の歴史でいえばごく初期のものだが、はじめて仮名で書かれた序文を持ち、またはじめて勝ち負けの判断を示す言葉（判詞という）が施されていて、極めて重要な歌合とされているものである。すでに注釈書も何点か出ているし、論文も多いのだが、さらに問題点があったので改めて周辺の資料を調べなおし、いろいろと考えて執筆をつづけていた。ところがふと気がついて、えっ？　と思った。作品の中に出てくる歌の解釈がおかしかったのである。写本の本文に、

みなそこにはるやくるらんみよしののよしののかはにかはづなくなり

とある歌である。題は「三月」。注釈書には、

水底に春や来るらむみ吉野の吉野の川にかはづ鳴くなり

と漢字を当てている。ほかの注釈書も見てみた。やはりみな同じである。この歌は亭子院歌合の中でも比較的重要な意味を持っているものなので、他の作品にもいろいろと関係してくるのだが、それらの注釈書を見てもまったく同じである。

ご承知のように、旧暦では一月から三月までがほぼ春にあたる。正月のことを「新春」というのはその名残である。従って三月は春の終わりということになる。春の終わりなのに「水底に春や来るらむ」というのはおかしいではないか。それに、「吉野の川にかはづ鳴くなり」ともある。「かはづ」はたとえば万葉集（巻八・一四三五）に、

かはづ鳴く神南備川に影見えて今か咲くらむ山吹の花

とあったり、古今集（春下・一二五）に、

かはづ鳴く井手の山吹散りにけり花の盛りにあはましものを

などとあったりするように「山吹」とともに詠まれることが多く、歌の世界ではほとんど晩春から初夏にかけてのものなのである。

ここは「水底に春や来るらむ」ではなく、

水底に春や暮るらむみ吉野の吉野の川にかはづ鳴くなり

と解釈しなければならないところであろう。水底ではもう春が暮れているだろうか。み吉野の吉野の川では蛙が鳴いていることだ、という意味になる。古今集（秋下・三一二）にある、

長月のつごもりの日、大井にて詠める

夕月夜をぐらの山に鳴く鹿の声の内にや秋は暮るらむ

と同じ用法である。「長月のつごもりの日」というのは「九月最後の日」という意味で、旧暦では秋の終わりである。だから鹿の鳴き声が聞こえる中で秋は暮れているのであろうか、ということになる。

そもそも「らむ」は現在推量を意味する助動詞で、活用語の終止形につく。従って「暮るらむ」とは言えても「来るらむ」とは絶対に言えないはずなのだ。「来る」は口語では終止形だが、文語では連体形で、終止形は「来（く）」である。いわゆるカ行変格活用で、

こ　き　く　くる　くれ　こよ

と活用する。従って、もし「春が来ているだろうか」だったら「春や来らむ」となるはずで、「春や来るらむ」とは絶対にならない。こうしたことは古文を少しでも学んだ者なら初歩の初歩、基礎の基礎なのである。

先の注釈書を著した先生方はもう皆さん亡くなっているが、国文学界を代表するような方々ばかりである。そうした方々がこんな初歩的な間違いをするはずがないし、もしかしたら私のほうが間違っているのではないかと、つい何度も何度も見なおし、確認してしまった。おそらくうっかりミスなのだろう。しかしお一人だけならともかく、錚々《そうそう》たる方々が、皆さん、揃いも揃ってとなると、うっかりでは済まされない。後進たちに与える影響も大きいはずである。

自戒

いつだったか、変換ミスのコンクールのようなものがあって、思わず笑ってしまうような傑

作？　がいくつも新聞紙上を賑わわしたことがあった。そうした罪のないミスがある一方で、パソコンでゼロの数を打ち間違え、証券会社が大損をしたというような事件もあった。結果の如何により、ミスにもおのずから軽重の差はあるだろう。医療現場におけるミスなどは文字通り命にかかわってくるし、決してあってはならないミスである。それに較べれば、私の関係する文章上のミスや解釈上のミスなどというのは大したことではなく、たかが知れている。それでもミスはやはりミスである。ないほうがいいことはもちろんだが、どんなに気をつけていても起こるのがまたミスでもあろう。そして残念ながら起こしてしまった当人はなかなか気がつかない。他から指摘されてやっと気がつく。

今回の解釈におけるミスの発見はたまたまだった。学生の書いた文章に接する時と私は明らかに態度が違っていた。研究者としての皆さんを信頼しきってもいたし、うっかり見過ごすところだった。あまりに簡単で初歩的なミスでもあったから、まさかと思った。

小さなミスだからいい、命にかかわるようなミスではないから犯してもかまわない、ということにはやはりならないだろう。自分もどこかで極めて基本的なミスを犯しているかもしれない。ミスをなくすということが非常にむずかしいことはこれまでの経験から重々承知の上で、改めて心から自戒した次第である。

注釈の役割

むかしむかし、おじいさんとおばあさんとがありました。おじいさんはやまへしばかりに、
　おばあさんはかわへせんたくに、……

　有名な昔話「桃太郎」の語り出しである。この「しばかり」が今の子供たちにはわからない。なぜ「山」なのか、「庭」ではないのか。「しばかり」というと今の子供たちには当然青々とした「芝刈り」しか思い浮かべることが出来ない。われわれの子供時代は学校の校庭に必ず二宮尊徳の銅像があって、柴を背負い、読書をする姿を目にしていた。文部省唱歌の「二宮金次郎」にも、

　柴刈り縄なひわらぢをつくり　親の手を助《す》け弟を世話し
　兄弟仲よく孝行つくす　手本は二宮金次郎

というのがあった。われわれにしても実際の生活では柴には無縁であったが、柴がどんなものであるかは知識として持っていた。しかし、生活習慣が変わったり、以前あったものの実態がなくなったりしてくると、当然ながらその知識も希薄になってくる。それらを扱った作品も理解しにくくなってくるだろう。注釈なるものが生まれてくる所以である。

言葉づかい

先にも述べたが、朝日新聞では、かつて連載した夏目漱石の「こころ」をはじめ、「三四郎」「それから」「門」「吾輩は猫である」などを再掲載した。すでに何度か読んだことのある作品を改めて新聞読者の立場になって読みなおしながら、それなりに興味深く思ったが、作品中の語に対してしばしば注が施されているのには驚いた。

奈良時代や平安時代の作品ならともかく、まだ百年とちょっと、明治時代に書かれたばかりの、いわば近代文学に属する作品である。もう注が必要になったかと思いながら、しかし女性の髪型とか着物の類、あるいは貨幣価値などについて、確かに注があると理解しやすいと思うところもあって、そのことにもまた驚く。時代が急速に変化していることの証しでもあるだろう。

生活習慣や事物だけではない。言葉づかいや表現の仕方も変わってきている。漱石の当て字には独特のものがあって戸惑うことが多いが、たとえば先の昔話の場合でも、

むかしむかし、おじいさんとおばあさんとがありました。

とあり、その「ありました」が問題にされたと、以前私の友人がこぼしていたことがあった。まだ文部省と呼ばれていた時代に教科書調査官をしていたのだが、世の中には教科書マニアみたいな人が何人もいて、何かと問題を見つけては電話をかけてくるのだそうである。この場合も、

むかしむかし、おじいさんとおばあさんとがいました。

だろう、「ありました」とは何ごとだ、もの扱いにして!! という意見だったそうである。いや、昔話を忠実に再現すると、こういう言い方もあるのです、確かに今は「いました」が人の場合は普通だと思いますが、有名な伊勢物語でも、冒頭は常に、

むかし、男ありけり。

なのです、古典の世界ではむしろ「ありました」のほうが普通なのです、といって説明し、お引き取り願ったという。丁寧にするなら、こういった箇所にも「しばかり」とともに注が必要となるところかもしれない。

語義の変遷 1

私が専門とする古典文学の世界では、まず、筆で書いてある文字、いわゆる変体仮名が正確に読めること、そしてきちんと内容が把握できること、が基本中の基本となる。そこのところがいい加減だと、どんなにりっぱな理屈や文学論を述べたところでまったく意味をなさない。そこでまず作品の丁寧な読みが必要になってくるのだが、言葉というものは常に変化している。毎日の生活の中で「柴刈り」という実態がなくなり、理解がむずかしくなってくるのも問題だが、言葉の使い方の問題は、文学作品の場合、ある意味ではさらに厄介な問題でもある。

たとえば「ありがたし」という言葉がある。現代語では何か好意を受けた場合などに用い、感謝の気持ちを表す語であるが、古典では違う。枕草子に、

ありがたきもの　舅にほめらるる婿、また、姑に思はるる嫁の君、毛のよく抜くる銀（しろがね）の毛抜き、主そしらぬ従者、つゆの癖なき、かたち、心、ありさますぐれ、世に経るほど、いささかの傷なき。

などとある。舅にほめられる婿どの、姑にかわいがられるお嫁さん、毛がよく抜ける銀製の毛抜き、主人の悪口を言わない従者、ほんのわずかな癖もない人、容貌や性格をはじめ、容姿まですぐれていて、世の中をわたってゆくのに少しの非難すべき点のない人。

することがむずかしいことを「しがたし」といい、書くことがむずかしいことを「書きがたし」という。「ありがたし」も同様で、本来の意味は、あることがむずかしい、めったにない、という意であり、そう考えないと右の文章は理解できないだろう。この場合はたまたまこうしてまとまった文章があるからいいが、通常はこうはいかない。同時代の作品からできるだけ多くの用例を探し出し、その時代ではどういう意味で、どんなふうにこの語が用いられていたかを考えなくてはならない。その上で、なるべくその時代に忠実に読むように心がけなければならない。

語義の変遷 2

現代語と同じ形でありながら、使い方の違っている例は他にもいろいろある。たとえば「暮らす」という語がある。現代では非常にはばが広く、単に日々を送る意から、生活する、生計をたてる、などの意にも用いる。名詞にして、「暮らしが立たない」とか、「暮らしの足しにする」などともいう。ところが平安時代では、その意味するところの範囲が極めて狭い。原則として、一日のうちの日が暮れるまで過ごすことしか意味しない。別に、朝になるまで夜を過ごす語には「明かす」がある。「日暮れ」「夜明け」という語の存在を考えるとわかりやすいだろう。従って現代のように、

昼も夜も泣きながら暮らした。

というような言い方は決してしない。もし「昼も夜も」だったら、

明かし暮らす。

という。有名な在原業平の恋の歌（古今集・恋三・六一六）に、

起きもせず寝もせで夜を明かしては春のものとてながめ暮らしつ

というのがある。恋人を思って、起きているのか寝ているのかわからないような状態で夜を明かし、（昼は昼で）春の景物の長雨に降り込められ、もの思いにふけりながら過ごした、という。「ながめ」には「長雨」と「眺め」が掛けられているのだが、歌の本文のどこにも「昼」という語はない。しかし「暮らしつ」からそれがわかるわけである。なお、源氏物語・竹河巻に、

花を見て春は暮らしつ今日よりや繁きなげきの下に惑はむ

とある歌や、拾遺集（春・五六）に見える、

ふるさとの霞飛び分け行く雁は旅の空にや春を暮らさむ

の歌などに用いられている「暮らす」について、いくつかの古語辞典では、たとえば、「月日

を過ごす」意（小学館）とか、「時節の終りになるまでの時をすごす」意（岩波）などと説明し、その用例として挙げているのだが、これらも実は、春という「季節」を過ごすのではなくて、春はそのようにして「日」を過ごす、という意に解すべきなのであろう。

文法

現代に生きるわれわれは、ついうっかり、現代的な理解をして、それでわかってしまう気になることがある。語の意味だけの問題ではない。極めて簡単な文法的な事項でも、しばしば誤解をしてしまう。たとえば、古今集・夏部の冒頭（一三五）に、

わが宿の池の藤波咲きにけり山ほととぎすいつか来鳴かむ

という歌がある。私の家の池のほとりにある藤の花が咲いたことだなあ。山に籠もっているほととぎすはいつ来て鳴くだろうか。藤の花が咲き、夏が来た、そろそろほととぎすも山から出てきて鳴くころだが、いつになったら来て鳴いてくれるだろうか、早く来てほしいなあ、という歌である。つい間違えてしまうところは「いつか来鳴かむ」の箇所である。しばしばここを、

いつか来て鳴くだろう。

と単に推量の意に解してしまうのだ。そうではなくて、

いつ来て鳴くだろうか。

と疑問の意に解さなくてはならない。この「いつか」は、「この道はいつか来た道」とか、「いつかきっと行きますよ」の「いつか」とは違って、「いつ」という疑問の意を持つ副詞に、さ

らに疑問の意を表す「か」という係助詞が添えられたものと考えるべきものなのである。源氏物語冒頭の有名な、

いづれの御時にかありけむ、

と基本的には同じ用法である。この場合は「いづれ」という疑問の意を持つ副詞と、係助詞の「か」とが離れているのであまり誤解されずに済むが、「いつか」の場合はついうっかりしてしまう。係助詞の「か」があるので、いわゆる係り結びの法則により、「来鳴かむ」の「む」、「ありけむ」の「けむ」は連体形となる。ただし、右に挙げた例はいずれも「平安時代では」という但し書きがつく。時代が違えばまた意味、用法が変わってくる。

昭和の時代には辛うじて理解されていた「しばかり」が、現代ではほとんどわからなくなってきているように、時代とともにさまざまなものが変遷する。そこにこそ注釈の役割りがあるのだと考える。要するに注釈とは、一般の人にはわかりにくくなっている事柄について、それは実はこうこうこういうことなのですよと、誰もが理解できるようにわかりやすく説明することであろう。可能な限り丹念に調べて、絶対に正確でなくてはならない。いい加減な注釈、うっかり間違って施されるような注釈は、ないほうがましである。私も古典文学を研究するひとりとして、これまでもしばしば注釈を手がけてきているが、このことは肝に銘じたいと思っている。

仮名と漢字 ―悩ましい使い分け―

街の中を走っている自動車のことを単に「クルマ」と呼ぶことが多いが、私はそれをどうしても「車」と書く気になれない。先日も、

ひっきりなしにくるまが通っている。

と書いたら、なぜ「くるま」なのか、「車」ではいけないのか、と質問された。うーん、「車」という漢字にはね、「荷車」とか「大八車」という印象が強く私の中にはあって、エンジンでスムーズに動く自動車のイメージにはなかなかならないんだ、それで、敢えて「くるま」と仮名書きにしているんだ、と言ったら、「そんなあ！」とか「古い！」と言って笑われた。

「車」と「くるま」とは、たとえていえば「台所」と「キッチン」、「便所」と「トイレ」ほどの違いがあるように私には思われる。単に表記の問題だけではなく、完全にイメージの違いにもつながっている感じなのだ。簡単に「車」と書くわけにはいかない。ただし、それでは仮名と漢字について、私は普段からさまざまな面できちんと使い分けをしているかというと、必ずしもそうではない。かなりいい加減で、節操がないし、その時どきの気分で書いているようなところがある。活字になってからその混乱ぶりに自分で気がつき、しばしば恥ずかしい思いもしている。

データ

教え子たちとすでにもう三十年以上もつづけている研究会がある。ただ漫然と作品を読んでいるだけではつまらないので、そこでの成果を注釈書という形で残そうということになり、数年前に一冊出版して、いま、二冊目の準備をしている。

毎月集まる研究会ではメンバーが交代で歌五首ずつを担当し、注釈原稿を作成してその原稿をもとに意見交換をする。担当者はその時に出た意見を参考にしながら稿を改め、最終的にはそれらを一か所に集めて統一を図り、完全原稿とする。

流れを説明すると一応右のようなことになるのだが、実際にはそう簡単には運ばないし、流れもスムーズではない。親しい仲間ばかりの集まりなので意見は遠慮なしに出る。担当者は何度も何度も原稿を書き改めさせられることになり、多い時は五度も六度も書き改めなければならない。

そのようにして仕上げられた原稿でも、やはり複数でやる仕事である。あらかじめどんなにきちんと打ち合わせをしていてもなかなか統一がとれない。全体が揃ってから読みなおすとばらばら感が目立つ。そもそも文章のトーンが違う。丁寧に議論をしたつもりでも時に間違いがあったり、単純なミスがあったりする。最終的には何人かで目を変え、点検をする。私も今回二度ほど通読して随分手を入れた。何よりもまず、内容的な間違いをなくすこと、形式的なミスもできるだけ少なく、その上で、文章のトーンもある程度統一すべく、私の一存で改めた。

これでよし、という段階になって、出版社に持って行く前にもう一度確認してほしいとまとめ役の人に頼んだら、実に丁寧に見てくれた。その人は何事にもきちんとしていて、しかも仕事が早い。次々と問題点を指摘してくれた。私も随分丁寧に見たつもりなのに、こんなにもあるのかと、唖然とするほど指摘された点は多かった。主として言葉づかいや句読点のつけ方などの問題だったが、仮名と漢字の使い分けも問題にされた。

今は原稿はすべてパソコン上で操作する。それぞれのメンバーが原稿をまとめ役のもとに送るのもメールを利用するし、順番を整え、点検、訂正もパソコン上で行う。ある一か所で疑問が出てきたら、すぐに同じような表現を検索にかける。そうすると、この表記はどこにあり、こちらの表記はどこそこにある、計何点、これだけの不統一があります、とたちどころにわかる。データの威力は絶大であり、有無を言わせない力がある。それをつきつけられたら当方はただ絶句するばかりである。

使い分け

「車」と「くるま」のように主観的な、いわばイメージの問題ではなく、もっと論理的に、そして一般的に、仮名と漢字の使い分けがされている場合がある。たとえば、

「……」と言う。　……という人。

とか、

……を見る。　叩いてみる。

などの場合である。それぞれ前者はいわば本動詞で、後者は補助動詞、あるいは補助動詞的な用法ということができようか。実は最終的な段階の原稿でもそうした点にかなりの混乱があるとの指摘があった。

もちろん私の責任である。しかし実はこれはなかなか悩ましい問題なのである。

……といえるだろう。　……とみることができる。

などの場合、実際に口で言ったり目で見ることができるというのか、それともそのように考えることが可能だというのか、あいまいな点がどうしても残るからである。使い分けが非常にむずかしい。従ってそういう場合はすべて仮名書きにすればいいという考え方もある。

私の文章は比較的仮名書きが多いと言われ、私自身も多少それを意識しているところがある。実は今回の文章に限って「できる」はすべて仮名書きにしてみた。本来「できる」は「でくる（出来る）」が上一段化したものなので、漢字表記で「出来る」としても一向に差し支えないはずなのだが、本来の、出てくる、現れる、という意味から、現在ではほとんど可能を表す言い方になり、

閲覧できる。　無視できない。

などのように他の語について接尾語的に用いられる場合は完全に可能の意味となり、そこではもっぱら仮名で表記されるようになった。そこで、私は単独で用いられる場合もすべて仮名書きにしてみようとしたわけだが、それでは何もかも、たとえば「言う」も「見る」も、すべて仮名書きすれば皆解決するかというと、必ずしもそうではないらしい。たとえば、

いいかた　もののみかた　できごと

よりも、

言い方　ものの見方　出来事

の方が少なくとも読み手にとってはわかりやすいのではないか、といった具合にである。結局、多少混乱があってもいい、ある程度はごちゃまぜになっても仕方がないことだと割り切ろう、という、実にあいまいな形で決着させるより仕方がなかった。

送り仮名

実は仮名と漢字についてはそのほかにもいろいろと問題があり、そう簡単なものではないのである。そもそもわれわれの先祖は文字を持っていなかったから、お隣の中国で用いられていた、まったく異なる言語の文字を持ってきて流用した。そこに、この厄介な問題の最も大きな要因があるといっていいのだ。文字を導入した当初、当時の知識人たちの学問はまず漢文の読み書きができるようにすることからはじまった。その際、中国人と同じように中国式の発音で読むのではなく、あくまでも日本風に読んだ。たとえば、

花開。

とあったら、その漢字の意味を理解して、音読みではなく、日本語として、

ハナヒラク。

と読んだ。

見花開。

とあったら、中国語と日本語の語順の違いも考慮して、

ハナヒラクヲミル。

と読んだ。いわゆる訓読である。しかしはじめのうちはまだ仮名がなかったので、後の送り仮名のようなものは生まれていず、漢字の右上に点をつけたら「……ヲ」と読む、そのすぐ下につけたら「……コト」と読む、右下に点をつけたら「……ハ」と読む、といったようなルールを作って当面の方法とした。ヲコト点という。

やがてひらがなやカタカナが生まれてくると、われわれが通常漢文を勉強する時のような送り仮名や返り点が用いられるようになって、訓読の方法と記録の仕方が進化する。また、仮名の発達によって、日本人が自分たちの言葉で、いわば母国語で、文章が書けるようにもなってくる。紀貫之が、最初の勅撰集である古今和歌集の序文を仮名で書き、土佐日記の冒頭を、

男もすなる日記といふものを女もしてみむとてするなり。

という有名な文章で書きはじめて、わざわざ女に仮託してまで仮名の散文を書いたことは、日本の文学史上、いやもっと広く、日本の文化史上画期的なことであったが、仮名主体の漢字まじり文が新たな問題を生み出すことにもなった。たとえば、

すくない

を、漢字と仮名で書き表すと「少ない」か「少い」か。また、

おわる

は、「終わる」か「終る」か。
おこなう　うまれる
も、「行なう」と書くか「行う」と書くか。また、「生まれる」と書くか「生れる」と書くか。いわゆる送り仮名の問題は、他国の異なる言語のために作られ、用いられていた文字を、強引に日本の言語に当てはめようとしたために起こった、いわば無理の産物なのである。しかし、だからといってそのまま放っておくわけにもいかない。少なくとも学校教育では何らかの基準が必要である。文部科学省では、内閣告示という形で「送り仮名の付け方」を作成し、公表した。それによると、たとえば、「すくない」は「少ない」としている。おそらく「少い」とすると、「すくなくない」と書く時、「少くない」となって、「すくなくない」のか、実は「すくない」と書いたつもりだったのかわかりにくく、混乱するからであろう。

「おわる」は「終わる」とする。「終る」だと「おわる」だか「おえる」だかわからないからである。ただし読み間違いのおそれがない場合は「終る」でもよいとした。また、「おこなう」「うまれる」も、一応「行う」「生まれる」を基準とするが、「行なう」でも「生れる」でもよいとする。実は「行う」は、「おこなった」と書く時、「行った」となって、「おこなった」のか「いった」のかわからないという問題がある。だから丁寧に書くなら「行なう」のほうがいいのだが、言葉というものはそれだけで単独で用いられることはまずない。必ず使われる場があり、前後の文脈がある。だから「行う・行った」でも十分だという考え方ができるからである。

「うまれる」も、「生む」という動詞が存在することから考えれば、当然その語尾から用いられて「生まれる」とすべきだが、この場合は「生れる」と書いても他に誤読される心配はないから省いてもよいとする。

「送り仮名の付け方」の一覧にはないが、「みいだす」も厄介である。もともとは「みいづ（見出づ）」から派生した語であろうから「見出だす」とすべきなのだろうが、一般には「見出す」で通用している。ただし「出す」は現代語では「いだす」ではなく「だす」である。そこでしばしば「見い出す」という書き方が見られたりする。これは許容範囲に入るはずがなく、明らかな誤りである。

私の知人に、漢字は音読みのものしか絶対に使わない、という人がいる。以上のような問題がどうしても払拭しきれないからである。たとえば、

そこに、なぜいまこの問題を論ずる必要があるのか、というといかけにこたえるための、ひとつのてがかりがあるのではないかとおもわれるのだ。

といった調子である。それなりに徹底していてなるほどと思われるが、先の「いいかた」「もののみかた」と同じように、「といかけ（問いかけ）」「こたえる（答える）」「てがかり（手がかり）」「おもわれる（思われる）」など、視覚的に、直感的に意味のとれる要素が希薄なために、やはり読みにくいという欠点は免れないだろう。

内閣告示にはわざわざ「前書き」があって、この「送り仮名の付け方」はあくまでも「よりどころを示すもの」であり、

科学・技術・芸術その他の各種専門分野や個々人の表記にまで及ぼそうとするものではない。

と断っている。実はそう断らなければならないほど、この問題はややこしいということでもあるし、また一方、個人の表現の自由まで束縛するものではないということでもある。その精神は「現代仮名遣い」に関する内閣告示にも貫かれている。それは決して、その時の気分でいい加減に書いていいということではないにしても、少なくとも自動車のことを、「車」ではなく、「くるま」と書いてもいいという程度の自由、ないしはわがままは許されるということではあるだろう。

「百人一首」あれこれ

子供の頃、正月になるとよくカルタ遊びをした。いろはカルタなどの記憶もあるが、
　いぬもあるけばぼうにあたる
などと読み手が読むのを、犬の絵が描いてあって、隅に大きく「い」と書いてあり、それをわざわざマルで囲んであるような札をとるのは単純な気がしてあまりおもしろくなかった。やはり夢中になったのは百人一首だった。意味もわからずやみくもに憶えた。
　契りきなかたみに袖をしぼりつつ末の松山波越さじとは
の下句などは、「すえのまっちゃん波子さんとは」と憶えた。母が、
　ももしきや古き軒端のしのぶにもなほあまりある昔なりけり
という歌をおはこにしていて絶対に誰にもとらせなかったので、それもむきになって憶えた。もっとも「ももしき」はズボン下の「ももひき」のイメージしかなかった。散らしてとり、源平でとり、勝負に熱中して疲れると、炬燵で蜜柑を食べながら坊主めくりに興じた。金色夜叉に出てくるようなはなやかさはなかったが、家族だけの遊びでも結構楽しかった。

カルタ

カルタはポルトガル語という。英語で言えばカードに当たるのだろう。医者が診察の記録に使うカルテもやはりカードの意だが、ドイツ語である。カルタはもともと南蛮船によってポルトガルの船員が日本に持ち込んだものだからだろうし、カルテは日本の医学がドイツに学んだからだろう。日本への入り方により、それぞれの国の言葉がそのまま日本語に定着した。

その南蛮カルタをもとに、うんすんカルタというのが日本で作られた。私は図版でしか見たことがないが、西洋的な図柄に七福神が収まっていたりして何とも奇妙なものである。今でも熊本の人吉地方などに遊び方が伝わっているという。和風化がさらにすすむと、たとえば現在でも親しまれている花札などが生まれてくる。賭博との関連から一般にはあまりいい印象を持たれていないようだが、もともとは非常に優雅なもので、絵柄に用いられているのはご存じのように花鳥風月である。四枚一組のものが十二組、計四十八枚。その十二組にはそれぞれ一月から十二月までが配されていて、たとえば一月には松に鶴、二月には梅に鶯、五月にはあやめに八つ橋、十月には紅葉に鹿、といった具合である。和歌の世界で育まれた表現が確実に受け継がれている。その点百人一首は和歌そのものである。それもカルタを作成するために歌が詠まれたり選ばれたりしたのではなくて、もともと作品として存在していたものがカルタに採り入れられたのである。

小倉山荘色紙和歌

歌集にはいくつかの形式がある。天皇の命令によって、いわば国家的な事業として編纂されたのが勅撰集、個人が私的に撰んだのが私撰集、それらはいずれも、多くの歌人の歌の中からすぐれた歌を選び、部類分けをする、いわばアンソロジー形式だが、たとえば紀貫之の歌だけ、小野小町の歌だけを集めて編纂する、私家集という形式もある。また勅撰集や私撰集からさらにすぐれた歌を厳選する秀歌撰と呼ばれるたぐいのものもある。紀貫之が撰んだ「新撰和歌」とか能因が撰んだ「玄々集」とかがそうだし、藤原公任が三十六人の歌仙を選定してそれぞれ十首とか三首の歌を選び、歌合形式にした「三十六人撰」というのは特に有名である。

百人一首もそうした秀歌撰の一種と考えればいいだろう。歌はすべて勅撰集の中から選ばれている。撰者は新古今和歌集の撰者の一人で、中世和歌の巨匠と言われた藤原定家である。定家の日記である明月記（京都の冷泉家に定家自筆本が残されている）によれば、定家は文暦二（一二三五）年五月二十七日、息子為家の妻の父である宇都宮蓮生（俗名頼綱）に依頼されて、

古来ノ人ノ歌各一首、天智天皇ヨリ以来、家隆、雅経ニ及ブ。（原漢文）

という内容の歌を、自ら色紙に書いて送っている。嵯峨小倉山の麓にある蓮生の別荘用で、ふすまに貼るためのものという。「古来ノ人ノ歌各一首」とだけあって、全部で百首とは書いていないが、「天智天皇ヨリ以来」とあるから、これがいわゆる百人一首を指すものと見てまず間違いないだろうというのが現在の専門家の一致した見解である。

ただし問題は、これらはすべて色紙のはずで、一枚一枚書かれたものだろうが、写本の形で残されたものには実は二通りあり、撰ばれている歌人や歌、順番等に、多少の違いがあることである。一つは「小倉山荘色紙和歌」、あるいは「嵯峨山荘色紙和歌」と呼ばれるもので、現

在の百人一首とまったく同じ内容のもの、もう一つは「百人秀歌」と呼ばれるもので、こちらには定家が直接仕え、恩顧を蒙った、後鳥羽院や順徳院の歌がなく、他の歌人の歌が入っているものである。

百人一首成立の背景

当時、後鳥羽院と順徳院はそれぞれ隠岐と佐渡に流されていた。いわゆる承久の乱（一二二一）で鎌倉幕府に楯突いたお二人は、戦さに敗れ、後鳥羽院は十八年間、順徳院は二十二年間、結局都に帰ることなく配所にとどまり、そのまま亡くなるのだが、定家は微妙な立場におかれていたという。

そもそも後鳥羽院と定家とはそりのあわないところがあったらしい。一方は天皇で、一方はどんなにすぐれていても一歌人に過ぎないのだから、もちろん定家の側が分をわきまえればいいようなものだが、性狷介《けんかい》なところのある定家は、歌の評価をめぐっては対立し、不満を募らせたり、ちょっとしたことで院の不興を買ったりしたようなことがあったらしい。その上、定家はいわば親幕派でもあった。承久の乱の折は院の怒りに触れて謹慎中の身であったが、蟄居《ちっきょ》して写本づくりに専念しながら、その本の奥書に、「紅旗征戎吾が事に非ず」と記したのはあまりにも有名である。院の配流後、再び活発に活動を始めた定家は、新古今集についで、今度は単独で勅撰集を撰進する。新勅撰集である。その際、定家は、後鳥羽院と順徳院の歌を一首も入れなかった。いやはじめは入れたのだけれど、承久の乱関係者の歌は削除するよう指示され、従ったのだという。実際に現存する新勅撰集には後鳥羽院らの歌は一切入っていない。

蓮生から色紙を依頼されたのはちょうどそのころである。蓮生は関東の豪族で、幕府の御家人だから、定家にしてみれば当然そうした配慮はすべきだと考え、歌をはずしたのであろう、というのが現段階における大方の見方である。「百人秀歌」にお二人の歌が入っていないのはそのためだというのである。ただし後鳥羽院や順徳院の力量は、やはり歌人定家としては無視できなかった。激しいジレンマと、悩みぬいた結果、結局あとから歌人や歌を入れ替え、お二人の分を入れたのだろうという。従ってその考え方に立てば、色紙段階のものが「百人秀歌」で、後の訂正版が「小倉山荘色紙和歌」、すなわち現在の百人一首、通称小倉百人一首であろうということになる。

百人一首とその影響

こまかな問題はまだいろいろあって、議論は尽きないのだが、優美なカルタ遊びのかげに、実はそんななま臭いドラマもあったらしいのである。ただし、古典和歌、特に王朝和歌を知ろうとするとき、百人一首はすばらしい教材となる。定家という人は当時としてはきわめて前衛的な歌人であったが、歌の選び方はまことにまっとうである。枕詞や序詞、掛詞や縁語、あるいは本歌取り等の各種技法はすべてここから学べるし、日常生活の中で詠まれる贈答歌をはじめ、屏風歌、歌合の歌、百首歌など、さまざまな性格の歌が比較的バランスよくこの作品には選ばれている。また、歌の並べ方にも配慮がなされている。ばらばらなカルタではもちろんわからないが、写本では、天智天皇、持統天皇からはじまって、後鳥羽院、順徳院に至るまで、ほぼ、時代順に配列されているから、はじめからきちんと通読すれば、王朝和歌史の流れを一応知ることが出来る。

後にこの百人一首をまねて、たとえば「源氏物語百人一首」「武家百人一首」「女百人一首」「名所百人一首」「狂歌百人一首」など、実にたくさんの百人一首が生まれた。それらはまとめて異種百人一首と呼ばれるが、太平洋戦争中には「愛国百人一首」というのもあった。川田順の選んだものと、佐佐木信綱、斎藤茂吉ら、当時の文学報国会に参加した歌人たちが選んだもののとの二種類あったようだが、小学生だった私の憶えているものには、たとえば柿本人麿の、

大君は神にしませば天雲のいかづちの上にいほりせるかも

とか、源実朝の、

山は裂け海はあせなむ世なりとも君にふた心わがあらめやも

などがあったから、おそらく前者だったのだろう。ただしこれらは皆一時的なものであって、結局長くはつづかなかった。ずっと愛されてきたのは小倉百人一首だけである。やはり内容と伝統の持つ強みであろうか。

百人一首の解釈

カルタで遊んでいるとき、多くの人は正確な意味もわからずに楽しんでいる可能性が大きい。私の子供時代が明らかにそうだった。ただ、何となく恋の歌が多いらしいということは感じて

いるようで、しばしばそうした感想を聞く。厳密に分類してみると、

春　六首　夏　四首　秋　一六首　冬　六首

羇旅　四首　離別　一首　恋　四三首　雑　二〇首

となる。これは勅撰集の部類分けによったものだが、一般的な勅撰集の場合でも、四季の歌は全体の三、四割、恋の歌も三、四割だから、百人一首は恋の歌がやや多く、四季の歌、特に春の歌が勅撰集に較べて少ないという印象はあるものの、それほど一般的な傾向と大きな隔たりがあるわけではない。

日本の詩歌は自然や恋愛を詠むことが多く、全体として優美な印象が強い。昔、宝塚の女優さんが、芸名を、たとえば、霧立のぼる、天津乙女、小夜福子、有馬稲子、淡島千景などと、百人一首からとったことはよく知られているが、それなりに意味はあるのである。

歌はわかりにくいが、正しく理解したいと願う人は昔から多かったのではあろう。実に多くの注釈書が生み出されている。現在残されているものの中では室町時代の「百人一首応永抄」というのが最も古く、それ以来、どれほど多くの注釈書が書かれてきたことか。現在でも次から次へと出版されている。もっとも解釈には結構問題が多く、意見のわかれているものがいくつもある。たとえば、猿丸大夫の、

奥山に紅葉踏み分け鳴く鹿の声聞く時ぞ秋は悲しき

は、紅葉を踏み分けているのは鹿か、それとも作中の人物か、というのをはじめ、小野小町の、

花の色は移りにけりないたづらにわが身世にふる眺めせしまに

は、単に花の移ろいだけを詠んでいるのか、わが身の容色の衰えも詠んでいるのか。また、在原業平の、

千早振る神代も聞かず龍田川からくれなゐに水くくるとは

の「くくる」は、「くくる（括る）」か「くぐる（潜る）」か。素性法師の、

今来むと言ひしばかりに長月の有明の月を待ち出でつるかな

は、すぐ行きましょうと言ってなかなか来ない人を、一晩中待っていたというのか、何か月も待っていたというのか、などなど。最近では、蝉丸の、

これやこの行くも帰るも別れては知るも知らぬも逢坂の関

の「行くも帰るも」は、都から地方へ行く人も、地方から都へ帰る人も、の意ではなく、都から地方へ行く人も、それを見送って帰る人も、の意ではないかという意見が出ているし、清原元輔の、

契りきなかたみに袖をしぼりつつ末の松山波越さじとは

の「しぼりつつ」は、「絞りつつ」といった大袈裟なものではなくて、濡らす意の「しほり（霑り）つつ」ではないか、といった具合である。百人一首は実にさまざまな話題を提供してくれているのである。

ゲームとしての百人一首

現在の標準的なカルタは、厚紙に活字で印刷されているのが普通である。読み札は絵入りで、

歌一首全体が書かれており、取り札は平仮名書きで、下句だけが書かれている。ところがちょっと古いものになると、木の板に、すべてが昔の変体仮名で書かれているのもあるし、読み札は上句だけ、取り札は下句だけというのもある。この場合は誰かが一人、完全に憶えている人がいないとゲームが成り立たないだろう。一部の地方で行われているように、読み札も取り札も下句だけというのもある。これでは、いろはカルタと変わらない。

われわれが楽しむゲームと違って、同じゲームでも競技カルタというのがある。テレビなどで見ていると実に凄まじい。むしろスポーツと言った方がいいだろうか。跳ね飛ばされた札が部屋のあちらの方に飛んでゆく。私の勤めていた大学にも百人一首同好会というのがあって、メンバーの一人にゼミの学生がいたが、実戦的な訓練だけではなく、毎朝ランニングまでしていると聞いて驚いた。まるで体育会系である。

正月には、息子たちが家族連れでやってくる。ふだん、ばらばらに来ることはあっても、全員が顔を揃えることは滅多にない。正月だし、久しぶりに百人一首でもやろうかということになり、本棚の隅にしまってあった箱を取り出し、埃を払う。小さな子もいるので、まず坊主めくりをやり、すっかり童心にかえった上で、畳のある部屋に移る。源平はしんどいし、人数も多いので、札を散らす。妻が読み手になり、私もゲームに加わるのだが、まるで取れなくなっている。息子たちが下手なので何とか面目は保つが、いつまでこの状況がつづくか、心もとない次第である。

「心の闇」―親と子―

親が子どもを思う気持ちは昔も今もまったく変わらないだろう。時どき子どもを虐待する親がいてニュースになることがあるが、もちろん例外的な事柄に違いない。どんな場合でも、親は、常にわが子のことが気にかかる。小さいころには小さいころの心配があり、長じてからは長じてからの心配がある。子供にとってはわずらわしいことかもしれないが、親の心配というのは子どもの年齢にはかかわりがない。いくつになっても気にかかるものなのである。社会に出て、自立し、世の中で活躍をはじめても、うまくやっていそうな時には何とかうまくいっているようだと安心し、落ち込んでいそうな時にはどうもうまくいっていないみたいだとはらはらする。うまくいっている時の安心やよろこびも、ある意味、親にとっては心配の裏返しでもある。

私には息子二人と娘一人がいるが、どう考えてもうまく育てられたとは思えない。自分の子だとまったく自信がない。「家庭の教育」などと題して本を書いたり講演をしたりする人がいるけれど、いたく感心してしまう。子どもたちにしても、そんな父親に対してなにがしかの不満や言いたいことがあるようだけれど、今となってはもう仕方がない。しかし、子どもの将来を心配し、気にかけることだけは、世間一般の親と同じように、あるいはそれ以上に、私もたっぷりと味わってきた。

心の闇

源氏物語、桐壺巻に、

野分だちて、にはかに肌寒き夕暮れのほど、常よりもおぼしいづること多くて、靫負命《ゆげひのみやう》婦《ぶ》といふを遣はす。

という文章ではじまる有名な章段がある。野分《のわき》の段といって、あちこちの教科書に採られているから目にされた方も多いと思うが、主人公光源氏誕生の後、一層強まった周囲のそねみといじめとに堪えかねて、母御息所《みやすんどころ》はついに病気になり、亡くなってしまう、悲嘆にくれる帝。その帝がある秋の夕暮れ、御息所の母君のもとに弔問の使いを出す、といった場面である。

もちろん母君も嘆き悲しんでいる。使いを迎え入れてもしばらくは何も言えない。やっと気を取りなおして涙をこらえながら挨拶をし、命婦もまた気持ちを落ち着かせながら帝のお言葉を伝え、預かってきた文《ふみ》を渡す。公的な挨拶が済んだあと、次の機会にはぜひ、私的な形ででもおいでくださいませんか、と母君は命婦に言う。

くれまどふ心の闇も堪へがたき片はしをだに、はるくばかりに聞こえまほしうはべるを、

わたくしにも心のどかにまかでたまへ。

「くれまどふ心の闇」とは今の母君の心境である。堪えがたい、その「心の闇」のほんの一端でも晴らすほどに、あなたとお話が出来たらと思うので、ぜひまたゆっくりとお出かけくだ

さいませんか、と言い、そのあと、今までいかにつらかったか、大事な娘を宮中に差し出して、幸いにも帝のこの上ないご寵愛は得たけれども、そのことが原因で、人のそねみが深く積もり、こうして残念な結果になってしまった、畏れ多いことだが、かえって帝のお気持ちがつらく、恨めしい、とまで言って、最後にまた、

これもわりなき心の闇になむ。

と、涙にむせぶのである。

引き歌

めんめんとかき口説くような母君の言葉のはじめと終わりに、「心の闇」という語が二度も出てくる。「闇」というと何かおどろおどろしい感じがしないでもないが、「心の闇」とは、もともとは判断力を失い、分別がつかなくなった心の状態をいう語である。しかしここでは一般的な意味ではなく、

子を思う故に判断力や理性を失ってしまう親心。

の意に用いられている。特に親の心の状態について言っているのである。瀬戸内寂聴さんの『源氏物語』でも、前者については、「亡き子のために思い迷い、どうしてよいか分らぬ親心の闇に」と訳し、後者についても、「これも、悲しみに理性を失くした愚かな親の愚痴でございましょうか」と訳している。娘の幸せを願わない親はいない。帝に愛された娘を誇りに思う一方で、それが原因で周囲の嫉妬や反感を買い、結局は病気になり、死んでしまう。もとはとい

えば帝がいけなかったのではないか、帝に愛されさえしなかったらこんなことにならなかったのではないか、そんなふうに考えてしまう親心。まことに理不尽な親心というべきであり、それをみずから「心の闇」と言っているのである。実は、この「心の闇」という語がそうした意味を持つについては、藤原兼輔という人の次の歌が深くかかわっている。

人の親の心は闇にあらねども子を思ふ道にまどひぬるかな

後撰集や大和物語などに載っている歌だが、詠まれた状況や場の説明はそれぞれかなり違っている。たとえば後撰集の雑一（一一〇二）では、

太政大臣の、左大将にて相撲のかへりあるじし侍りける日、中将にてまかりて、こと終はりて、これかれまかりあかれけるに、やむごとなき人二三人ばかりとどめて、まらうど、あるじ、酒あまたたびののち、酔ひにのりて子どものうへなど申しけるついでに

とある。太政大臣藤原忠平がまだ左大将だった時分、相撲の節会のあとの饗宴に、中将だった兼輔も参加し、宴果てたあと、二、三人が残って客も主人も酒をしたたかに飲み、酔っぱらって、話題が子どものことになった際に詠んだ歌、という。また大和物語（四十五段）では、

堤の中納言の君、十三のみこの母御息所を内に奉りたまひけるはじめに、帝はいかがおぼしめすらむなど、いとかしこく思ひ嘆きたまひけり。さて、帝に詠みて奉りたまひける。

とある。「堤の中納言の君」とは兼輔のことである。帝の十三番目の皇子の母となった娘の御息所を、まだ帝のもとに入内させたばかりのころ、帝は娘のことをどう思ってくださっているのかと大層心配し、帝に詠んでさしあげた歌、とここでは言っている。シチュエーションはま

るで違うが、いずれにしても兼輔が言いたいことは、わが子のことを心配し、人の親の心というのは闇ではないのに、まるで闇であるかのように、何も見えなくなって、子を思う道に迷ってしまうことだ。

ということになろう。会話や文章の中に、古歌や著名な歌の一部を引用し、その歌の言わんとする表現を借りて、より的確に、言いたいことを言い表し、表現を豊かにする方法を「引き歌」という。源氏物語には実に多くの引き歌表現があるが、この「心の闇」の歌の引用度数はトップクラスで、数え方にもよるが、二十数回に及ぶ。源氏物語は子を思う親の気持ちにも十分な心配りをした作品なのである。

和歌における親と子

子を思う親の気持ちを詠んだものとしては、有名な山上憶良の歌が万葉集にある。

瓜はめば子ども思ほゆ　栗はめばまして偲はゆ　いづくより来たりしものぞ　まなかひにもとなかかりて　安寝《やすい》しなさぬ　（八〇二）

憶良ほど、子どもをテーマにした歌人は少なくとも万葉集では他に見られないが、これも、「子等ヲ思フ歌」と題する歌で、長歌である。

瓜を食べていると子どものことが思われる。栗の時はまして偲ばれる。一体、子どもというものはどこから、どんな縁で、この世に生まれてきたのだろう。いつも、わけもなく目の前に浮かんでいて安眠できないことだ。

序文があり、そこには、「愛は子に過ぎたることはない」という意味の言葉が釈迦の言葉として引用されているので、おそらくそうした教えを歌にしたものであろうとも説かれているが、世の親ならば、何かにつけて子どものことが思い出されるものであり、右に歌われている内容は、それなりに納得できることであろうと思われる。

フィクションである源氏物語と違い、実際に、子を失った悲しみを詠んだ歌もある。平安時代屈指の女流歌人、和泉式部の歌で、すぐれた作品が多い彼女の歌の中でも特に絶唱と言ってよいものである。

とどめおきて誰をあはれと思ふらむ子はまさるらむ子はまさりけり

後拾遺集・哀傷（五六八）によれば、娘の小式部内侍が亡くなり、あとには母である自分と、娘の子どもである孫たちとが遺された。その孫たちの姿を見ての詠である。

この世に母と子とを遺して、あの子は、今ごろ誰をいとしいと思っているでしょう。もちろんそれは子どものことでしょうね。子どもに決まっていますわ。私だって、あの子との別れが本当につらかったのですもの。

無心に遊ぶ孫たちの姿を見て、作者は涙にかきくれている。親である自分のことよりも、きっとあの子は子どもである孫たちのことを一層強く思っているに違いない。それも当然のこと。子どもとの別れは本当につらいから……。子どもを遺して逝き、あの世でその子どもたちを思っているに違いない娘の気持ちに、娘を思うわが気持ちを重ねての、限りない慟哭。複雑、微妙な親心である。

悲しみとはまったく逆だが、子どもを詠んだ歌には次のようなものもある。

染殿后のお前に、花瓶《はながめ》に桜の花を挿させたまへるを見て詠める

年経れば齢は老いぬしかはあれど花をし見ればもの思ひもなし

古今集・春上（五二）に見える、前太政大臣藤原良房の歌である。「染殿后」とは良房の娘で、今は文徳天皇の后となっている人。その染殿后の前に、みごとな桜の花が活けてある。

長い年月を経たので、私はすっかり歳をとってしまいました。しかしながら、この美しい花を見ていますと、何のもの思いもありません。

老境の愁いを忘れさせるほどの美しい花だ、と言っているのだが、もちろんそれだけではあるまい。今は天皇の后となって時めいている娘の姿に感無量なのである。花の美しさに、娘と一門の栄華を重ね合わせ、「もの思ひもなし」と言っているのだ。幸せこの上ない父親像と言ってよいだろう。

顧みて

私は、私の年代としては結婚が遅かったので、子どもたちはまだ四十代である。「まだ」というのは私の年齢に比しての話で、四十代なら世間的にはもう十分な大人である。でも残念なことには、とても「もの思ひもなし」という状況にはない。「もの思ひ」のしどおしである。ところが、親の心子知らずで、子どもたちにしてみれば、親たちは余計な心配をしているくらいにしか思っていないらしい。むしろ、うるさいとさえ思っているようでもある。

子どもたちのことといっても、将来のことにかかわるような大きな問題もあれば、日常的な些細な問題もある。客観的に見ればどうでもいいような問題もある。しかし、どんな些細なことであっても、親というのは気になるものである。どうもそこのところが子どもたちにはわかっていないらしい。そんなことまで心配しなくてもいいではないか、と言い、もっと子どもたちを信用したらどうか、とまで言ったりする。そうだね、とか、大丈夫だよ、とか、もっといたわりのある応答の仕方もあるのではないか。親というのはつまらない心配をするものだなと、笑って聞き流すくらいの余裕と配慮とが子どもの側にあってもいいのではないか。そんなふうに思ったりするのはもっぱら親の側の勝手な言い分だろうか。

もっとも、自分が親に対してはどうだったかと反省してみると、あまり自信がない。随分困らせていたような気もする。しかし、長じてからは、父を亡くしたあとの母の苦労を知っているだけに、母には出来るだけ心配をかけまいと努めてきたように思うし、いろいろ言われても、ふんふんと黙って聞いていたように思う。私は教育界に長く身を置きながら、わが子の教育に関してはまったくダメだったような気がする。きちんとした子育てが出来ずに、ただ「心の闇」さながらに、いたずらに心配ばかりしていたような気がする。

親というのは本当にむずかしい。まっとうに生き、その背中を見せればいいとも言われるが、なかなか思い通りにはいかない。むしろ、自分のことは棚に上げてとよく子どもたちから批判されたりもしてもいる。そうかもしれない。でも、多かれ少なかれ、自分のことは棚に上げないと親や教師はつとまらないものだと、一方ではヘンな腹のくくり方をしている自分がいる。

愛情確認の今昔 ―贈答歌―

先日、たまたまつけっぱなしにしてあったテレビに、東京のスカイツリーの展望台で働いているという女性が登場していた。彼女が最近そこで目にしたとかいうプロポーズの話をしていたのである。

高い展望台に下からエレベーターが上がってきて止まる。ぞろぞろと人が降りる。その中に友人とやって来たひとりの若い女性がいて、降りた途端、すでに展望台で待ち構えていた若い男性が飛び出し、女性の前に跪き、花束を捧げて、「私と結婚してください」と言った。女性は突然のプロポーズにびっくりし、頬を紅潮させ、感激のあまりはじめは声も出なかったが、目に涙を浮かべながら、その花束を受け取った、というのである。

実はスカイツリー側には事前に了解を求め、友人にはその女性を展望台まで連れてきてもらうよう頼み込み、綿密に計画した上でのサプライズだったそうだが、そばで見ていても非常に感動的だった、という話だった。ぼんやり聞いている分にはおもしろかったが、何と芝居がかったことを、という思いも一方にはあった。衆人環視の中で、随分大胆な、今どきそんな派手なことをする男もいるのか、とも思った。もし断られたらどうするのだろう、などと考えるのはおそらく野暮なことで、ご本人たちにしてみれば余計なお世話なのかもしれない。おそらく交際はもう十分に熟していて、最後の最後の仕上げの段階だったのだろう。

求婚

スマートフォンやケータイが発達した現在、一般的な求婚のあり方は一体どんな形なのだろう。ネットなどを利用するのだろうか。当然ながら今までとはかなり違ったスタイルになっているに違いない。時代が変わり、主たる伝達の方法が変われば、プロポーズの方法も当然変わってくるだろう。

平安時代ではもっぱら文《ふみ》とか消息とか呼ばれるものが利用された。手紙である。もっともわれわれの直接の先祖であるごく普通の庶民の生活については実はほとんどわかっていない。資料らしい資料が残っていないからである。ごく一部の、非常に限られた社会である貴族階級の生活だけが、僅かに残された文献類を通して知られるのみである。ただし貴族階級における求婚といっても、たとえば伊勢物語とか源氏物語とかに描かれている男女のあり方は必ずしも一般的ではなかったのかもしれない。普通は家と家との結びつきにより、顔も満足に知らない者同士が一緒になったのだろう。

当時の貴族階級の娘たちは、特に男性に対しては極端に露出を避けたから、お互いに噂でしか知らないことが多かったに違いない。枕草子の作者である清少納言のように、宮仕えをし、直接男性と接する機会の多かった女性でさえも、通常は男性と会ったり話をしたりする時は簾越しだったし、とっさの場合には扇で顔を隠したり、扇を持っていない時には袖で隠したりした。ましてや一般貴族の娘たちは直接男性に顔をさらす機会などは非常に少なかったろう。

だから当時の男たちにとってみれば、初めて夜を共にして、朝、薄明かりのなかで見た女の顔立ちがまあまあであったとか、ひどい不細工な顔なのでびっくりしたとか、さまざまな悲喜劇を味わうこととなる。源氏物語における末摘花の話はその典型的な例であろう。亡き夕顔の面影を忘れかねている源氏が、たまたま故常陸宮の姫君の噂を耳にし、親友の頭中将と張り合いながらも強引に契りを結ぶ。はじめのうちは暗くなってから出かけて行き、まだ暗いうちに帰ってくるのでわからなかったが、むやみに恥ずかしがってばかりいて、引っ込み思案、何とも手応えがない女性とは感じていた。きっと大切に育てられたせいだろうと思うものの、あまり積極的にはなれずにいたところ、雪の朝、雪明かりの中で見てしまった。鼻が異様に長く、先端が真っ赤で、顔は青白い。夕顔とは似ても似つかぬ女性だった。

男と女の関係がこんな状態のもとでも、やはり恋愛沙汰はあった。物語や日記、あるいは和歌などを通してみる男女のありようは、いつの時代でも少しも変わらないものだという思いを強く抱かせるものである。

歌のやりとり

交際はどのようにはじまるのか。まず、何らかの方法を講じて文を届けさせる必要がある。もちろん今のような郵便制度などはなかったから、誰か適当な人を介して届けなくてはならない。気の利いた部下を使ったり、相手の侍女を手なづけてその侍女を通したりする。内容は主として和歌である。思いの丈を述べて和歌を添えたり、あるいは和歌だけを送ったりする。当時の貴族階級の人たちは一応誰でも教養としての和歌は身につけていたらしいから、そうしたことも可能だったということもあろうが、しかし皆が皆上手に詠めたわけではないし、中にはまったくセンスのない人もいたろう。うまく作れない時は周囲の人が代作もした。

和歌を送られて、もしその気があったら、女性は返歌をする。伊勢物語の一〇七段は、主人公のもとにいた若い女性に藤原敏行という人が思いを寄せる話である。

されど、若ければ、文もをさをさしからず、言葉も言ひ知らず、いはむや歌は詠まざりければ、かのあるじなる人、案を書きて書かせてやりけり。めでまどひけり。

女は若かったから、手紙も満足に書けず、そうした折の言葉も知らず、ましてや歌などは詠むこともなかったので、主人が案を書いて女に書かせ、送らせた。相手の男は感心することしきりだった。そして歌を詠んでよこした。

つれづれのながめにまさる涙川袖のみひちてあふよしもなし
私は何も手につかず、ただひたすらもの思いに耽っていますが、この長雨にもまさって流す涙は、あふれ出て川となり、私の袖は、その涙の川に濡れるばかりで、あなたには逢う方法もありません。「ながめ」には、もの思いをする意の「眺め」に、「長雨」が掛けられてあり、「ひちて」は「濡れて」の意。あなたを思っては泣いてばかりいます、その流す涙は川となるほどですが、あなたに逢えないのがつらい、と詠む。それに対して女は、次のように返歌をする。もちろんこれもまた代作である。

浅みこそ袖はひつらめ涙川身さへ流ると聞かば頼まむ

袖が濡れるとあなたはおっしゃるけれど、それは川の水が浅いから。浅いのは涙の量が少ないというだけではなく、私を思う気持ちも浅いから。だから袖が濡れる程度なのでしょう。涙の川があふれ、身まで流れるほどだというのでしたら頼みにいたしましょう。

返歌には返歌の型がある。なるべく贈歌で用いられた語を用いることと、同じ語を用いながらも、内容的には素直なもの言いをせずに、反駁したり、すねたりする。ここでは「涙川」や「ひつ」が両方の歌に用いられ、涙の川が浅くて袖が濡れるぐらいではだめです、深くて身が流れるほどでなくては、と言っている。相手の男はますます感心し、思いを深くしたという。

和泉式部日記

こうしたやりとりの和歌を、一般に贈答歌という。和泉式部日記は、和泉式部と冷泉天皇の第四皇子である帥宮《そちのみや》敦道親王《あつみちしんのう》とのめくるめるような恋の物語を記録したものであるが、ある意味では贈答歌の宝庫といってもよい作品である。そこでのやりとりには、二人の心理的なゆれ動きや、お互いの微妙な駆け引きが余すところなく伝えられていて、実に見事なものである。

次の歌は、二人がつき合いをはじめてごく初期のものである。帥宮が夜になって訪れたところ、式部は物詣での直後で疲れ、うっかり寝込んでしまい、宮の訪れを知らなかった。門を叩いても起きて来ない。いろいろとよからぬ噂も聞いていたから、宮は疑う。もしかしたら誰か別の男が来ているのかもしれない。そっと帰って、朝になり、

開けざりし真木の戸口に立ちながらつらき心のためしとぞ見し

と詠んでやる。開けてくれない真木の戸口に立ったまま、これがあなたの冷たい心のひとつの証拠だと思って見たことでした。式部はしまったと思う。手紙が来てはじめて昨夜宮がいらっしゃったと知り、「心もなく寝にけるものかな」と後悔する。しかし返事は次のようなものだった。

いかでかは真木の戸口をさしながらつらき心のありなしを見む

どうしてあなたは、真木の戸口をとざしたままで、私に冷たい心があるかないかを判断できるのでしょう。本当に愛情があるのだったら、強引にでも開けて入って来てくださるはず。あなたこそ冷たいお方……。やはり「真木の戸口」「……ながら」「つらき心」と、同じ言葉を、しかも同じ位置に使いながら、相手に反撃を加えている。「しまった」と思う気持ちも、「ごめんなさい」という気持ちも、そこには少しも表現されていない。やはり男の歌に対して女は素直な答え方をしていない。しかし女は拒否しているのかというと、決してそうではない。本当にいやだったら、返事をしなければいいのである。

平定文という人がいた。世間から平中《へいちゅう》と呼ばれ、在原業平と並んで「世の好き者」として評判だった歌人であるが、彼のさまざまな恋物語が平中物語という作品となって残されている。その平中がある女性に恋をした。しかしいくら文を送っても返事がない。遂にじれて、

この奉る文を見給ふものならば、賜はずとも、ただ「見つ」とばかりはのたまへ。

と言ってやった。この差し上げる手紙をもしご覧になったら、たとえ返事をくださらなくても、

せめて「見つ」とだけでもおっしゃってください。そうしたらやっと女から返事があった。胸ときめかせて開いてみたら、そこにはただ「見つ」としか書かれていなかった。

フランスの小話に、男がプロポーズをして、考えておくわと女が言ったら、ほぼ大丈夫、ノンと言っても、決して諦めることはない、はじめからウイと言ったら、そんな女はやめてしまえ、というのがあるそうだが、要するにまともに返事があるということは、たとえどんな内容の返事であっても、男にとっては希望があるということなのである。

和泉式部日記の場合、紆余曲折がありながらも、やがては式部が宮邸入りをすることになるのだが、二人のやりとりも終わり近くになると、非常に素直なもの言いになってくる。式部が風邪を引き、気分が悪くて臥せっていると、宮が見舞いの文をよこす。式部ははじめて痛切に生きたいと思う。

　絶えしころ絶えねと思ひし玉の緒の君によりまた惜しまるるかな

あなたのお出でが絶えたころ、絶えてしまえと思った私の命ですが、あなたゆえに、また、その命が惜しくなりました。繰り返すが、恋の贈答歌のほとんどは、しかしこうした素直なもの言いをしていない。それは相手の気持ちの本当のところをまだ掴み切れていない段階のものが多いからであろう。こう言ったら相手はどう出てくるか、いわば愛情確認運動期間中の歌だからといってよいのだと思われる。

贈答歌の特質

贈答歌というのは、男女間で交わされる恋の歌ばかりとは限らない。親子間のこともあれば、兄弟や友人間で交わされる場合もある。共通して言えることは、内容の面でも表現の面でも、ふたりの間でだけわかればいいという基本的な性格を持っているということである。それはちょうど会話と同じようなものだといえようか。会話というのは、必ずある状況のもとで発せられる。従って何を言いたいのかは常にその状況とセットになって意味を持つ。そうした状況、あるいは場のことを、言語学ではシチュエーションという用語で説明しているが、当事者同士では当然そのシチュエーションを共有しているから、ほぼ間違いなく意味が理解され、伝わることになる。しかしその場にいない第三者には必ずしも正確に伝わらないことがある。シチュエーションを常に正しく理解しているとは限らないからである。

贈答歌も同じである。背景を知らずに歌だけを見ても、第三者にはなかなか理解されにくいところがある。人知れず恋をしている場合には、むしろ他人にはわからないほうがいい場合だってあるかもしれないが、公的な場で披講される歌会や歌合の歌などとはその点で大きな違いがある。

それにしても衆人環視の中で花束を捧げてプロポーズをする、あるいはしたいという心境は一体どういう種類のものなのだろう。平安時代でも相手の歓心を買おうとして、手紙に香を焚きしめたり、梅や桜の枝を折って手紙に添えたりはしている。そうした配慮は昔も今も変わらないようだが、基本的にはもっと秘やかな、ふたりだけのものだったのではないか。スマホやケータイの時代なら、第三者の手を一切経なくて済むのだから、より緊密に、ふたりだけの世界が構築できるような気がするのだが。

ちなみに私の場合は、それぞれの住まいが東京と京都にあったので、意志の伝達はもっぱら手紙によった。しかし極めて平凡でおとなしいものだった。一度も面と向かってプロポーズの言葉を口では言ってくれなかったと、いまだに老妻が文句を言っているほどである。

名前と読み

高校の教員をしていた時、新年度のはじめにあるクラスに行ったら、「羽生」という生徒がいた。出席をとる時「ハニュウ」と呼んだら、「はい」と返事をした。次の時間に別なクラスに行ったら、そこにもまた「羽生」がいたので、「ハニュウ」と呼んだら、「ハブです」と言う。翌週、前のクラスに行った際、「この前はハニュウと読んだけれども、ハブなの？」と聞いたら、「いいえハニュウです」と言う。

名前の読み方は実にむずかしい。はじめから読めないような珍しい姓の場合はまだいい、本人にもある種の覚悟があって、またかというような顔をしながらそれでも素直に教えてくれる。どうにか読めるのに間違えられるとやはり気分がよくないらしい。不満げな感じで訂正を申し入れてくる。私の姓も「くぼき」だが、時々「くぼぎ」と「木」の部分を濁る人がいて、やはり不快なものである。

姓名のうち、姓の方はまだそれでも数に限りがある。名となるとほとんど無限に近い。特に最近の若い親御さんたちはまるで競い合っているかのように、また半ばおもしろがっているかのように、むずかしい、読めない名をつけたがる。先日も昔の教え子が出産の報告をしてきた。男の子で、名を「央」とつけました、という。どう読むのかと思ったら、「クルル」だという。

どう読んだら「クルル」になるのか、国文学専門の私にもさっぱりわからないが、おもしろすぎて、むしろいじめの対象にならないかと心配になる。

歴史上の人物

ＮＨＫが放映した大河ドラマの「平清盛」は、妻がわりに熱心に見ていたので私もたまに見ることがあった。ところがそこに登場する女性たちの名前がむずかしい。本当にそう読むのかどうか、問題もある。たとえば鳥羽天皇の后で、天皇の祖父、白河法皇の愛人でもあったらしい「待賢門院璋子」や、鳥羽天皇のもう一人の后である「美福門院得子」などの名前はどう読むのか。「待賢門院」とか「美福門院」などのいわゆる院号は、女性の場合、天皇の后や天皇の生母などに与えられる尊称で、「タイケンモンイン」「ビフクモンイン」などと音読みされた。ただしこれは当然ながらはじめから与えられた名称ではない。従って院号宣下を受けた後、ある年齢になってからは「待賢門院さま」とか「美福門院さま」などと呼ばれた可能性はあろうが、若いころは「璋子さま」あるいは「得子さま」とかしか呼ばれなかったはずである。二人はいずれも藤原の出なので、正式の名称は「藤原璋子」「藤原得子」であろうが、この「璋子」「得子」はどう読まれていたのか。

これまでの辞典類では、『国史大辞典』をはじめ、各種人名辞典、百科事典、あるいは『日本国語大辞典』など、いずれも、

フジワラノショウシ　　フジワラノトクシ

と音読みで立項されている。あるいは、

タイケンモンイン　ビフクモンイン

で立項され、「フジワラノショウシ」「フジワラノトクシ」はミヨ項目になっている場合もある。

ところがNHKのドラマでは、これらを、

フジワラノタマコ　フジワラノナリコ

と言っていた。なぜそう読むのか、あるいは読めるのか。NHKに確かめてみたわけではないが、拠りどころとしたものはある程度想像がつくものの、そもそもの根拠が実ははっきりしないのである。

名前の読み

現代では名前の欄があると大抵ふりがな欄もついていて、どんなむずかしい読みの名前でも基本的に読めないことはない。もちろん昔はそんな習慣がないから、「平清盛」でも、「源頼朝」でも、われわれはほとんど常識的な読みに従っている。もしかしたら特別な読みをしたのかもしれないが、現段階ではわからない。ところが時々ではあるが、仮名で書かれていたり、別な漢字が当てられたりして、当時の読みがわかることがある。同じドラマに出てくる歌人西行の出家前の名は「佐藤義清」だが、

サトウヨシキヨ

ではなく、

サトウノリキヨ

と読むのは、そういう根拠となるものが別にあるからである。

一般的に、人名はすべて訓読みであろう。「空海」（クウカイ）とか「親鸞」（シンラン）のような僧侶名は別にして、男でも女でも訓読みが原則であろう。もっとも「小野道風」や「藤原行成」、あるいは「藤原俊成・定家」親子のように、

オノノトウフウ　フジワラノコウゼイ

あるいは、

フジワラノシュンゼイ・テイカ

といった具合に、昔から通称として音読みされている例はある。しかしこれらはすぐれた書家として、また歌人として、一種、特別な待遇の仕方であって、本来は、

オノノミチカゼ　フジワラノユキナリ

フジワラノトシナリ・サダイエ

がやはり正しいのだと思われる。常識的な読みに従って特に不都合なことはない。

女性の名前

ところが当時の女性の名前は実に読みがむずかしい。当時の女性といっても、資料の残っているのは貴族階級に属するごく一部の人たちだけで、一般庶民についてはほとんど知ることが出来ないし、貴族階級に属していても、実名までわかるのはさらにごく一部で、極めて高貴な

女性たちだけに限られる。たとえば蜻蛉日記の作者は、普通、「藤原倫寧女（フジワラノトモヤスノムスメ）」とか、「右大将道綱母（ウダイショウミチツナノハハ）」とか呼ばれる。また更級日記の作者も、「菅原孝標女（スガワラノタカスエノムスメ）」と呼ばれる。いずれも彼女たち自身の名前が伝わっていないから、やむを得ず、父親の名前で呼んだり、息子の名前で呼んだりするのである。

源氏物語の作者「紫式部」も、枕草子の作者「清少納言」も、実名は伝わっていない。「紫式部」とか「清少納言」とかいうのは女房名といって、宮仕え先で用いられた名前である。尊卑分脈という昔の系図を集めた書物には、男の名前はきちんと書いてあるものの、娘の方は単に「女子」としか記されていないことが多い。三人いても四人いても、一般にはすべて「女子」「女子」「女子」である。

その僅かにしか残されていない女性の名が、むずかしくてなかなか読めない。そこで先の辞典類のように音読みするのが一般的な方法になっているのである。たとえば紫式部が仕えた「中宮彰子」は、

チュウグウショウシ

清少納言の仕えた「皇后定子」は、

コウゴウテイシ

といった具合である。おそらく「彰子」「定子」も本当は「アキコ」「サダコ」などと読んだのであろう。まさか「テイシさま」「ショウシさま」などという呼び方はしなかったはずである。

にもかかわらず、こうした例まで一般的に音読みをするのは、他の女性で、訓読みがむずかしく、どう読んでいいのかわからない名前が多すぎるからである。先の「璋子」「得子」もそうだし、「苡子」「呈子」「婉子」「遵子」「褒子」「懿子」なども果たしてどう読んだらいいのだろう。

ところで『平安時代史事典』なるものがある。NHKが拠りどころとしたのはきっとこの事典だろうと思われるが、人名は訓で読んだはずだという大原則を貫き、徹底して訓読みで通す。たとえばこれまでの辞典類とは異なり、「藤原璋子」は、

フジワラノタマコ

で、「藤原得子」は、

フジワラノナリコ

で立項している。以下、「苡子」は「シゲコ」、「呈子」は「シメコ」、「婉子」は「ツヤコ」、「遵子」は「ノブコ」、「褒子」は「ヨシコ」、「懿子」も「ヨシコ」などと読んでいる。ここまで徹底すると、それはそれで見事というべきであろうし、基本的な考え方としてはまったくその通りで、文句のつけようもない。ただし、訓の読み方が正しければの話である。残念なことに、「璋子」を「タマコ」、「得子」を「ナリコ」、「苡子」を「シゲコ」、「呈子」を「シメコ」などと読む根拠が事典のどこにも記されていない。またわれわれも適当な資料を持ち合わせていないから、正しいか間違っているかの判断が出来ない。

「出羽弁」という女流歌人がいる。仮名書きの資料がたくさん残っていて、それらにはすべ

て「いては」とある。当時は濁点というものがなかったのでおそらく「イデワ」と読んだのであろうが、右の事典ではそうした資料にあたらなかったらしく、「デワノベン」で立項している。明らかに間違っている。しかも、事典として最も困るのは、通常の読み方である「フジワラノショウシ」「フジワラノトクシ」という項目は、いわばミヨ項目としてのカラ見出しにもなく、まったく排除されていることである。編者独特の読み方を知らないと利用者はせっかくの事典を引くことも出来ないのである。

ＮＨＫとしては、「ショウシさま」「トクシさま」ではドラマにならないから、やむを得ない選択なのではあろうが、たとえ虚構性の強いドラマであっても、一応は歴史的な事実に基づいている作品である。ＮＨＫが採用することによって根拠の薄いひとつの読みが、いかにも完璧で正しい説であるかのように一般に思われるのはやはり問題であろう。

流行

名前のつけ方にもはやりすたりはあるようである。先の尊卑分脈を一覧すると、男も女も二文字が原則で、女には「子」がつく。もっとも嵯峨天皇を祖とする源氏の一族は男の名前がすべて一文字で、確認できる例は次のように終止形で読む。

源至（ミナモトノイタル）　源挙（ミナモトノコゾル）　源順（ミナモトノシタゴウ）

また和歌の家柄である二条家や冷泉家の一門は、

藤原為家（フジワラノタメイエ）　藤原為氏（フジワラノタメウジ）

藤原為教（フジワラノタメノリ）　藤原為相（フジワラノタメスケ）

といったように、ほとんどが名前の一部に「為」を用いる。家によってはこうした決まった傾向を持っているところがあり、流行に関係ない面も見られるが、広く見渡せば時代の流れはやはりあるように見える。

時代が下り、一般庶民に関する資料が豊富になってくると、貴族階級との違いがあらわになって、それが変遷という形になって見えてくるのかもしれない。井原西鶴の作品や浄瑠璃などに取り上げられた、

お夏・清十郎　おさん・茂兵衛

などという名前は、少なくとも貴族階級の系図である尊卑分脈には見られない。

それがわれわれ世代になると、ますます変化して、男の名には「雄」「男」「夫」「郎」などがつくのが普通で、女にはほとんど「子」がついた。かつて「子」を用いるのは高貴な家の子女に限られていたのが、一般庶民にも用いられはじめたということになろう。

私の母の名前は正式には「ノブ」である。会津の武士の家の出だが、姉妹には「サト」と「フサ」がいた。私にとっては伯（叔）母に当たる。母は若い頃「おノブさん」と呼ばれていたらしいが、私が幼いころは常に「信子」を使っていた。伯母たちも「里子」「房子」だった。高貴なというよりも、「子」をつけることによって古くさい印象を免れようとしたのだろう。

また私の妻は「雅子」という。わが家に子どもが生まれた時、男だったら私と同じ「夫」を、女だったら妻と同じ「子」をつけようと思って、人名漢字表の中から適当な文字を選び出し、

一覧を作って病院の妻のもとに持って行き、相談した。ところがその頃はすでに「夫」や「子」は古い印象の名になりかけていた。周囲を見渡してもあまり見かけなくなっていたし、京都に健在だった妻の父からは、「えろう簡単につけはったなあ」という感想を頂戴した。

マスコミなどが時々記事にする赤ちゃんの名前ランキングのようなものを見ても、びっくりするような斬新な名前が多い。「夫」とか「雄」とか「子」のつく名前はほとんど見られない。文字は制限されているけれど、読み方は自由だから、どう考えても読めないような、珍妙な名前も少なくない。

私にとってはじめての孫が生まれた時、息子夫婦は大いに張り切り、「赤ちゃんの名前のつけ方」みたいな本をわざわざ買ってきて、あれがいいかこれがいいかと考え、悩み、夫婦げんかまでしていたが、名前をつけるのは親が子にしてやる最初の仕事、と私は一切口出しをしなかった。ただ、誰にでも読める、素直な名前がいいよ、とだけは言った。

おビール　—敬語の問題—

「お正月」という言い方があり、単に「正月」という言い方もある。どう違うのか。また、「行きますか」という言い方に対して、「行かれますか」「いらっしゃいますか」、あるいは単に「行くか」というような言い方もある。やはりどう違うのか。敬語はむずかしいという。外国人が日本語を習得する際、大抵この敬語で苦労するという。いや、日本人でも敬語は苦手だという人は多い。

古典の文学作品、特に源氏物語や枕草子などを読む際には、敬語の知識がないとまったくどうにもならない。主語というものがほとんど示されていないから、そもそも文脈がたどれない。もちろん現代語でもその傾向はつづいている。

明日、おうかがいしますが、いらっしゃいますか。

と言ったら、それは、

明日、（私は）あなたのところに行くが、（あなたは）いるか。

という意味であることを、普通の日本人なら誰でもとっさに判断できる。「うかがう」とか「いらっしゃる」とかの敬語が用いられているからである。いちいち主語を用いなくてもいいし、むしろ用いないほうが普通だろう。

尊敬、謙譲、丁寧

私がはじめて敬語というものを習った時、敬語には三種類があるという説明だった。いわく、

尊敬　謙譲　丁寧

そして、それぞれの定義は、

相手を高める言い方。　　　　　　　　　尊敬

自分を低めることによって相手を高める言い方。　謙譲

相手に対して改まった際に用いる言い方。　　　丁寧

というようなことだったように思う。実はこの説明は非常にわかりにくい。そもそも「自分」と「相手」という概念だけで説明すること自体に無理があるのだが、尊敬と丁寧の定義はともかく、謙譲の定義は本当にわかりにくかった。

言葉というものが発せられ、この世に流通する際に、関係する人間としては、必ず「話し手」と「聞き手」とがいる。「書き手」と「読み手」と言いなおしてもいい。これは必須条件である。そのどちらが欠けても言葉は成り立たない。たとえ独り言であっても、他人に見せることのない日記であっても、「聞き手」や「読み手」はいる。「話し手」や「書き手」自身がそれにあたる、と考えればいい。その「話し手」なり「書き手」が、「聞き手」なり「読み手」に対して敬意を表す言い方がある。

今日はいい天気だね。

という言い方ではなく、
今日はいい天気ですね。
という言い方である。これを丁寧語という。定義をするなら、話し手（書き手）が聞き手（読み手）に対して改まった場合に用いる言い方。
とでもなろうか。デス、マス、ゴザイマス、がそれに当たる。わざわざ「改まった場合に」と言って、「高める場合に」と言わないのは、丁寧語というのは必ずしも目上の人に対してだけ用いられるものではなく、はじめて会った人とか、それほど親しくない人には、明らかに目下と思われる人に対しても用いられるからである。手紙の文章には原則として丁寧語を用いる。
その後お変わりありませんか。
と書き、
その後変わりはないか。
などという言い方は、父親が息子に対してはあり得ても、一般にはしない。デスとマスとの違いは、
それは鉛筆です。　美しいですね。
のように、名詞や形容詞につくか、
書きますわよ。
のように、動詞につくかの違いである。従って、
書くです。

とは普通言わない。時どき、

早く走るです！

などと言う人がいるが、命令形の「早く走れ！」よりは丁寧な言い方だと思っているのだろうけれども、あまり一般的ではない。なおゴザイマスは、デスやマスよりは改まりの度合いが強い。ただし、

鉛筆でございます。　書くのでございます。

のように、名詞や動詞からは直接つづかない。必ず他の語を介在させる。形容詞には、

美しうございます。　高うございます。

のように音便形につく。

話題が「今日」のこととか「天気」のことならいいが、話題の中に人物が登場する場合がある。話し手（書き手）がAで、聞き手（読み手）がB、話題の中に登場する人物がCとする。AもBもCも友達同士で、遠慮のない間柄だったら、AはBに向かって、

Cは話したよ。

で済む。もしCがAの先生にあたる人だったら、

C先生は話された。

とか、

C先生はお話しになった。

とかいう。C先生に対して敬意を表するわけである。これを一般に尊敬語と呼ぶ。定義をする

なら、

　話し手（書き手）が、話題の中の動作、状態の主を高める言い方。

ということになる。一般に、レル、ラレル、あるいは、オ……ニナル、オ……ナサルなどを用いる。もっとも「言う」の場合は、「お言いになる」とは普通言わず、「おっしゃる」と言い、「行く」「来る」「居る」などの場合も、「お行きになる」「お来になる」「お居になる」などとはやはり言わず、「いらっしゃる」と言う。それ自体尊敬の意味を持つ特別な語である。

　また、オ……ニナルに対して、時どき、ゴ……ニナルという言い方もある。「ゴ出席ニナル」とか、「ゴ帰宅ニナル」とか言い、漢語系の語に多いとされる。ただしすべての漢語系の語がそうだというわけでもない。たとえば「運転」などの場合は「オ運転ニナル」とも「ゴ運転ニナル」とも言わない。通常は「運転ナサル」かあるいは簡単に「運転サレル」だろうか。先述の「出席」「帰宅」などの場合も、やはり「出席ナサル」「帰宅サレル」と言うことが出来よう。要するに、「スル」と結びついたサ変系の複合語にこの傾向が強いのである。「スケッチする」「はらはらする」なども、「スケッチナサル」「はらはらサレル」だろう。わが家では電子レンジにかけることを「チンする」などと言うが、これなども、

　家に帰られてからチンなさったらいいですよ。

という言い方が出来そうに思う。少なくとも「オチンニナル」などとは決して言わない。

　ここで大事なことは、もし、Cだけでなく、聞き手のBもAに対して先生筋にあたる人だったら、言い換えれば、AにとってBにもCにも敬意を払う必要がある場合だったら、AはB

先生に向かってどう言うか。

C先生はお話しになりました。

と言うのだろう。尊敬語と丁寧語の両方を使うわけである。かつての説明のように、「自分」と「相手」という概念だけではとても説明しきれないものであることは、こうした例からも明らかだろう。

ところで、話題の中に登場する人物は常に右のような場合だけではない。

CはDに話した。

という言い方もある。要するに「話す」という動作に対してその受け手となる人物の存在も考えられるわけである。もしそのDが話し手Aの先生であったらどういう表現の仕方をするのか。一般には、

CはD先生にお話し申し上げた。

という。AはD先生に対してそういう形で敬意を表しているわけである。従来これを謙譲語といい、自分がへりくだることによって相手を高めると考えた。

もっともこの「自分」とは一体誰なのか。たとえば、

先日お話し申し上げたように、

と言った場合は、主語が明示されていないけれども、「話した」のは「私」で、すなわち「自分」だから、自分がへりくだることによって、と説明しても特に問題にはならない。ところが話し手がAで、話題の中の動作主がC、と両者が異なる場合は厄介である。

CはD先生にお話し申し上げた。

とAが言った場合、へりくだっているのは当然「お話し申し上げ」ているCだ、という説がある。しかしCは話題の中に登場させられているだけで意志が直接示せるわけではない。敬意を表すかどうかを判断し、実行できるのは、あくまでも話し手のAでしかないはずである。

説明の仕方を含めて、いろいろと問題があり、最近、この謙譲という考え方は次第に採用されなくなってきている。オ……ニナルという言い方と同じように、オ……申シ上ゲルという言い方も、一種の尊敬語なのだ、という考え方が主流になってきている。先に述べたように、オ……ニナルという尊敬語が、

話し手（書き手）が、話題の中の動作、状態の主を高める言い方。

と定義されるならば、オ……申シ上ゲルも、

話し手（書き手）が、話題の中の動作の対象を高める言い方。

と定義をすると、すんなりと説明がつく。同じ尊敬語でも、前者を動作主尊敬と呼び、後者を対象尊敬と呼ぶことが出来るだろう。

「御」

言葉というものが発せられ、存在する際に、それにかかわる人間というのはどういうふうに考えても、この「話し手」「聞き手」「話題の中の動作、状態の主」「話題の中の動作の対象」の四者を越えることがない。そして、敬意を表すかどうかを判断するのは、常に話し手であり、

話し手が、聞き手に対して敬意を払おうとするならば、丁寧語を、話し手が、話題の中の動作、状態の主に対して敬意を払おうとするならば、動作主尊敬を、話し手が、話題の中の動作の対象に対して敬意を払おうとするならば、対象尊敬を用いるということになる。

古典の作品を読む場合も、この原則は基本的には変わらない。ただ、具体的には、デス、マス、オ……ニナルなどと違って、丁寧語の場合は、侍リ、候フを、動作主尊敬の場合は、ル、ラル、給フを、対象尊敬の場合は、申ス、聞コユ、奉ルなどを用いるということになる。それは古語と現代語との違いであって、原則の違いではない。

ところが、同じ語なのに、使い方が随分変わってしまったものがある。しかも、丁寧でもなければ、尊敬でも謙譲でもない、特別な形のものになってしまっている。

「御」という接頭語は、オとも、ゴとも、ミとも読むし、オン、オホンとも読む。源氏物語の写本などを見ると、仮名書きの箇所では「おほむ」とあるところが多いから、「御所（ごしょ）」とか「御簾（みす）」とか決まり切った読みをする語以外は、われわれはなるべく「オホン」と読むようにしている。たとえば、源氏物語の有名な冒頭は、

いづれの御時にか、女御、更衣あまたさぶらひ給ひける中に、

とあるが、「御時にか」は、「オホン時にか」と読む。尊敬の意を表す接頭語である。誰に対する敬意を表しているかというと、もちろん「時」というような抽象的なものに対してではなくて、ここでは、当時の天皇に対する敬意を表す。現代語に言い換えるなら、単に、

いつの時代だったか、

というのではなく、
どの天皇の御代であったか、
という意味になる。オにしても、ゴにしても、ミにしても、あるいはオンにしても、読み方は違っても、いずれも使い方は同じで、その関係者というか、所有者、使い手を高めている。たとえば、枕草子などを読んでいると、「御硯」とか「御屏風」とかがしきりに出てくる。「御猫」というのもある。いずれも天皇とか中宮とかがふだん使っておられるもの、あるいは飼っておられるものばかりで、その所有者である身分の高い人を高めていることになる。決して硯や屏風や猫を高めているわけではない。
ところが「御」のつくのが人間の場合だとついうっかりしてしまうようである。「御使ひの右大臣」などとあると、「御」は右大臣を高めた言い方、とするような注釈書が現れてきたりする。右大臣は偉いから敬意をもって遇して当たり前、と思いがちなのであろうが、当然ながらこれも使いを出した人、天皇などを高めた言い方である。現代でも、
○○さんのお子さん。
と言ったとき、普通はやはりお子さんに対する敬意ではなく、○○さんに対する敬意であろう。テレビなどの時代物で、しばしば武士たちの頭領などを指す言葉として「オヤカタさま」という言い方が出てくる。一般の視聴者の中にはこれを「親方様」と受け止めている人もいるようだが、実は「お館（やかた）様」である。「お殿様」と同じで、そこに住んでおられる方を敬った言い方である。

「お手紙」とか「ご返事」の場合はちょっと厄介である。同じ尊敬語でも、動作主尊敬と対象尊敬の両様の使い方があるからである。たとえば、

先日はわざわざお手紙をくださってありがとうございました。

とも言うし、

先日、お手紙を差し上げました時に、

とも言う。前者は手紙を出した人を高め、後者は手紙を受け取った人を高めていることになる。一般には圧倒的に動作主尊敬、ないしは「御硯」のような、いわば所有者尊敬である。後者も広い意味では動作主尊敬と認めていいだろう。ところが現代ではまったく性格の異なる「御」の使い方が現れている。冒頭に掲げた「お正月」などのオである。敬意の対象は話題の中の動作主でもなければ、動作の対象でもない。もちろん聞き手でもない。独り言でも、

早くお正月が来ないかなあ。

などと言ったりする。「お米」「お金」など、それに類した語はたくさんある。

お母さん、お米ないわ。　私、お金が欲しい。

お母さん、米ないわ。　私、金が欲しい。

後者はどうしても蓮っ葉な言い方としか聞こえないだろう。要するに、これらのオは、他に対する敬意を表す言い方ではなく、話し手自身の品位の問題にかかわる言い方なのである。美化語とか、上品語などと名づけられているが、伝統的な敬語の概念からは大いにはずれている。

本来上品語なのに、上品でなく使われる語もある。「お受験」「お入学」、あるいは「ご大層」

「ご乱行」など。一種の皮肉、からかいであろうか。
外来語には原則としてオはつかない。漢語系には「ご苦労」「ご機嫌」など、ゴがつくこともあるが、カタカナ語系にはオもゴもつかない。「おスケッチ」とか「ごランニング」などとは絶対に言わない。ところが最近、
おビール召し上がる?
などという言い方が出てきて違和感がある。デパートの宝石売り場で、年輩のご婦人が、
オパールを見せてくださる?
と言ったので、店員がオパールをケースから出して見せたところ、
そうじゃない、オパール!
と言ったという。真珠のパールのことだったという話を聞いたことがある。敬語もまた、時代とともに変わってきている。

短詩型文学

短歌は三十一文字、俳句は十七文字より成る文学である。非常に短い。これほど短いのは世界でも珍しいらしく、最近ではあちこちで興味を持たれ、愛好者が増え、今や Haiku は海外でも盛んに作られるようになったという。

もっとも短いだけにいろいろと問題もある。そのひとつが読みの問題である。小説でも作品の理解や評価にはさまざまな意見があり、どういう読みだと大方の納得が得られ、どういう読みだと納得が得られないか、なかなか一致点が見いだせないことがあるが、短詩型文学の場合は一層困難になるようである。たとえば各新聞社の投稿欄を見ると大変おもしろい現象がある。選者が一人の場合は問題ないが、選者が複数で、同じ多くの投稿作品の中から選ぶ場合、すぐれた作品はどの選者からも選ばれていいはずなのに、それが滅多にない。選者の好みの問題もあるだろう。それでも短歌の場合は時として二人なり三人なりの選者から一致して選ばれている場合もあるが、俳句の場合はほとんどない。選者の先生方はそういう現象をどう考えておられるかわからないけれど、短ければ短いほど理解の仕方や評価の仕方に違いが出てくるように思われてならない。

明治は遠く……

中村草田男の作品に、

降る雪や明治は遠くなりにけり

という非常に有名な句がある。ご本人の自解によれば、歳末のある日、母校である赤坂あたりの小学校を二十年ぶりに訪ねた折の句という。突然、金ボタンのついた黒い外套の少年たちが校庭に走り出てきた。それは絣の着物に草履袋といった、ご自分の持っていた小学生のイメージとはまったく違っていた。時代は大きく変わってしまった、明治は遠くなったものだなあ、折から降り出した雪に深い回顧の念を持ったというのである。

なるほどそういう句だったのか、ご本人が言うのだから間違いないだろうと、単純な私などは素直に思う。おそらく一般の人たちも同じように思うに違いない。ところが私の恩師である小西甚一先生という方は、もう亡くなったが、そうした理解では句の本当の味わいはわからない、その説明の仕方は間違っているという。何と、作者自身の言うことを否定するのである。

これはどう見ても都会の真ん中の小学校というイメージではない。たとえば隅田川にほど近い、浜町あたり、初代市川左団次なんかが活躍したころを偲ばせるような下町情緒と解さなければダメだという。作者自身の解釈と違っても、作者以上の解釈が出来ればそれでいいのだともいう。どうしても作者がご自分の解釈にこだわり、ご自分の説を押しつけようとするなら、そうは理解できない以上、その作品は失敗作と断じてもいいとまでいう。

そう言われれば、確かにこの作品は小学生というイメージとは違うように思われる。遠くなった明治の情景としては、浮世絵に出てくるような、蛇の目傘を細めにひろげて、やや前かがみになり、雪の中を歩くたおやかな女性のほうがふさわしい。そういう姿はもう今は目の前にはないという感慨。そう受け取ったほうが、ほっぺたの赤い小学生を思い浮かべるよりは何倍もすぐれた句のように思われる。

去来抄

同じようなことが芭蕉の俳論の中にも見られる。弟子の去来が書いた去来抄という書物の中に、「先師曰く」として芭蕉の意見が書き記されたものがあるが、その中に、

岩鼻やここにもひとり月の客

という去来の句についての問題がある。同門の洒堂が、末句の「月の客」を「月の猿」としたほうがいいのではないかと言ったのに対して、作者の去来は、いや、やはり「月の客」だろうと言い、たまたま機会があったので芭蕉に意見を求めた。

芭蕉は、「月の猿」は論外だが、そもそもお前はこの句をどう思って作ったのか、と逆に質問した。去来は、私が明るい月に誘われて句を吟じながら山野を歩いておりますと、岩の端にもうすでに月見をしている別の風流人がひとりいるのを見て詠んだのです、と答える。

先師曰く、「ここにもひとり月の客と、おのれと名乗り出づらんこそ幾ばくの風流ならん。ただ自称の句となすべし……。」

そこで先師（芭蕉）はおっしゃった。「ここにもひとり月の客、と自分から名乗り出る形にしたらどれほどか風流だろう。直接、一人称の句にすべきである……」。要するに、すばらしい月に誘われて歩いていたら、すでに先客がいた、という句ではなくて、誰かが月に誘われて歩いてきたら、はい、ここにもすでに月見仲間がいますよ、と岩の先端で月見をしていた人が呼びかけた形にしたほうがいい、というのである。やはり作者自身が持っていた見解の否定である。あとで去来は、さすがは先生、自称の句にして読んでみると、風狂な人のさまも浮かんできて、はじめに考えていた趣向より十倍もいい、と言って、

誠に作者その心を知らざりけり。

と反省しながら感心している。

安騎の野

これは私の経験だが、作品を読んでイメージしたものが、実際の景と随分違っていた、と思えることが何度かある。たとえば万葉集に載っている有名な歌で、

ひむがしの野にかぎろひの立つ見えてかへり見すれば月かたぶきぬ　（巻一・四八）

というのがある。柿本人麻呂の歌である。教科書にも載っていることが多いので誰でも知っていようし、このエッセイをはじめるにあたって私が「かへり見すれば」というタイトルを考えた際、頭の片隅にあった歌でもある。最近では文法上の問題から「野にはかぎろひ立つ見えて」と読むのが正しいともされている。

夜の明け方、太陽がのぼりはじめようとしている。東の野にはあかね色に輝く光がさしそめ、うしろを振り返って見ると、西の空には月が傾いて、今まさに没しようとしている。以前、この歌を記した時には、

広大な原野、月と日とが入れ代わろうとしている空、万葉集を代表する雄大な叙景歌

などと書いた記憶がある。万葉集によると、この歌は、

軽皇子、安騎の野に宿ります時に、柿本朝臣人麿が作る歌

という題詞を持った長歌の反歌四首の中の一首で、人麻呂が軽皇子《かるのみこ》（後の文武天皇）のお供をして安騎《あき》の野（現在の奈良県宇陀市）に来た折の詠である。

ところが安騎の野というところは、実際にはそんな「広大な原野」などではなかったらしいのである。もちろん今はもう原野などであろうはずもないが、そもそもそんなに広くはないのだという。

私の高校教員時代の教え子で、といってももう喜寿を迎え、とっくに職を退いているのだが、退職後、奥さんと一緒に世界各地を旅することを趣味としている男がいる。いつぞやはペルーのマチュピチュ遺跡に行ってきたと言っていた。その彼が、最近では万葉集に凝っていて、朝早く目が覚めるとまず万葉集を繙《ひもと》き、次々と読み進めて、国内ではもっぱら万葉集に関係する土地を訪ねているのだという。明るい性格の男で、人望があり、学校でも会社でも地域でも、どこに行っても必ず皆から頼られる存在となっていたが、高校を卒業してからもう六十年にも

なろうというのに、いまだに何かと連絡をし、報告をしてくれる。先日会った折には、先生、昔、先生が授業で教えてくれた万葉集に「ひむがしの」という歌がありましたよね、この間「安騎の野」というところに行って来ました、そうしたら非常に小さい野原でびっくりしました、振り返ったらすぐに岡があって、とても「雄大」なんてものではありませんでしたよ、などと言っていた。

昔むかしの授業をよく覚えておいてくれたものだと感心したが、実は私はひとつひとつの土地を丹念に歩いているわけではない。平安時代になると歌枕といって、歌によく詠まれる名所が問題になることがあるが、それとても全部はとてもまわりきれるものではない。だから「安騎の野」がどんなところかまったく知らなかった。作品を読んだ印象だけで「雄大」な景だと思い込んでいた。

そういえばこんなこともあった。これも有名な歌だが、

世の中は何か常なる飛鳥川昨日の渕ぞ今日は瀬になる

という古今和歌集（雑下、九三三）に見えるものである。この世の中で何が常なるものであろうか、常なるもの、変わらないものなんてひとつもない。飛鳥川だって、昨日の渕は今日は瀬になっている。「飛鳥川」に「明日」が掛けてあり、明日、昨日、今日とつづく技巧が施されているのであろうが、世の無常をいう時、しばしば例として用いられる歌でもある。

ちょっとした気候の変動で水の流れが変わり、渕になったり瀬になったりする。渕は深く、ゆったりと流れ、瀬は浅く、流れが速い。渕や瀬のある川、私は飛鳥川とは大きな川だとばか

り思い込んでいた。学生時代に研修旅行で奈良・飛鳥をまわった時、小さな、まるで小川のような川が飛鳥川だと知って本当に驚いた。こんな小さな川だったとは。これでは渕も瀬も何もないではないか。

与謝蕪村のこれも有名な句に、

菜の花や月は東に日は西に

というのがある。人麻呂の歌と非常によく似ている。ただ、人麻呂の歌は早朝に詠まれたもので、蕪村の句は夕方に詠まれたものという違いはある。月と日が逆になっている。人麻呂の歌は、まだ朝が早いせいか、冷え冷えとした、どちらかというと厳しさが感じられ、蕪村の句には、一面菜の花という趣きもあるからだろう、うららかな穏やかさが感じられる。ただしこだわるようではあるが、いずれの場合にしてもやはりひろびろとした感じはあるのではないか。

蕪村の句は発句で、脇句は樗良《ちよら》という人がつけているが、

山もと遠く鷺かすみゆく

というもので、「山もと遠く」とあり、明らかにひろびろとした景を意識している。

要するに短歌にしても俳句にしても多様な解釈が可能だということであろう。言葉の意味を取り違えるとか、文法を無視した理解の仕方をするとかして、絶対に正しくない解釈ということはあるかもしれないが、そうしたことさえきちんと押さえていれば、あとはどのようにも解釈できる。どれが絶対に正しいとか、どれが絶対に間違っているとかはないのだろう。大方の納得が得られやすい解釈が最もいい解釈、ということになるのではないか。

第二芸術論

私は日本の古典文学、特に和歌を中心に研究をしているが、いわゆる文献学的な研究であって、はなやかな文学論などとは無縁である。資料を丹念に調べ、結論のはっきりと出てくる、あいまいさのない研究が好きで、それが性に合っているとも思っている。当然ながら創作などにはまったく不向きで、才能もない人間だと自分自身で頭から決めてかかっている。短歌や俳句などを詠むことは一切しない。そういう面にも少しは関心を持ち、感覚を磨けば、本当の意味での文学研究が出来るのではないかとは思うが、だめである。

ところが最近妻が俳句をはじめた。大学の同窓生の中に俳人がおられて、その人を中心にした句会に顔を出すようになったのである。もう数年になるが、そばで見ていて、残念ながらあまり上達しているようには見えない。私と同じでやはりこうした方面には闌《た》けていないのではないかと思われるけれども、私と違って諦めないところはえらい。

句会では参加者全員による互選と、先生による特選とがあるそうだが、いつもかなり票が割れるらしい。同窓の集まりなので皆遠慮がなく、随分活発に意見も出るらしいが、こんなにも受け止め方が違うのかと思うほど、意見はまちまちで、時には先生の句に一票も入らないことがあるという。

戦後すぐに出た、桑原武夫さんによる第二芸術論なるものを思い出した。作者名を伏せた句を周囲の教授や学生たちに見せ、意見を求めたところ、評価が完全に割れ、大家の句も、素人の句も、区別がつかなかった、作者名がわかり、世間的に名の売れている人の句だといい句、それ以外だとだめな句、というのでは本当の意味で芸術とは言えないのではないか、というような論であった。また、芸術というのはそもそも作者と享受者とは完全に分離しているはずなのに、俳句や短歌の場合は純粋の享受者はおらず、享受者は常に作者でもある、これでは芸術とは言えないだろう、どうしても芸術を名乗りたいなら名乗ってもいいが、第二芸術である、とも言った。ある面では当たっているだけに、俳壇では大騒ぎになったそうである。痛いところを突かれたということなのだろう。しかしその後、俳句は第二芸術であるために衰えてしまった、という話を聞かない。むしろ、ますます隆盛に向かっているようにさえ見える。

私の周辺でも、定年後、俳句をはじめたという人は実に多い。今まで文学などというものにあまり関心を持たなかった人たちである。しかも皆さん非常に真剣であり、熱心である。これだけ多くの人の心を捉え、楽しませるものであったら、名称が第一であろうと第二であろうと芸術として一向に差し支えないではないかと私は思う。

妻は毎月の句会に持って行くわずかな句が出来ないで、毎回ふうふう言いながら指を折っては呻吟している。句会ではなくて苦会だわ、などと本人が言い、たった三句で四苦八苦、などと私にからかわれながら、それでも当日になるといそいそと出かけて行き、一年に一度ぐらいは特選に選ばれたとにこにこしながら帰ってくる。短詩型文学とは何ぞやなどというむずかしいことは考えないで、心の平穏と家庭平和のために、大いに楽しんでくれればそれでいいと、私は秘かに思っている。

Ⅱ

折の文化

ＴＰＯという言葉がある。

Time（時間）

Place（場所）

Occasion（場合）

の頭文字を並べた語というが、もともとは時と場に応じた服装を、という日本のファッション業界が言い出した、外国にはない、日本独自の造語だということである。フォーマルな場にはフォーマルな服装を、カジュアルな場にはカジュアルな服装を、という極めて当たり前なことを言っているにすぎないのだが、わざわざ改まって提唱しなければならないところに現代における服装の乱れが気になるということでもあろうか。

実は、われわれの国では伝統的にＴＰＯを大事にする文化があった。季節にかかわることが多いが、服装だけではなく、和歌を詠む場面でも、音楽を奏する場面でも、その他、日常生活のさまざまな面で、時・所・場に、非常に注意深く、しかしさりげない形で心づかいがなされていた。特に改まった形ではなく、ごく自然な形で行われていた。

「折にあふ」

古典の文学作品を読んでいると、しばしば「折《をり》」という言葉にぶつかる。登場人物が詠んだ歌、着ている衣装、あるいは人の行為などが、それぞれ「折」に合っているかどうかが問題にされる。合っていればすばらしいということになるし、合っていなければセンスが疑われる。

たとえば、源氏物語・夕顔巻に、光源氏が愛人の六条御息所のもとから帰ろうとする朝の様子が描かれている場面がある。秋、庭の植え込みの花はさまざまな色に咲き乱れている。そのまま見過ごしがたくて、立ち止まる源氏。御息所の侍女である中将の君が見送りに出る。

中将の君、御供に参る。紫苑《しをん》色の折にあひたる、うすものの裳《も》あざやかにひき結ひたる腰つき、たをやかになまめきたり。

「紫苑色」とは襲《かさね》の色目のことであるが、それがいかにも秋にふさわしく、「折にあひたる」と言っている。中将の君の人柄を、センスのよさを、そのひとことで表現しているのだが、もちろん褒め言葉である。彼女の腰のあたりがまた「たをやか」でなまめいたものだった。源氏はつい好き心をそそられる、といった場面でもある。

枕草子には、中宮が侍女たちに、突然「何か古い歌を一首ずつ書きなさい」と言って、白い色紙を与える場面がある。どんな歌でもいい、思い出される歌があったら、と言われても、彼女たちは困り果てる。結局、春の歌やら桜を詠んだ歌やらを書いたのは、季節が春だったし、そこに、青い大きな瓶に据えてあって、見事な枝ぶりの桜が咲きこぼれていたからである。清

少納言は、

年経ればよはひは老いぬしかはあれど花をし見ればもの思ひもなし

という有名な古今集の歌を書いた。やはり桜の花を詠んだ歌だが、ただしそのままではなく、「花をし見れば」の箇所を「君をし見れば」と改めて書いた。もともとは天皇の后となった娘に対する、父親のよろこびをうたった歌である。目の前に桜を挿した瓶がある。年月が経ってしまったので、私も老いてしまいました。しかしながら、この美しい花を見ていますと、何のもの思いもありません。花を詠んでいるのだが、実は、成長し、后となった娘への賛歌である。清少納言はそれを利用し、花の歌をとっさの機転で「君をし見れば」と変えて、中宮を賛える歌に改めた。「折」を強く意識した行為であることはいうまでもない。そのあとを受けた「円融院の御時」の話でも、同じように「草子に歌一つ書け」と要求された殿上人たちが、ひどく書きにくがっていると、円融院が、

さらにただ、手のあしさよさ、歌の、折にあはざらむも知らじ。

とおっしゃったという。「手」とは、この場合「筆跡」の意である。字の上手下手、歌が「折」に合っていようといまいと構わない、というのである。やはりここでも「折」が問題にされている。決して意識的にではないのだけれど、当時の人達がいかに「折」というものにこだわっていたかが理解されよう。

音楽に関する面でもまったく同じである。

弾き物、琵琶、和琴ばかり、笛ども、上手の限りして折にあひたる調子吹きたつるほど、

というのは、源氏物語・松風巻に出てくる描写であり、

冬の夜の月は、人にたがひてめでたまふ御心なれば、おもしろき夜の雪の光に、折にあひたる手ども弾き給ひつつ、

というのは、同じ源氏物語の、これは若菜下の巻に出てくる描写である。いずれも楽器の演奏について述べている場面で、「折にあひたる調子」とか「折にあひたる手」とかいっているのは、やはり、季節やその場の雰囲気にぴったりと合った演奏の仕方というのがあったのであろう。

楽器ではなく、今様《いまよう》という平安後期の流行歌についても同様のことが言える。本来の歌詞を変え、即興でその場にふさわしくうたった歌い手に対し、

折にあひてめでたかりき。

と後白河院が絶賛したと、梁塵秘抄口伝集という書物が伝えている。

「折」と表現

「折にあふ」は、ある表現行為と「折」との間に醸し出された、調和がとれ、よしとされる関係をいうが、もっと能動的に、ある「折」に対してよしとされる行動を積極的にとることを、「折を過ぐさず」という。対人関係や社会的なつき合いなどの面に多く見られ、いわば他に対する心づかい、あるいは気配りの精神といったものに通じるものだが、男と女の間で用いられると、非常に有効なコミュニケーションの方法となる。

和泉式部日記は、平安時代の女流歌人である和泉式部と、その恋人である帥宮《そちのみや》との間でやりとりされた、歌を中心とする、熱烈な恋の記録であるが、そのごく早い段階で、お互いの気持ちがまだはっきりとつかみきれないころであった。

時は五月、雨が降りつづき、式部はひたすらもの思いにふけっている。そこに宮から、「雨のつれづれはいかに」と言って便りがある。

おほかたにさみだるるとや思ふらむ君恋ひわたる今日のながめを

まったく思いもかけなかった便りであった。女はこの上なくうれしい。この五月雨を、あなたはごく普通の五月雨とお思いでしょうね。実はあなたを思いつづけている私のもの思いの涙が、今日のこの長雨になっているのですよ。五月雨の時期にふさわしく、「さみだるるとや思ふらむ」と言い、長雨の意に、もの思いの意の「眺め」を掛けて、「今日のながめを」とも言っている。まさに「折」にふさわしい表現であり、絶妙のタイミングなのである。そうした宮の心づかいが、何ともすばらしい。

折を過ぐしたまはぬををかしと思ふ。

と日記には記されている。

そもそも歌の表現と「折」との関係は非常に深いものがある。歌会などで、題が出されて詠む、いわば題詠の歌と違って、日常生活の中で詠む私的な歌は、その時どきの状況に従って歌を詠む。悲しい時に悲しいと詠み、淋しい時には淋しいと詠む。悲しい時にもし五月雨が降っていれば、五月雨が私の袖を濡らすと詠む。梅の花が咲いている時に恋をしていれば、梅によそえて恋の気持ちを詠み、梅の枝に挿して相手に送る。春なら春の歌を、秋なら秋の歌を詠む。季節を無視して詠むことはまずあり得ないのである。袋草紙という歌学書に、

春霞かすみて往にしかりがねは今ぞ鳴くなる秋霧の上に

という歌についてのエピソードが載っている。作者についてはいろいろな説があってよくわからないが、袋草紙では凡河内躬恒《おおしこうちのみつね》という人の作ということになっている。秋、八月(旧暦では秋である)、躬恒がたまたま宮中に参上したところ、雁が鳴いて渡り、勅命があって、歌を詠むことになった。彼はまず「はるがすみ〜」と詠みはじめた。それを三度繰り返したというが、そこに居合わせた人たちは皆げらげらと笑い出した。確かに、秋、雁が鳴いて空を渡る、という時の歌が、「はるがすみ〜」ではおかしい。袋草紙には、

人々嘲弄《ちやうろう》ス。

とある。ところが躬恒は「このあとがいいのですよ」と言って、「かすみて往にしかりがねは」とつづけ、「今ぞ鳴くなる秋霧の上に」とまとめた。皆が感心したことは言うまでもない。嘲弄であれ共感であれ、当時の人びとの「折」に対する意識がどんなものであったかを、このエピソードは如実に物語っている。

まったく逆の話だが、兼好法師の徒然草には、

雪のおもしろう降りたりし朝《あした》

ではじまる有名な章段(第三十一段)がある。雪が趣き深く降っていた朝、兼好は人のもとに言うべきことがあって、手紙を書き、雪のことは何も触れずに用件だけを記したところ、

この雪いかが見ると一筆のたまはせぬほどのひがひがしからむ人の仰せらるること、聞き入るべきかは。返す返す口惜しき御心なり。

と言ってよこしたというのである。せっかく雪が趣き深く降っているのに、「この雪をどんなふうにご覧になりますか」とひとことも触れないようなひねくれた方のおっしゃることを、どうして聞き入れられましょう。かさねがさね残念な御心です。一本とられた形の兼好は、もちろんそれを大変おもしろいこととして書き留めているのだが、おそらくこうした精神、せっかくの雪に対してまったく関心を示さないような無粋さを批難する精神が、その後も日本人の心の中に脈々と生きつづけてきたのだと考えられる。

題詠の歌は題詠の歌で、当然ながら題の制約を受ける。「春雨」という題が出たら、いまは雨が降っていなくても、いかにも春雨らしく、しょぼしょぼと降っているように詠む。「忍恋」という題が出たら、恋には無縁の生活をしていても、秘かに身を焦がしているように詠む。それらは人為的で、異なった形のものではあるが、やはり「折」に忠実であることに間違いない。

俳句の季語もまた「折」の伝統を受け継いだものと考えられる。もともと俳句は俳諧連歌の発句が独立したもので、発句にはいわば挨拶の句としての役割りがあるから、表現に、その句が詠まれた「折」が深く関係する。歴史を振り返ってみると、その間のいきさつが非常によくわかるのである。

時候の挨拶

手紙を書く場合、たとえば英語圏では、冒頭の挨拶で、

Dear Sir,

とか、

Dear Mr. ……,

などと書くのが一般的であろう。まず相手に対して親愛の情を表し、それから具体的な用件に入る。ところが日本ではまず時候の挨拶からはじめるのが普通である。

拝啓　春暖の候

あるいはそんなに堅苦しい書き方をしない場合でも、

涼しくなりました。その後お変わりありませんか。

などと書いたりする。これも当然ながら伝統的な「折」の文化に支えられている。挨拶は必ずしも手紙の上だけとは限らない。朝、玄関を出て、隣人に会ったら、

お寒うございます。

とか、

寒くなりましたね。

などと挨拶するのはごく普通のことである。時候の挨拶というのは、自然や季節に対してだけではない。もっと幅広く、その場の空気や、対人関係など、さまざまなものに対する心配りの精神が関係している。そうした文化が日常的にはぐくまれて、日本の社会ではひとつの有効な潤滑油ともなってきた。

しかし、残念ながらそれがだんだん衰退してきているように私には感じられる。同じ郵便物でも、「メール」とカタカナ語として呼ばれるものになると、手紙とはすっかり様相が異なってきている。メールの使えない生活は、もう私のような老人でも考えられないが、メールの文章は、手紙の文章とはかなり違ってきているように思われる。特に若者たちのやりとりするメールは極めて日常的、会話的で、絵文字などをふんだんに用い、非常にくだけた調子になっている。基本的に挨拶の言葉はない。「拝啓」も「前略」もない。丁寧な時候の挨拶などを書いたら笑われてしまうだろう。「先生に手紙を書くのは苦痛です。きちんとした文章を書かねばならないと思うから」という教え子が、メールでは気軽に文章を書いて送ってよこす。きどらなくて済むからという。トイレと便所、リビングと居間、いわばカタカナ語とそれ以前のものとではかなりイメージが違うように、メールと手紙でも相当違ってきている。イメージだけではなく、実態が変わってきている。

しかし時候の挨拶もなかなかいいものだと私は思っている。これまで受け継がれてきた「折」に対する意識のうちのこれはごく一部でしかないが、いろいろと配慮の行き届いたもの言いであると思うからである。手紙の文章からメールの文章へという勢いはもう止めようがないであろう。でも、それとともに、今まで培ってきた文化のひとつが滅んでしまうのは何とも惜しい気がする。

干支（えと）

年が改まる時期になると毎年のように「えと」に関する記事が新聞や雑誌を賑わわす。年賀状や切手のデザインとしても話題となる。私は絵も描けないし、書もダメである。版画でも彫ることが出来れば辰年なら勇ましい龍の絵を、申年ならかわいらしい猿の絵を、賀状に印刷してお送りしたいところだが、もちろんそんな器用なまねは出来ない。しかし単に「謹賀新年」だけではあまりに能がなさすぎるように思え、ある年から古典文学の中の表現に着目し、その年の「えと」に関する一節を探し出しては印刷するよう心がけた。たとえば、丑年であれば、

　里近く山路の末はなりにけり野飼ひの牛の子を思ふ声　寂連法師

とか、酉年であれば、

　鶏の雛の、足高に、白うをかしげに、衣短かなるさまして、ひよひよとかしがましう鳴きて、人のしりさきに立ちてありくもをかし。（枕草子）

などの文章を用いるのである。もちろんそれぞれの方に対して一筆添えることも忘れない。

十二支

ところがはじめてみると、これが結構むずかしい。適当な、正月にふさわしい文章がなかな

か見つからないのである。龍などは空想上の動物だし、虎も羊もわれわれの先祖にとっては文献の上でしか知らない動物である。わりに簡単に探し出せる動物もいれば、苦労してもなかなか探し出せないものもいる。やっと見つけても、たとえば羊などは、

羊の歩みよりもほどなき心地す。(源氏物語・浮舟)

のように、「羊の歩み」という形で出てくるのがほとんどである。仏典からの引用で、「屠所に引かれる羊のような、力のない歩み」、あるいは「刻々と死に近づいていくことのたとえ」の意味である。これではとても賀状には使えない。

そもそも十二支になぜ動物が結びついているのか、よくわからない。暦法とともに十二支という概念が中国から入ってきた時にはすでに結びついていたようであるが、中国でも、たとえば「子(し)」に「鼠」の意味はないのに、なぜ、それらが結びついたのか、くわしくはわからない。

子(し)・丑(ちゅう)・寅(いん)・卯(ぼう)・辰(しん)・巳(し)・午(ご)・未(び)・申(しん)・酉(ゆう)・戌(じゅつ)・亥(がい)

を、日本では動物に当てた読み方で、

ね・うし・とら・う・たつ・み・うま・ひつじ・さる・とり・いぬ・ゐ

とする。古典文学の世界では時刻も方角もすべてこの十二支で表すから、少なくとも国文学科の学生にとっては必須の知識のはずだが、きちんと覚えているかどうかとなるとまことに心許ない。もっとも、「いろは歌」も満足に書けない学生がいる、と国語学専門の教員が嘆いていい

たから、この程度で嘆いていたら今時の大学教師はつとまらないのかもしれない。

時の呼称

土佐日記は、土佐国の国司であった紀貫之が、任期を終えて京に帰る途中のさまざまな出来事や思いを記したいわば旅日記であるが、女性の筆に仮託してあって、その冒頭部分に、

　男もすなる日記といふものを、女もしてみむとてするなり。それの年の師走の二十日あまり一日の日の戌（いぬ）の時に門出す。

とあるのは極めて有名である。貫之の一行が帰京のために家を出たのが十二月二十一日、「戌の時」であったが、さて、その「戌の時」というのは今の何時か、と聞いて、すぐに答えられる学生はそう多くない。子の刻を起点として二十四時間を十二で割る、そうすると一刻は二時間だから、丑が午前二時で、寅が四時、「戌」は終わりから二番目だから、午後の八時になると説明し、その上で、

　では、今の昼の十二時は十二支で何と言う?

と逆な形で聞いてみると、やはり答えられない。

　「午（うま）」だ。

と言って、黒板に字を書いてやってもぽかんとしている。

　ジャスト十二時を正午、それより前を午前、あとを午後と言うではないか。

と、そこまで言って、はじめて、ああそうか、という顔をする。今では日常的に使われなくな

ってしまった昔の言い方や概念が、ごく自然な形で現代語の中に生き残っている例はいろいろあるが、「午前」とか「午後」とかはその典型的な例といってよいだろう。もっとも「午の刻」というのは十二時からの二時間を指すのではなくて、十二時を中心とする二時間らしいから、現代の時間でいうと午前十一時から午後一時までの間となる。

また、それを細かく区分して、さらに四つに分け、三十分ごとに「午一つ」「午二つ」「午三つ」「午四つ」ともいう。われわれが子供の時、講談本というのがあって、かなり荒唐無稽な内容のものであったにもかかわらず、随分夢中になって読んだものだが、真夜中の何か怖ろしいことが起こりそうな場面では、大抵、

草木も眠る丑満つ時……、

なのであった。舞台であればおどろどろしい太鼓が低く鳴り響くところであろうが、この「丑満つ時」は実は当て字で、正確には「丑三つ時」が正しい。現在の時間でいえば午前二時から二時半ごろまでをいう。

方角の呼称

方角を示す場合もやはり十二支を用いた。「子」が北で、そこを起点として右回りにぐるっと一周させると、東は「卯」、南は「午」、西は「酉」となる。そこでまた、

北は「子」だが、では南は?

と聞くと、やはりすぐには答えられない。

真反対だから、もちろん「午」だ。地球上で、北と南とを結ぶ線を「子午線」と呼ぶのはそのためだ。

と言うと、納得する。もっとも、平安時代当時でも、東、西、南、北を表す場合は、日常的にはやはりそのまま、東、西、南、北を用い、子、卯、午、酉などのいわば十二支系用語はあまり用いられなかったらしい。古典の作品にはほとんど出てこない。それに対して、北東、東南、西南、北西の場合は、漢文系の文章はともかく、和文系の文章ではもっぱら、丑寅（うしとら）、辰巳（たつみ）、未申（ひつじさる）、戌亥（いぬゐ）が用いられた。

清涼殿のうしとらの隅の……、（枕草子）

とか、

わが庵は都のたつみしかぞすむ世をうぢ山と人はいふなり

（古今集・雑下、九八三　喜撰）

などのごとくである。中でも「丑寅」は、陰陽道では「鬼門」とされ、鬼の出入りする方角とされた。大鏡という作品に、太政大臣藤原忠平の豪胆さが描かれた部分があり、夜、人気のない紫宸殿で、なにやらものの気配がして、太刀の先がつかまれる、毛むくじゃらの手、刀の刃のような爪、「鬼だ！」と怖ろしく思ったけれど、怖じけついた様子は少しも見せず、太刀を引き抜いて逆にその手をつかまえたところ、鬼は、

まどひてうち放ちてこそ、うしとらの隅ざまにまかりにけれ。

ということになった。鬼門である「丑寅」の隅の方に逃げていったというのである。もっとも

鬼は、本来どういう姿をしていたのか、はっきりしない。

目に見えぬ鬼神をもあはれと思はせ……、（古今集　仮名序）

とあるように、目に見えぬものだったらしい可能性もあるのだが、いつの間にか牛のように角が生え、虎の皮のふんどしをしているイメージが出来上がっていった。それはこの「うしとら」に関係するのだとする説もあるが、真偽のほどはわからない。なお、一般に、

来年の「えと」は辰である。

というような言い方をするが、厳密には正確ではない。「えと」とは、本来十二支を指す言葉ではなくて、十干、あるいは両者の組み合わせを指す言葉だからである。

十干

今の成績通知表というのは学校によってさまざまらしい。単に「通知表」というのもあれば、小学校では「あゆみ」「かがやき」「のびゆく子」など、名称もいろいろあるようだし、評価の記入方法も、五段階だったり、三段階だったり、あるいは数字だったり、記号だったり、時にははじめから、「よくできる」「できる」「もうすこし」などの欄があって、そこに◯をつけるというような、極めて簡単なものもあるようである。

われわれの時は「通信簿」と言い、評価は甲、乙、丙で表されることが多かった。途中から優、良、可に変わったように思うが、私はなかなか「全甲」がとれず、体育や音楽が大抵「乙」だった。「乙」はその姿から「あひるさん」と呼ばれ、「あひるさんばかりが並んでいる」など

と言われた。甲、乙、丙は、十干の冒頭部分で、全体は、
甲（こう）・乙（おつ・いつ）・丙（へい）・丁（てい）・戊（ぼ）・己（き）・庚（こう）・
辛（しん）・壬（じん）・癸（き）
である。それに、五行思想の、
木（もく）・火（か）・土（ど）・金（ごん）・水（すい）
が結びつき、さらに陽（兄・え）と陰（弟・と）とに分けられて、日本では、
甲（木の兄）きのえ　乙（木の弟）きのと　丙（火の兄）ひのえ　丁（火の弟）ひのと
戊（土の兄）つちのえ　己（土の弟）つちのと　庚（金の兄）かのえ　辛（金の弟）かのと
壬（水の兄）みずのえ　癸（水の弟）みずのと
と呼び慣わされた。これがもともとの「えと」であり、この十干とさきの十二支とが組み合わされて「干支（かんし）」と言い、これもまた一般に「えと」と呼ばれる。「えと」には幾通りもの使われ方がある。ところでその組み合わせであるが、十干と十二支とをそれぞれ次のように並べて行くと、当然ながら十二支の方は二つ余る。
甲子（こうし、かっし）きのえね　乙丑（いっちゅう）　きのとうし
丙寅（へいいん）　ひのえとら　丁卯（ていぼう）　ひのとう
戊辰（ぼしん）　つちのえたつ　己巳（きし）　つちのとみ
庚午（こうご）　かのえうま　辛未（しんび）　かのとひつじ
壬申（じんしん）　みずのえさる　癸酉（きゆう）　みずのととり

そこでまた二つずつずらして次のように組み合わせる。

甲戌（こうじゅつ）　きのえいぬ　乙亥（いつがい）　きのとゐ

丙子（へいし）　ひのえね　丁丑（ていちゅう）　ひのとうし

…………

こうして繰り返していき、その組み合せを暦に利用したのだが、もとの組み合わせに戻るまでには六十年かかる。数えで六十一年目には暦が戻るので、一般に「還暦」といい、その程度のことはさすがに学生諸君も知っている。

従ってたとえば同じ辰年は十二年経つとまたまわってくるが、十二年前の辰年と、次の辰年とでは、厳密にいうと違う。平成十二年の辰は「庚辰（かのえたつ）」で、二十四年の辰は「壬辰（みずのえたつ）」である。「丙午（ひのえうま）」生まれの女性は気が強く、夫を食い殺したりするという迷信のために、昭和四十一年生まれの子供は極端に少ないという現象がかつて生じたことがあり、社会問題ともなったが、右の計算からするならば、六十年に一度、必ずその問題は起こってくることになる。

壬申（じんしん）の乱とか、戊辰（ぼしん）戦争とかいう言い方も、その事件の起こった年に関係する。天智天皇の死後、その弟である大海人皇子と天皇の長子である大友皇子が皇位継承をめぐって起こした内乱が壬申の乱だが、大友皇子は敗北して自殺し、大海人皇子は即位して天武天皇となった、その年が六七二年、「壬申」の年であった。また明治維新の際の、鳥羽・伏見の戦いからはじまって、彰義隊や会津、遠く、箱館五稜郭に至るまでの、薩・長を中心とする討幕派と、いわば旧幕府軍との戦いが、戊辰戦争である。慶応四（一八六八）年、「戊辰」の年にはじまった。

中国でも辛亥（しんがい）革命というのがある。一九一一年、「辛亥」の年に革命が起こり、清（しん）王朝が倒されて、古代よりつづいた君主制が廃止された。共和制国家である中華民国の誕生である。阪神タイガースの本拠地としても、また高校野球のメッカとしても名高い甲子園球場は、完成したのが大正十三（一九二四）年で、その年がたまたま「えと」のトップである「甲子（きのえね）」の年であったところから、縁起がいいということで、「甲子園」と名づけられたという話が伝わっている。

「ひのえうま」問題のほかにも、「えと」に関してはさまざまな迷信、俗説のたぐいがあるようである。しかしそれとは別に、右のような形で、「えと」は確実に現代ともつながっている。おそらくそうした関係は今後もつづくのであろうが、迷信は迷信として、やはりきちんとした知識はこれからも持ち合わせていきたいものだと思っている。

正月行事

最近はおせち料理が売れているそうである。広告などを見ると結構高価なものだが、デパートや有名料理店などでは年末商戦の大きな目玉になっているという。

わが家では相変わらず妻が作っている。NHKの紅白歌合戦を横目で見ながら、たまにはゆっくりと椅子に腰掛けて見たいものね、などと言いつつキッチンに立っている。栗きんとん用のサツマイモを漉す時は私も動員させられる。最近の紅白は名前も知らない若い歌手が多いし、わけのわからない歌ばかりでさっぱりおもしろくない、などと文句を言いながら、私はせっせと手を動かす。息子たちが家庭を持ち、人数は少なくなったが、正月だけは必ず全員が集まるので、量的には却って多くなっている。

大きなエビがどんと載っているような、豪華なおせちをそろそろわが家でも買ったら？　そうしたらお母さんも少しはラクになるでしょ、などと息子たちは言うのだが、うーん、でも、きんとんなんか、隅っこにちょっとあるだけだよ、やはりたくさん欲しいだろう、などと私はあまり気乗りしないでいる。見た目にはきれいだし、おいしいかもしれないけれど、出来合いのものがそもそも私は好きではない。

宴

万葉集の掉尾《ちょうび》を飾る歌は、集の最終的な編者と目される大伴家持のもので、新年を寿ぐ歌として有名である。

新《あら》しき年の初めの初春の今日降る雪のいやしけ吉事《よごと》

新しい年の初めの、その初春の今日、降る雪が積もるように、ますますよいことよ積もってくれ。天平宝字三（七五九）年の正月、因幡国（現在の鳥取県東部）の長官であった家持が、役所で元日の宴を催し、部下たちに饗応した折の詠という。どういう形式の宴で、どんなご馳走であったかは明らかでないが、家持のころにはもう正月に特別の宴を催すことがある意味では常態化していたのであろう。日本書紀にも、早く、天智天皇の七（六六八）年、正月の宴の記事があり、

壬辰、宴群臣於内裏

と記されている。その年の正月壬辰は七日にあたるが、内裏で群臣に宴を賜った。しかし記述は極めて簡単なもので、具体的な宴の内容まではわからない。

平安時代になると、記録類がそれまでよりは増えてくるし、源氏物語や枕草子など、女流の文学作品もあらわれて、おぼろげながらではあるけれど、行事の内容が少しずつはっきりしてくる。宮廷では、まず元日に四方拝の儀式がある。大晦日の追儺《ついな》とか鬼やらいとかいわれる行事が終わると、寅の刻というから、今の午前四時ごろ、まだ暗いうちからはじまったようであ

る。清涼殿の東庭に座がしつらえられ、天皇が天地四方をはじめ、年によって決められた方角を拝む。夜が明けると、天皇は大極殿にお出ましになり、群臣たちの拝賀が行われる。朝賀とか朝拝とかいい、かなり荘厳なものであったらしいが、やがて、略式の小朝拝の方が主流になっていったという。また、供御薬（みぐすりをぐうず）という無病息災を願う儀や、歯固めという長寿を願う儀もあった。御薬とは今でいう屠蘇、歯固めとは、大根、瓜、押鮎、煮塩鮎や、猪、鹿などの肉類を食する行事で、いわばおせち料理の源流のようなものであったらしい。

こうした行事は宮廷だけで行われたものではなく、大臣や公卿など、次第に一般貴族の私邸でも行われるようになっていった。

土佐日記は、土佐守であった紀貫之がその任を終え、土佐から京へ帰る途中の旅日記の形をとった作品であるが、承平四（九三四）年の十二月二十七日に船出をして、元日は大湊というところに停泊中であった。前日、この国の医官がわざわざ屠蘇と白散《びゃくさん》に酒を添えて差し入れてくれたのだが、ほんの夜の間だけと思って、白散を船屋形に差し挟んでおいたところ、風に吹かれて海に落としてしまい、飲むことが出来なくなってしまった。白散も屠蘇と同じように酒に入れて飲むものである。それだけではない、

芋茎《いもし》、荒布《あらめ》、歯固めもなし。かうやうの物なき国なり。

とある。芋茎は里芋の茎を乾燥させたもので、ずいきと呼ばれるもの。荒布は海藻の一種である。正月なのに、これらも歯固めもない。土佐はこのようなもののない国だ、といっている。逆にいうならば、すでに京ではこれらのものが一般に正月の必需品になっていたということに

なろう。

ただしここで気をつけなくてはいけないのは、一般にといっても、あくまでも貴族社会においては、という但し書きがつくことである。日本全体からいうならば、ごく僅かな、ほんの一握りの人たちの社会についてである。当時、普通の庶民がどういう生活をしていたかはほとんどわからない。残されている文献はすべて貴族社会に属する人間が書いたものだし、貴族社会における出来事しか書かれていないからである。もし私が平安時代に生まれていたとしたら、おそらく歯固めなどというものと一生縁のない生活を送っていたに違いないと思われるけれども、実はそれもよくわからない。

餅、菜、粥

今の鏡餅にあたるものは、餅鏡（もちひかがみ）といった。源氏物語、初音巻は、豪華な六条院造営後はじめての正月を迎える場面であるが、紫上に仕える女房たちの様子を、

装束ありさまよりはじめてめやすくもてつけて、ここかしこに群れゐつつ、歯固めの祝ひして、餅鏡をさへ取り寄せて、

と描いている。見た目にも感じのいい装束や様子の女房たちが、あちこち寄り集まっては歯固めの祝いをし、餅鏡までも取り寄せて、といっている。いかにも正月らしいうきうきした雰囲気である。餅鏡はやはり基本的には飾り物だったようである。栄花物語、つぼみ花の巻に、三条帝がまだ赤ちゃんだった禎子内親王を抱く場面があり、

それにつけても、あなうつくしと見奉らせたまひて、抱き取り奉らせたまひて、餅鏡、見せ奉らせたまふとて、

と餅鏡を見せている。「あなうつくし」は、現代語に言い改めると、「何とかわいらしいことだ」というほどの意味になろうか。また、教科書にも採用されていてよく知られている一節に、枕草子の、

七日、雪間の若菜摘み。（正月、一日はまいて）

というのがある。正月七日に七種の若菜を羹《あつもの》にして食べると万病や邪気を払うという中国の風習がわが国に入ってきたものといわれるが、若菜摘みはかなり盛んに行われた。現在の七草粥の起源である。百人一首で有名な、

君がため春の野に出でて若菜摘むわが衣手に雪は降りつつ

あなたに差し上げようと思って、春の野に出て若菜を摘んでいるこの私の袖に、雪がしきりに降りかかっていることですよ、という歌をはじめ、若菜摘みを詠んだ歌は非常に多い。また、七日とは別に、子《ね》の日にも若菜摘みは行われた。こちらはもともと民間に伝わったものが宮廷行事として採り入れられたものらしいが、野の遊びと称し、小松引きなどとともに正月恒例の行事となった。次の後拾遺集の歌（春上、三二）は、たまたま正月七日と子の日とが重なった年に詠まれたものである。

正月七日、子の日にあたりて、雪降りはべりければよめる　伊勢大輔

人はみな野辺の小松を引きにゆく今朝の若菜は雪やつむらん

今日は正月七日、たまたま子の日にあたり、人はみな野辺に小松を引きにゆく。ちょうど雪も降っている。そうしてみると今朝の若菜は雪が摘んでいるのだろうか。「雪やつむらん」の「つむ」は、雪が「積む」と、若菜を「摘む」との、いわば掛詞になっている。「雪」を擬人化もしている。いくつもの技巧が施された歌である。小松を引く歌もまた非常に多い。

十五日には、やはり邪気を払うものとして粥を食べた。米のほか、粟とか黍《きび》とか小豆とか、七種の穀物を材料としたものだったようだが、もち粥といった。旧暦では原則として十五日は満月にあたり、望（もち）の日といったので、望の日の粥という意味である。餅の入った粥ではない。おもしろいのは、その粥を炊いた燃え残りの木を削って杖を作り、女の人のお尻をぶつという風習があったことである。粥杖で尻を打たれると、必ず子に恵まれるとか、男の子が生まれるとかの俗信があったという。枕草子に、みだりがわしいその日の描写がある。

十五日、節供まゐりすゑ、粥の木ひき隠して、家の御達、女房などのうかがふを、打たれじと用意して、常にうしろを心づかひしたるけしきもいとをかしきに、いかにしたるにかあらむ、打ち当てたるは、いみじう興ありて、うち笑ひたるは、いとはえばえし。ねたしと思ひたるも、ことわりなり。

それぞれが粥の木を隠して、お互いに注意しているにもかかわらず、打ったり打たれたり、打ったほうは大笑い、打たれたほうは口惜しがるといった情景が繰り広げられる。新婚ほやほやの女君などは格好の標的にされたらしい。なかには男までも打ったりする。泣いたり腹を立てたり、ともかく大騒ぎとなった。

うちわたりのやんごとなきも、今日はみな乱れてかしこまりなし。
と記されている。

墓参り

ところでわが家の正月は、やや風変わりである。妹や弟の家族とともに、元日に必ず墓参りをする。私は兄弟五人のうちの三番目で、長男。姉二人のうち、下の姉は子のいない福島の伯父夫婦に請われ、幼いころに養女となり、上の姉は戦時中に結核で亡くなったので、実質、私がいちばん上になった。

きょうだい仲は、まあ可もなく不可もなくといったところだろうか。ここのところ誰かしら入院騒ぎを起こしたりしているので途絶えているが、一年に一度はそれぞれのつれあいも一緒に、きょうだい揃っての旅行をしている。幹事役はいつも弟である。何年経っても常にいちばん下だし、まめで、企画や会計をあまり厭わないからでもある。はた目には非常に仲がいいと思われるらしく、友達などから羨ましがられたりする。

母が元気なうちは毎年の正月は必ず母のもとに集まった。皆、家族づれである。それが元日の恒例行事だった。母は妹夫婦と住んでいたので結局妹のところにということになるが、それでは妹だけが負担が大きすぎるということで、そのうち三人の家庭に回り持ちとなった。母が亡くなってからは皆で墓参りをし、そのあと、会場の家に向かうようになった。会場担当となると大変だったが、子供たちが小さなうちはまだよかった。それぞれ成人し、結婚したりすると、そのつれあいも一緒になり、やがて孫たちが生まれると、とても収容しきれなくなった。料理をはじめ、設営面でも負担が大きくなりすぎた。結局、正月の集まりはそれぞれの家庭でするということになり、墓参りだけはこれまで通りということになった。宴は伴わないが、顔合わせはそこで出来る。

墓地は都立の小平霊園で、非常に大きな霊園である。正月に行くようになってはじめて知ったことは、元日にも墓参りをする人が結構多いということだった。時間を決めて墓地に集合し、墓の掃除をして、線香をあげる。その後全員で写真を撮る。必ずしも三家族全員が毎年集まれるわけではないけれど、それでも孫まで入れると、毎回二十数名にはなる。皆でおめでとうを言い合い、解散する。わが家の息子たちはそれぞれの自宅に帰らず、家族ともどもわが家に直行する。そこで改めて新年の挨拶を交わし、会津塗の屠蘇器で祝いの真似ごとをして、妻手作りのおせち料理を囲むことになる。この形はもう何年もつづいている。

仲秋無月

台風が荒れ狂い、せっかくの十五夜も月見どころではない年だった。私の家では夕方から早々と雨戸を閉め、完全防備で夜を迎えた。

ところが翌日は快晴となった。ただし爽やかな秋空というわけにはいかず、猛烈な暑さがぶりかえした一日だった。医者に勧められて毎日少しでも歩くことを心がけているのだが、夕方になり、涼しくなってから散歩に出かけた。暗くなりかけていた近くの公園は、やはり私のように暑さを避けて出て来たのだろう、かなり大勢の人がいて、思い思いの姿で夕暮れ時の公園を楽しんでいた。

ちょうどその時、木と木の間から月が昇ってきた。まんまるい月だった。十五夜当日が常に満月であるとは限らないそうだが、台風で見せられなかった埋め合わせをしているかのように、一日遅れの月が、丸く、大きな月だった。

月の出

十六日の夜の月のことを「いさよひの月」という。「いさよふ」とは「ためらう」「ぐずぐずする」意である。月の出は、一日一日遅くなる。十五夜のころはちょうどいい時間帯に中空にさしかかる月が、十六日の夜になると、ちょっとためらうようにして、遅く顔を出す。それが十七、十八、十九日となると、さらに遅くなり、それぞれ「立待ち月」「居待ち月」「寝待ち月(臥し待ち月トモ)」などという。月の出を待つ姿勢が、時間の長さによってだんだん変わってくるところから名づけられた。二十日を過ぎるとますます月の出は遅くなり、その代わり明け方まで残っていて、「有明けの月」と呼ばれる。照明器具の発達した現代と違って、平安時代の夜は、ほとんど月の光だけが頼りだった。枕草子に、

夏は夜　月のころはさらなり。闇もなほ。（春は曙）

という有名な一節がある。春は曙がいい、秋は夕暮だ、冬は何といっても早朝だ、という一連の文章の中で、夏は夜だ、月のころはもちろんのこと、闇のころもやはりいい、という。ここでいう「月のころ」というのは満月の前後、すなわち陰暦での月半ばをいい、「闇」とは、月の出ていないころ、曇っていて出ていないのではなく、月が完全に欠けてしまって隠れている状態、月末から月初めのころをいう。

現代のわれわれは、特に話題となるようなことでもなければ月の存在をあまり意識しないが、昔の人たちにしてみれば、月の出や月の入り、月の満ち欠けが、日常生活に大きく影響した。毎日の生活の中に月があった。文学作品にもそれははっきりとあらわれている。源氏物語、桐壺巻に、愛する桐壺更衣を喪った帝が、更衣の忘れ形見である皇子（のちの光源氏）と、皇子の祖母にあたる更衣の母のもとに使いを出す場面がある。「野分だちて……」とはじまる有名な章段であるが、

夕月夜のをかしきほどに出だし立てさせたまひて、とまずあり、使いの靫負命婦《ゆげいのみようぶ》が「夕月夜」のほどに出発する。皇子はすでにおやすみになっていらっしゃる。命婦は帝のお言葉を伝え、母君とともに涙ながらに亡き更衣を偲ぶうちに、夜は次第に更けてゆく。そろそろ帝のもとに戻って報告しなければならない時間となる。

月は入り方の、空清う澄みわたれるに、風いと涼しくなりて、草むらの虫の声々催し顔なるも、いと立ち離れにくき草のもとなり。

月は傾きかけている。しかしその場を離れることはなかなか出来ない。やっと帝のもとに帰参すると、帝はことこまかに母君の様子などをお聞きになり、結局明け方まで起きていらっしゃることになる。

月も入りぬ。……ともし火をかかげ尽くして起きおはしましぬ。

時間の推移が月のあり方によって示されるのである。もちろん現代でも月は描かれる。たとえば村上春樹の小説『1Q84』では主人公の目を通して「二つの月」が描かれており、それが作中で大きな役割を果たしている。ただし極めて超現実的な形で描かれている。現代の小説では月が日常に密着した形で、自然なままの形で、生活とともに描かれることは非常に少なくなっていると言ってよいだろう。

古典における月

当然ながら源氏物語以外の作品でも、古典ではいろいろな形で月が出てくる。有名なものに竹取物語がある。竹の中から生まれたかぐや姫が月の世界に帰って行く話である。十五夜が近づくにつれ、月を見てはかぐや姫はもの思いにふけっている。それを見てある人が、

月の顔を見るは忌むこと

と制したけれども、人がいなくなるとまた独り月を見ては泣いている。「月の顔を見るは忌む」というのは当時の俗信だとされるが、源氏物語や紫式部日記、その他の作品にもしばしばこの言い方は出てくる。少なくとも当時の人たちは月をまともに眺めてはいけないと考えていたらしいふしがある。

しかし実際には月を眺めている。月を眺め、月を詠んだ歌は非常に多い。たとえば平安和歌を代表する古今和歌集を繙《ひもと》いただけでも、たちどころに何首もの歌を見いだすことが出来る。

白雲に羽うちかはし飛ぶ雁の数さへ見ゆる秋の夜の月　（秋上・一九一）

秋の夜の月は、白雲を背景に飛んで行く雁の数まで数えられるほどだという。月の明るさを詠んだ歌である。ただし月は、一方ではもの悲しさをもたらすものでもある。

木の間より洩りくる月の影見れば心づくしの秋は来にけり　（秋上・一八四）

「月の影」とは月の光の意。「心づくし」はさまざまにもの思いをすることをいう。木の間から洩れてくる月の光を見て、もの思いをする秋が来たのだ、と感じている。

月見れば千々にものこそ悲しけれわが身ひとつの秋にはあらねど　（秋上・一九三）

百人一首にも採られていて有名な歌である。月を見るとさまざまにもの悲しく感じられる。決して自分一人だけの秋ではないのだけれど。「千々に」と「ひとつの」とが対になっている。

やはり月を見ることによって秋のもの悲しさが強調される。

天の原ふりさけ見れば春日なる三笠の山に出でし月かも　（羈旅・四〇六）

同じように百人一首に採られていて有名な歌だが、こちらは望郷の念を詠んだものである。昔、阿部仲麻呂が唐に渡り、何年かぶりで帰国しようとした時、折から昇ってきた月を眺めて詠んだ。ああ、あれはかつて故郷で眺めた月、奈良の三笠の山から昇って出た、あの月と同じ月なのだろうか。

当時の人たちは、奈良にしても京都にしても、周囲は山に囲まれているから、月は山から出て、山に沈むものだと思い込んでいた。

遅く出づる月にもあるかな足引の山のあなたも惜しむべらなり　（雑上・八七七）

月の出の遅いのを嘆いた歌である。何とも月の出の遅いことだ。きっと山の向こう側の人も月を惜しんで引き留めているのだろう。

飽かなくにまだきも月の隠るるか山の端逃げて入れずもあらなむ　（雑上・八八四）

在原業平が惟喬《これたか》親王の供をして狩りに出かけた折の歌である。その夜は一晩中酒を飲み、物語りをしたが、親王は酔って早くも別室に行こうとした。ちょうど十一日の月も隠れようとしていたので、業平が詠みかけた歌という。まだ十分とは言えないのに、もう月は隠れようとしているのか。山の端よ逃げて、あの月を入れないようにしてほしい。山の端が逃げてなくなったら、月は隠れることが出来ないはずだという理屈である。もちろん親王の退出を残念がっての歌である。のちに紀貫之は、土佐守の任果てて、海路、都に帰る途中、海に沈む月を見て、右の歌を思い出す。

今宵、月は海にぞ入る。これを見て、業平の君の、「山の端逃げて入れずもあらなむ」といふ歌なむ思ほゆる。もし海辺にて詠ままましかば、「波立ちさへて入れずもあらなむ」と詠みてましや。

今宵、月は海に入った。山の端ではなく、海に入ったという新鮮な驚きである。これは、貫之の土佐日記に出てくる記述なのだが、業平がもし海辺で詠んだら、「山の端逃げて」ではなく、「波立ちさへて」とでも詠んだだろうか、という。

月は隈なきをのみ

花は盛りに、月は隈なきをのみ見るものかは。雨に向かひて月を恋ひ、垂れ込めて春のゆくへ知らぬも、なほあはれに情け深し。（一三七段）
徒然草の有名な一節である。桜の花は満開の折だけを見るものだろうか、いやそうではない。また、月は曇りなく照りわたっているのだけを見るものだろうか、それも違うだろう。雨が降っている時に月を恋い、家に閉じこもって春の移り変わりを知らないのも、やはりしみじみと情趣が深いものである。作者兼好法師のものの見方、考え方の最もよくあらわれているところとして名高い箇所である。
望月の隈なきを、千里の外まで眺めたるよりも、暁近くなりて待ち出でたるが、いと心深う、青みたるやうにて、深き山の杉の梢に見えたる木の間の影、うちしぐれたるむら雲隠れのほど、またなくあはれなり。

満月の、一点も曇りがないのをはるばると眺めている、そんな状態よりも、明け方近くなって、待ちに待ち、やっと出てきた月、深い山の杉の梢に見えた、木の間越しの月の光、さっと時雨を降らせたむら雲に、瞬時、隠れてしまった月の様子、そういう月のほうがずっと趣きが深い。

すべて、月・花をば、さのみ目にて見るものかは。春は家を立ち去らでも、月の夜は閨《ねや》のうちながらも思へるこそ、いと頼もしうをかしけれ。

そもそも、月や花はそうして目で見るばかりが能ではあるまい。春は家を出て行かなくても、月の夜は寝室に籠もったままでも、頭の中で月や花の美しさを想像してみることのほうが期待感もあり、趣き深いのではないか。想像力を駆使しての、イメージによる楽しみ方である。

そんなことを考えていたら、たまたま朝日新聞の土曜版で、島崎藤村の「千曲川旅情の歌」が扱われていた。草笛の音色が主たる話題の記事で、特に月とは関係なかったが、詩の全文が載っていた。

小諸なる古城のほとり　雲白く遊子悲しむ
緑なすはこべは萌えず　若草も藉《し》くによしなし
しろがねの衾《ふすま》の岡辺　日に溶けて淡雪流る
あたゝかき光はあれど　野に満つる香《かをり》も知らず

浅くのみ春は霞みて　麦の色わづかに青し
旅人の群はいくつか　畠中の道を急ぎぬ
暮行けば浅間も見えず　歌哀し佐久の草笛
千曲川いざよふ波の　岸近き宿にのぼりつ
濁り酒濁れる飲みて　草枕しばし慰む

極めて有名なものだが、この詩も実はイメージだけに頼った詩である。気をつけて読んでみると、目の前にはほとんど何もない。春浅い信州、一面緑になるはずのはこべはまだ芽吹いておらず、うっすらと降り積もった淡雪も、日に溶けて流れ、今は消えている。暖かい光はあるけれど、本来だったら野に満ちている、ゆたかな香りもない。暮れてきたので、目の前の浅間山も見えない。見事なほど何もない。本来だったらあるはずだというイメージだけで歌っている。兼好法師のようにあからさまには言っていないが、表現そのものは、まさに「さのみ目にて見るものかは」であろう。

私は台風の夜、庭に出しっぱなしの植木鉢が倒れていないか、物干し竿が飛ばされてはいないか、そんなことばかりを考えていた。月のことは思い出しもしなかった。翌日の丸い月を見て、あ、昨夜が十五夜だったのだ！　とはじめて思い出した。とても兼好や藤村にはなれそうもないと改めて思った。

地震

平成二十三年三月十一日、東京のわが家でもかつて経験したことのないほど、大きな揺れだった。思わず立ち上がり、必死になって本棚を押さえた。

長い揺れが少し収まり、まずテレビをつけて、余震におびえながら家の中を見てまわった。大事にしていたものがいくつか壊れており、日常の手抜きを後悔したが、その後の東北地方の惨状を見聞くにつけ、わが家の被害状況などは何ほどのことがあろうという気持ちになった。

大きな被害

その日はずっとテレビに釘付けになっていた。リアルタイムで見た津波の怖ろしさ。きれいに耕された畑や整然と並んだビニールハウスが次々と呑み込まれてゆく。駐車してあったくるまも、落ち着いたたたずまいの家も、そこここにある木や電柱も、文字どおり根こそぎ流されてゆく。道路を走っていたくるまに波がひたひたと近づいた時には、届かないことはわかっているのに、もっと早く、と思わず声をあげそうになった。

私の両親は福島の出身なので、福島には親戚が多い。ところが電話がまったく通じなくなった。いわきに住んでいる姉夫婦の家は海岸から離れているし、津波はまず大丈夫だろうと思っていたが、家屋が古く、年寄り二人だけの生活が心配で、電話をかけつづけたが、通じなかった。何とか無事を確認できたのは翌日の夕方であった。

教え子たちも東北には多い。ほとんどが学校の先生をしていて、今でも何かにつけて連絡をしてよこすから、メールアドレスを持っている者には念のためにメールを送ってみたら、これは比較的早く届き、返事が来た。ただし相馬の教え子からは、自分の家は大丈夫だったけれど、常磐線より東側、海に近いほうはほとんど壊滅状態で、まだ何人も行方不明の生徒がいるのです、という悲痛なものだった。

予想されたことではあったが、二次的な被害もかなりのものだった。東京では途端に電車が動かなくなった。あんなにも簡単に交通機関が麻痺するとは予想外だった。すでに年金生活に入っていてふだん自宅にいるわれわれはいいとして、勤めに出ている人や学生諸君は大いに困ったろう。

たまたま私は翌土曜日に仲間と研究会を持つことになっていた。早速メンバーからは明日どうしますか、というメールが入った。ある人は都心から鷺宮まで歩いて帰った、またある人は勤め先の学校で帰宅できない生徒が多数出たので一緒に泊ることになった、またある人はいまだに夫と連絡がとれない、メールを通してそれぞれの状況も把握できた。電話はなかなか通じなかったが、メールは電話より通じやすく、その点でも便利なものだということを今回の地震で改めて知った。

ところがメンバーの一人で、研究会に場所を提供してくれている人からだけはついに連絡がなかった。翌日になってわかったことだが、立川の国文学研究資料館に調べものに行っていて、そこで地震に遭い、帰れなくなり、やむを得ず他の人たちとともに資料館で一夜を明かしたとのこと。

被害の形はさまざまだったが、いずれにしても身の危険にかかわるようなものではなかった。それに較べ、直接罹災して、暖房もない、食料もない、薬もない、いつまでつづくかわからない、そうした避難所生活を強いられている人たちのことを思うと、言葉もない。死者、行方不明者を併せると一万数千人にも達するという。当然ながら避難されている人の中にも家族を失った人はいるだろう。

そこへ原発問題の追い打ちである。絶対安全だ、幾重にも防護装置は施してある、と言いつづけてきたのに、もろくもその「絶対」は崩れた。この期に及んで責任の所在はなどと言ったところではじまるまい。東電関係者の憔悴しきった顔をテレビで見ながら、何とかしてこれ以上大きな被害にならぬよう、ただひたすら祈るよりほかはなかった。

地震列島

日本は世界に冠たる（?）地震大国である。世界の共通語となった「Tsunami」も、もともとは日本語の「津波」によるものだという。最近では地質学的な調査などからかなり明瞭に地震の歴史を知ることが出来るそうである。堆積物を調べることによって、津波のおよその規模や高さまでわかるとのことだが、地震が文献に現れた日本での最も古い例は、日本書紀、巻十

三に見える允恭天皇五（四一六）年の、

五年秋七月丙子朔己丑、地震

とあるものである。「丙子」とか「己丑」とかはいわゆる干支《えと》で、「朔《さく》」とは月の初め、ついたちの意。「丙子朔己丑」というのは、要するに「ついたち」が「丙子（ひのえ・ね）」にあたる月の「己丑（つちのと・うし）」の日、ということになる。干支の組合せを考えながら計算すると、それは十四日で、地震が起きたのは允恭天皇五年の七月十四日のこととなる。

「地震」は古く「なゐ」と言った。動詞として用いられる時は「なゐ振る」と言った。類聚名義抄という平安時代の辞書には「地震　ナヰ」とあり、色葉字類抄という他の辞書には「地震　ナヰフル」とある。また、日本書紀・巻二十二に見える推古天皇七（五九九）年四月の記事には、

七年夏四月乙未朔辛酉、地動舎屋悉破

ともある。「地動」というのも要するに地震のことであろう。「乙未朔辛酉」というのを先と同じように計算すると、二十七日になり、推古天皇七年の四月二十七日にやはり地震があった。ここでは「舎屋」すなわち住居が悉《ことごと》く壊れたと書かれており、具体的に被害の状況が記されている。

日本書紀は古事記とともに日本最古の文献である。すでにそこに地震と被害についての記録がある。ただしそれ以後、大小とりまぜ、どれほど多くの地震があったかわからないが、残念ながら具体的に記録されている地震は決して多くはない。

その中で、鴨長明によって書かれた地震の記録は実に詳しく、出色のものといってよいだろう。安元の大火、治承の辻風、養和の飢饉など、自ら体験し、あるいは見聞きした天変地異の数々を記したあと、

また同じころかとよ。おびたたしく大地震《おほなゐ》振ること侍りき。

と元暦二（一一八五）年七月九日の大地震について触れる。

そのさま、世の常ならず。山は崩れて河を埋み、海は傾きて陸地をひたせり。

今回の地震とまったく同じである。まだ「津波」という表現はとられていないが、「海は傾きて陸地をひたせり」というのは明らかに津波であろう。

土裂けて水湧き出で、巌割れて谷にまろび入る。

いわゆる液状化現象であろうか。岩が割れて谷に転がり込むのはいかにもあり得ることのように思われるが、「土裂けて水湧き出で」というのも実際に起こった現象であろう。

渚漕ぐ船は波に漂ひ、道行く馬は足の立ち処を惑はす。

作者長明は当時どこに住んでいたのであろうか。この地震の起こる五年ほど前、平清盛は周囲の反対を押し切って都を京都から今の神戸の地に移すことを計画する。いわゆる福原遷都である。一時、長明も福原に居を定めたらしく、その福原の様子を、「南は海近くてくだれり、波の音、常にかまびすしく、塩風、ことにはげし」などと言い、「古京はすでに荒れて、新都

はいまだ成らず」とも言っている。

ところがその遷都は失敗し、再び荒れた京都に戻る。やがて平家も滅亡するのだが、当然ながら長明は京の都にいたのであろうから、恐らく「渚漕ぐ船」も、先の津波の情景も、実際には見ていないのだろうと思われるが、表現は的確で、あたかもテレビの実況を見ているかのようである。

都のほとりには、在々所々、堂舎・塔廟ひとつとして全からず。あるいは崩れ、あるいは倒れぬ。塵・灰立ちのぼりて、さかりなる煙の如し。

これらは当然ながら長明自身が目にした京の実景であろう。小さな家も、豪奢な建物も、一瞬にして崩れ落ち、瓦礫の山となった。もうもうとして立ちのぼる粉塵のさまが凄まじい。

地の動き、家の破るる音、雷《いかづち》に異ならず。

地鳴りも怖ろしいし、家々の壊れる音も雷鳴のように聞こえる。

家の内にをれば、忽ちにひしげなんとす。走り出づれば、地、割れ裂く。

「ひしげなんとす」は押しつぶされそうになる意。家の中にいても、また外に飛び出ても、どこにいても安全なところはない。

羽なければ空をも飛ぶべからず。龍ならばや雲にも乗らむ。

羽がないから空を飛ぶことも出来ないし、龍だったら雲にも乗ろうが、もちろんそれも出来ない。

怖れのなかに怖るべかりけるは、ただ地震《なゐ》なりけりとこそおぼえ侍りしか。

「なりけり」は、いまはじめて気がついた、という気持ちを表す言い方。怖ろしいものはたくさんあるけれど、その中でも特に怖ろしいのは、実は地震だった、という。大きな火事も経験し、辻風や飢饉も経験して、たくさんの死を目のあたりにした長明にとっても、真に怖ろしいのは地震だったのである。世の無常をますます感じずにはいられなかったであろう。

かくおびたたしく振ることはしばしにて止みにしかども、そのなごり、しばしは絶えず。世の常驚くほどの地震《なゐ》、二、三十度振らぬ日はなし。

余震も怖ろしかった。猛烈な本震はしばらくして止んだが、そのあと、通常とは異なるほどの強い地震が繰り返してあり、一日に二、三十度も揺れた。毎日がおびえの連続であった。

十日、二十日過ぎにしかば、やうやう間遠になりて、あるいは四、五度、二、三度、もしは一日まぜ、二、三日に一度など、おほかたそのなごり三月ばかりや侍りけむ。

地震発生から、十日、二十日と過ぎると、さすがに余震も間遠になって、一日に四、五度、あるいは二、三度、一日おき、二、三日に一度などと、次第に減っていき、それでも三か月間ほどはつづいたであろうか、やっと終息する。

天罰？

科学の発達した現代の目を以てしても、この長明の観察力、描写力はすごいと思う。簡にして要を得、まことに的確である。今回の地震を経験してみて、確かにそうだ、とうなづけるところが非常に多い。ただ、今回の地震が元暦の地震と大きく異なるところは、やはり津波の被害の大きさであろう。あの破壊力には凄まじいものがあり、自然の力の前には人間は如何ともしがたかった。暴れ放題だった。暴れにまかせるより仕方がなかった。これまでの経験から十分に心構えは出来ていたはずなのに、人間の無力さを思い知った。

もう一つ、現代の悲劇はさらに原発問題が加わったことである。これはある意味では人災でもあろう。科学の力で自然を飼い慣らしていると考えた人間の、甚だしい思いあがりに対する強烈なしっぺ返しであろう。それが罪もない被災者たちを一層苦しめることになった。

ところでふだんから傲岸不遜《ごうがんふそん》なもの言いで腹の立つことの多い当時の東京の知事さんが、これを「天罰だ」と言ったという。「日本人の我欲を洗い流す必要がある。やはり天罰だと思う」と言ったという。原発事故のような人類一般に対する警告としてではなくて、われわれ日本人の我欲に対する天罰……？　被災した人たちが我欲に徹している一部の政治家や事業者たちだけだったら私も大いに納得しただろう。しかし実際に被災したのはほとんどがまじめに働き、家族で力を合わせ、日々の生活を営んでいる、普通の人たちである。純朴この上ない東北の人たちである。「添える言葉が足りなかった」とあとで弁明したようだが、どういう言葉を添えたにしても、そういう言い方はないだろうと思う。

火災や飢饉や地震から、中世の鴨長明は世の無常を感じた。わが知事さんは同じように文学者をもって任じているが、あまりに想像力、思考力が貧困すぎる。しかも彼は政治家でもあるのだ。もっと被災者に寄り添った姿勢があってもよかったのではないか。情けないのひと言に尽きる。

本と私

平成二十七年の歌会始めのお題は「本」であった。もっとも題の規定としては必ずしも書籍としての「本」を詠まねばならぬものでもなかったらしく、「日本」や「一本の巨樹」が詠まれた歌もあったし、そもそも天皇陛下が詠まれた歌も「稲の根本」であった。要するに「本」という文字が詠み込まれていさえすればそれでいいらしいのだが、中には桃太郎の絵本を母親に読んでもらいながら寝てしまうという、幼い頃の思い出を詠んだ、

雉さんのあたりで遠のく母の声いつも渡れぬ鬼のすむ島

のように、まったく「本」という文字が入っていない歌さえあった。

皇族方の歌も一般の入選作も皆のびのびとしていてさすがだったが、いかにも歌会始めの歌です、という堅苦しさを感じさせなかったのはよかった。当然ながらほとんどは書籍としての「本」を詠んでいて、そこに、それぞれの感慨が込められていた。

読書

歌を詠むことに関しては私はまったくダメだし、自信もないが、本を読むことだけは子供の頃から好きだった。「のらくろ」とか「タンクタンクロウ」などという漫画にも夢中になった

けれど、何といっても熱中したのは当時の大日本雄弁会講談社から出ていた「猿飛佐助」「霧隠才蔵」「戸澤白雲齊」などの少年講談シリーズだった。自分の家には本がなかったのであちこちから借りまくって読んだ。そして空想の世界ではすっかり自分も忍術使いになったような気分になっていた。

もっとも活字であれば何でもよいところがあって、大人の雑誌でも、たとえば「主婦の友」でも「婦人倶楽部」でも、あるいは「文藝春秋」でも、手近にあれば理解できる範囲内で片っ端から読んだ。

小学生の頃、近くにヒデカズちゃんという二歳下の男の子がいた。その子の家に行くとわが家にはない本箱というのがあって、父親のものであろう、漱石全集などが揃っていた。子供向けの本も随分あって、はじめのうちはほかの子供たちと一緒になって遊んでいても、そのうち本に夢中になり、皆がチャンバラごっこなどをして外に出て行ってしまったあと、独り残って本を読んでいて、ヒデカズちゃんの家のおばさんに呆れられることがあった。

「吾輩は猫である」もその家ではじめて手にした作品だった。題名がおもしろそうだったので読む気になったのだが、ルビは振ってあっても言葉遣いが難解で、やたらにこむずかしいことばかり言っており、小学生には歯が立たなかった。記憶に残る限り、挫折第一号の作品となった。ただしずっとあとになって読みなおした際、末尾の「南無阿弥陀仏南無阿弥陀仏、ありがたいありがたい」のところはなぜか鮮明に覚えていたのは不思議だった。もしかしたら途中で諦めるにあたって、諦めきれず、最後のところだけは読んでいたのかもしれなかった。

戦時中は読書どころではなかった。まったく読まなかったということもないのだろうけれど、ほとんど本を手にした記憶がない。ただひたすら勤労動員に明け暮れる毎日だった。戦争が終わり、再び学校生活に戻ってもなかなかゆとりのある生活には戻れなかった。岩波文庫が「善の研究」を復刊するということになり、神田に行列が出来たということがその頃話題になったが、先輩のひとりが行列に並んでうまく手に入れたとにこにこしながら見せびらかしていたのをまぶしい思いで眺めていた。

和本

大学で国文学を専攻し、高校で国語を教え、勤務が大学に移ってからは古典の研究を主とするようになって、当然ながら本は必需品になった。研究書や注釈書など、手もとに置いて常に繙《ひもと》かねばならない活字本の類はもちろんのこと、研究対象としての和本の重要性も私の中ではおのずと高まっていった。

和本には大きく分けて写本と版本との二種がある。写本は一字一字を筆で書いたものであり、版本は版木に文字を彫って印刷したものである。大雑把に言えば写本は古い時代のものが多く、版本は印刷技術の発達した近世以降のものが多い。私が専門とする平安時代の作品はほとんどが写本である。もちろん版本もまったくないわけではないが、新しい時代のものが多いし、大量に出まわっているだけに資料的な価値は写本に較べるとずっと低くなる。写本は写本でまたいろいろな種類がある。単に文字を書いただけの紙は書籍とは言えず、表紙が施されていたりして何らかの保存のための手当てがされていなければならない。

専門用語でいうと、巻子本（かんすぼん）、折本（おりほん）、粘葉装（でっちょうそう）、列帖装（れっちょうそう）、袋綴（ふくろとじ）などがある。巻子本というのはいわば巻物のことである。料紙をくるくると巻いて全体が潰れないように真ん中に芯をおき、表紙をつける。書籍としての最低限の要素を備えた極めて素朴な形のものだが、この形式は、もし読みたいところが終わりの方にあると、全部終わりまで広げないといけないという不便さがある。

次に折本が生まれる。長い料紙を折って前後に表紙をつける。いわばお経の形式で、読みたいところは簡単に広げることが出来るが、うっかりすると全部広がってしまう。そこで一枚一枚の料紙を二つ折りにし、背の部分を糊付けして広がらないようにしたのが粘葉装である。随分使い勝手がよくなったが、糊の部分が虫に食われやすいという大きな欠点があった。その欠点をなくし、糊の代わりに糸で綴じる形式の本が生まれた。列帖装である。

以上の諸形式にはいずれも比較的良質の料紙が用いられ、表と裏に文字が書けたが、やがて安価で薄い料紙が作られるようになると、裏うつりがして両面が使えなくなった。そこで片面だけに文字を書き、料紙を半分に折って袋状にし、糸で綴じる形式が考えられた。袋綴である。いわゆる和本ではこの形式が最も多く、また最も新しい形式でもある。時々テレビなどで奈良時代や平安時代など、比較的古い時代の人物や事件を扱ったドラマが放送されることがあるが、登場人物が袋綴の本で読書をしたりしていて驚くことがある。その時代にはまだ袋綴の本は生まれていなかった。和本なら何でもいいと思っているのだろうが、残念である。

訪書旅行

学問的に価値があり、貴重な書籍が手もとにあって、いつでも自由に利用できるならこんなにうれしいことはないだろう。しかし通常はそうはいかない。研究のためには宮内庁書陵部とか、近衛家の陽明文庫とかをはじめとして、各地の寺社や個人でお持ちのものを拝見させていただくことが必要となり、全国を訪ね歩くことになる。しかし貴重であればあるほど所蔵者は大事にしており、見せていただくことがむずかしくなる。つてを辿り、辞を低うして、丁寧に調べさせていただく。もちろん思いがけない発見もある。所在がわかっていてうかがうことが多いのだが、たまたま他の用件でうかがっていてすばらしい新資料にぶつかったり、胸をときめかすことがあったりする。あるいはすでに知られている文献でも、その後の研究により、新しい価値が見いだされることもある。

時には本来の研究以外で訪書旅行が役に立つこともあった。まだ三十代のころ、関西のさる神社の本を調べさせていただき、写真も撮らせてもらった。それからずっと後になって、その神社が盗難に遭った。ご所蔵の重要文化財をはじめとして何点かの美術品が盗まれたのだが、私の調べたものもその中に入っていた。ところが偶然、私のもとに送られてきた京都の古書店の目録にその本の図版が載っていた。盗難に遭ったはずのもので、私の手もとにある写真と一致する。そこで神社にかくかくしかじかと手紙を書いてやったところ、すぐに所轄の警察署から電話があり、わざわざ東京まで刑事が飛んできて、私の話を聞き、写真と目録とを持って帰って行った。

それからが大変だったそうである。普段、賽銭泥程度の事件しかない平和な地域だったのに、刑事さんたちは大張り切りで、数か月後には泥棒たちを一網打尽にした。以前から美術品ばかりを狙う問題の集団だったとかで、その警察署は大いに面目を施したとのこと。すべてが終わってから、ご当地の名産品と感謝状とを持って、またわざわざ東京まで、お礼と報告とを兼ねて写真を返しに来てくださった。古くさい国文学の研究がこんな役立ち方をするなんてと、まったく思いがけないことだった。

専門書

研究書というものは、恐らくどの分野でもそうだと思われるが、国文学関係の場合も例外ではなく、非常に高価である。理由は簡単、専門の研究者以外の人はなかなか購入してくれないし、発行部数がそもそも極めて少ないからである。大手出版社による小説とか実用書の類ははじめから数千部ないし数万部も売れることが期待されているのであろう。しかし研究書の場合は多くてせいぜい数百部である。

私がはじめて本を出版した時にはたった二〇〇部だった。それでもまだ出版してくださるところがあっただけでもよしとしなければならなかった。出版社によっては科学研究費の出版助成金を申請させ、それが通ったら、というようなことを条件にしたり、自費出版ではないのに自費出版と同じようにかなりの自己負担金を要求したりするところがあったりする。基本的には売れないのだから仕方がないとは思うのだが、実はそれだけでは済まないのである。本を出版すると、ぜひ読んでほしい人や、研究面でお世話になった方にはその著書を献呈する、いわゆる献本という慣習がある。これも馬鹿にならない。多少は印税分として出版社が負担してくれることもあるが、とてもそれでは足りないので自分で自分の本を購入し、贈ることになる。研究書の出版はそれをする度にかなりの出費があることをあらかじめ覚悟しなければならない。

当然ながらいただくことも多い。トシをとってくるとますます多くなる。若い人が本を出版すると皆さん贈ってくださるからである。大袈裟に言えば、最近では自分の専門分野に関する本はほとんど買わなくても済むほどである。その代わり自分が本を出した時にはさらにその分、献本が増えることにもなる。一通り拝見してお礼状を書くことも大変な作業である。読みもしないで礼状を書くのは失礼だと思うから、ざっとでも目を通す。忙しい仕事を抱えている時にはなかなか読めず、とんでもなくお礼が遅くなったりして恐縮する。

蔵書

本は溜まる一方である。なかなか処分が出来ない。現役の時、大学の書庫が満杯になりそうなので古い書物は廃棄処分にしたらどうか、ということが話題になった。理系の教員はわりに簡単に賛成したが、文系の教員は反対した。たとえ古くても歴史的な意味がある、という理由だった。私も文系の人間としてその理由に賛成だったが、個人の蔵書になるとそのほかに愛着の問題もある。今はほとんど手にしなくなった本でも、これは学生時代にアルバイトをしてやっと購入した本だとか、これは亡くなった先輩からいただいた本、などと考えると、とても手放せなくなってくる。その結果、大いに困るのは定年退職した折である。これは私だけの問題ではなく、同業の皆さんに共通の悩みだが、勤め先の研究室に置いてあった本を自宅に引き上げなくてはならないからである。すでに自宅も満杯である。一体どこに置くのか。結局私の場合は以後の生活が自宅の書斎中心になることを前提に、本格的に家をリフォームし、書棚の置き場所を確保した。もっともそれもすぐにいっぱいになり、あっという間に廊下の隅から玄関先まで書棚が占拠することになってしまったが、当面はそれで切り抜けた。

次いで問題になるのは最終的な本の処分であろう。和本で貴重な文献であれば古書店でも引き取ってくれるが、通常の活字本では今はどこも引き取ってくれない。大学や市町村の公共図書館に寄付するといってもすでにある本との重複の問題があるし、整理にも人手がかかるというわけで、新本ならともかく、使い古した本はやはり敬遠される。やむを得ず、内容には関係なく、目方で買うような最近の古本屋に頼むか、最終的にはゴミとして出すよりほか仕方がないことになる。生前にきちんと処理しておけば別だが、一般にはおそらく遺族の仕事になるだろう。専門の書籍の価値について疎い遺族にとっては、それはかなり荷の重い仕事になるのではないか。

私の場合はたまたま次男が私と同じようなことを専門にしているので、お宅はいいですねとよく友人たちから言われる。本の整理を自分でしなくても済むからというわけである。確かに書物の要・不要に関しては国文学に素人の妻などと違って、簡単に区別がつくだろう。私が個々の本に対して持っている愛着などとも息子は無縁だし、純粋に必要な本だけを選別すればいい。

しかし大量の本を整理するのはやはり大変な作業になるはずである。自分でもそうだったが、若い時分は非常に忙しい。勤め先の仕事もあるし、授業の準備もある。いつも原稿の〆切りに追われてもいる。定年後の今とは忙しさがまるで違う。そんなことを承知していながらすべてを息子に任せてあの世に行ってしまっていいものだろうか。やはり出来る限りのことはしておいてやって、なるべく負担をかけないようにしておくのが親のつとめというものではないだろうか。

本には随分お世話になった。思い出も多い。単に教養とか知識の供給源としてだけではなく、大袈裟に言えば私の人生の、あるいは生活の一部に深くかかわってもいた。だから本のことになると、あれやこれやとつまらないことまで考えてしまうことになる。

書 ―歴史と人を刻む―

書の世界で「古筆切《こひつぎれ》」とか「墨蹟」とか呼ばれ、古来、人びとから珍重されてきた作品群がある。その言葉自体は特殊な意味を持つものではなく、「古筆」も「墨蹟」もいずれも「昔の人の筆跡」、特に「昔の人のすぐれた筆跡」を意味しているのだが、実はこの二つの作品には実質的にかなりの違いがある。まず「古筆」について定義をするならば、

平安・鎌倉時代中心の、仮名を主体としたすぐれた筆跡。

ということになり、「墨蹟」については、

鎌倉・室町時代中心の、主として禅宗の僧侶によって書かれた、漢字主体のすぐれた筆跡。

ということになろうか。実際のところ、前者は古今和歌集や和漢朗詠集などの文学作品を書いたものが多く、後者は漢詩とか仏典とかの一節を抜き出して書いたものが多い。

また「古筆」も「墨蹟」も、古来尊重されてきたのはもっぱら書道や茶道の世界においてで、掛軸にして床の間に飾ったり、たくさん集めては手鑑《てかがみ》といういわば書のアルバムのようなものに貼ったりして鑑賞し、楽しんだのであった。ところが近代に入り、これが国文学の研究にも非常に大きな意味を持つと考えられるようになって、たとえば古今和歌集や歌合《うたあわせ》の研究などに用いられ、大きな成果をあげるようになった。

切（きれ）

「古筆」と「墨蹟」にはもうひとつ大きな違いがある。書かれた内容からも知られるように、「古筆」は本来書籍として書かれたものであり、「墨蹟」ははじめから一枚の料紙に書かれたものである。従って「墨蹟」は基本的に鑑賞用だが、「古筆」はそうではない。たまたま筆跡のすぐれた書籍があって、その筆跡を後に鑑賞用としたのである。具体的にはどのようにして利用したか。実に乱暴な話だが、書籍をばらばらにしてしまったのだ。一部分だけ切って利用することもあるし、全部を完全にばらしてしまうこともある。筆跡の美しさ故に内容より文字を重んじた結果だが、そうした書籍から切断されたものを切《きれ》とか断簡とか呼ぶ。当然のことながらはじめから一枚の料紙に書かれた「墨蹟」には原則として切はない。

そうして切られた一葉一葉の切は、古筆愛好家の手によって掛軸にされたり手鑑に貼られたりして非常に大事にされた。現在でもびっくりするほど高価なものが多い。一葉数万円というのは普通だし、ものによっては一〇〇万円を超えるものも珍しくない。切の収集は室町時代ごろからはじまり、江戸時代になって大いに流行した。切手収集などと同じで極めてマニアックなものだが、貴重なものとして大事に大事にされたために、後世にも伝えられることになった。

古典籍

現在われわれが源氏物語でも古今和歌集でもいわゆる古典を読もうとする時、日常的に手にするのはほとんど活字本であるが、ご承知のように古典籍類は写本といって、本来筆で書かれているのが普通である。もちろん作者自身の書いた原本（自筆本という）などが残っていれば話が別だが、そうした幸運はまず期待できない。一般的には書写が繰り返され、かなり誤写の多い本文によらざるを得ない状況になっている。基本的には写される過程が少ないほど誤りは少ないはずだから、たとえば平安時代の初めに成立した古今和歌集の場合でいうと、江戸時代の写本よりは鎌倉時代、鎌倉時代の写本よりは平安時代の写本のほうが誤りが少ないと考えられる。ところが当然ながら平安時代の写本などというのはそう多くは残っていない。火事も多かったし、応仁の乱のような戦乱もあった。古ければ古いほど残っている可能性が少ないのはあたりまえのことである。筆跡や料紙が美しければ大事にもされたが、それらは逆に切断される可能性も大きかった。古今和歌集のような有名な作品はまだいい。写される機会も多かったであろうから、いろいろな形で後世に伝えられた。しかし小さな作品はそうはいかない。名のみ伝えられていて内容の伝えられていない作品のいかに多いことか。名前さえも伝えられていない作品ももちろんあるだろう。

国文学における古筆切の価値は、そうして失われてしまった作品の具体的な姿を、たとえ一部分にしろ、確実に伝えてくれているところにある。これは非常に大きい。一冊の書籍がばらされたということを逆手にとって、同じ筆跡、同じ料紙、同じ書写形態の古筆切を集めれば、ある程度もとの形が復元できるはずだからである。私は平安時代の和歌を主たる研究対象にしていて、当時の和歌がどういう性格を持っていたかを考えたり、歌集の注釈などもしているが、中心においているのは右のような古筆資料を用いての研究である。

鑑定

これまでに調べた手鑑の数はどれくらいあるだろう。さまざまな情報を集めて所在を確かめ、丁重な手紙を書き、所蔵者に見せていただくようお願いするのだが、少なくとも現段階で一〇〇点を下るまい。博物館や美術館、あるいは地方の旧家など、持ち主はさまざまである。快く見せていただける場合もあれば、手を尽くしてお願いしてもダメな場合もある。見せていただけるとなれば全国どこへでも飛んでゆく。

もっとも、その場で見せていただくだけでは仕事にならない。家に帰って手持ちの資料とつき合わせ、一葉一葉の古筆切がどういう作品の断簡なのかを確認するための作業をしなければならない。出来たら写真がほしい。ただし、筆跡の鑑定というのは実にむずかしい。そもそも二つの切があって、それが同筆であるかどうかの認定だってなかなかむずかしい。数十年も同じ仕事に携わっているのにまったく自信がない。ましてや時代認定、ある切の筆跡が平安時代のものなのか、鎌倉時代のものなのか、室町時代のものなのか、それも初期か後期かなどという問題になると、本当にお手上げである。

いきおい、世の目利きと称される人の認定に従うことになる。そういう人はものをたくさん見ていて（その点は私も同じなのだが）、大抵自信満々である。ある二つの切を較べて、これは同じ人の書いたものだが、こちらは若書きで、こちらは晩年になってから書いたもの、などと言ったりする。ところが丁寧に調べると、まったく別人の筆跡だったりすることがある。伏見天皇の真筆と称される詠草があって、重要美術品にも指定されているものだが、実は同時代の藤原実兼という人の詠草だったということもある。自信満々の目利きと称する人もあてにならないと思う。鑑定というのは本当にむずかしい。

習字

「古筆」とか「墨蹟」とかをたくさん見ていると、自然に字がうまくなるかというと決してそんなことはない。本格的に書を志す人はいわばそうした古典に親しめば親しむほど書に対する感性も磨かれ、上達に寄与するのだろうが、われわれの場合はまったく関係がないようである。

私の字は褒められたことは一度もない。最近はパソコンで原稿を書くようになったから大いに助かっているが、手紙の場合はさすがにそんなわけにはいかない。人さまの書道展に伺うと芳名簿に墨と筆が用意してあって、大弱りである。ただしひとつだけ自慢がある。大学時代に「書道」という時間があって、非常勤の先生だったが、仮名は尾上柴舟、漢字は豊道春海、上条信山という錚々《そうそう》たる先生方に習ったことである。この話を書道関係者にすると、皆さん一様にびっくりされる。とにかく当時の書道界における大物ばかりである。現在第一線で活躍されている方々でも、これほどの先生に直接お教えを受けた方はそう多くはないのではないか。

でも、結局字はうまくならなかった。要するに才能、持って生まれた素質の問題であろうと思う。私の経験からいうと、努力とは「その人の持っている才能を十分に発揮できるように努めること」である。逆に言えば、どんなにがんばっても七の才能を持っている人が八や九のことは出来っこないということでもある。ただし七の才能を持っている人が、五や六の段階のまま終わってもいけない。がんばれば必ず七にはなるはずだからである。問題はその見極めがなかなか自分ではむずかしいということであろう。書の問題に限らない。最も怖いのは本人が見極めたつもりで諦めてしまうことである。教育とは、おそらくそこのところを十分に他者が勘案し、「本人の持っている才能を余すところなく発揮できるようにしてやること」なのであろう。

評価

私はいま「書道大学」なるところで年に二度ほど講師をつとめている。「大学」といっても通常の大学ではない。さる美術館が開いている特設講座なのだが、受講生たちもまったくの素人ではなく、すでに書道を教えているか、これから教えようという人たちである。従って皆さん、書に関しては一応の基礎が出来ていて、当然ながらある程度の年齢に達している人が多い。「大学」の授業は毎月一回、午前中が講義で、午後は実技。ただし毎回のように宿題があり、試験があって、毎日毎日筆を持たないととてもついてはいけないそうである。

私はもちろん実技を教えているわけではない。教養としての「日本文学」という科目があり、それを担当しているのだが、皆さんまことに熱心である。教材には書に関係深いものとして和歌を選び、あらかじめプリントを用意しておくが、どうしても黒板に文字を書かなくてはならない時があると、やはり困る。恥をかかなくてはならないからである。

恥をかくといえば、書の審査というのもむずかしい。その美術館では毎年公募展も開催していて、公開審査という方法を特色としている。出品者たちの目の前で審査が行われるのである。審査員は当日にならないとわからない仕組みになっているそうで、ある年、その審査員になるよう依頼された。とんでもない、私はとても人さまの作品のよしあしなど判定できない、と固辞したのだが、いいえ、専門の書家の方が五人ほどおられますから……、他の分野の方にも五人ほど入っていただいて、それぞれにご自分の感覚で判断してくだされぱいいのです、と説得された。

当日は、おそらく出品者たちなのであろう、多くの人たちが見守る中で、審査員が十人、前に並んで坐らせられた。それぞれ隣の人の手もとは見えないように、簡単な仕切りがあり、点数の札を持たせられる。すでにある程度の下審査は済んでいて、上位の作品だけが審査員や参加者の前に一点ずつ示される。係の人が「はい」と言うと、多くの目が見つめている中、一斉に点数札を掲げる。もちろん隣の人がどの札をあげているのかはわからない。これではまるでこちらが審査されているようなものではないか、と心の中で思った。作品はすべて相当のレベルに達したものばかりである。それらを点数化することのむずかしさ。自分だけがとんでもない札をあげていたらどうしよう。脂汗のにじみ出るような時間だった。

筆跡

最近つくづく思うのは、手書きの年賀状が少なくなったことである。挨拶面はもちろん、表の宛名書きまですべて印刷というのはごく普通になった。添え書きがまったくないのもある。つい先頃までは挨拶の部分は印刷でも、宛名の部分は手書きが多かったから、その筆跡で、あ、誰それの賀状だ、とすぐにわかったものだったが、今は残念ながらその楽しみがなくなった。私は字にはまったく自信がないけれども、宛名だけは手書きを貫こうとまだがんばっている。せめてそれくらいのことはしないと私らしさがなくなってしまいそうだ、とも思うからである。

実は私は論文をはじめさまざまな原稿はすべて現在ではパソコンで書いている。原稿用紙のマス目を一字一字ペンで埋めていくよりはずっとラクだし、推敲をする場合にも便利だからである。発送はメールの添付機能が使え、手もとには原稿の内容がそのまま残る。出版社で、執筆者のクセのある字で書かれた読みにくい原稿を苦労して読まなくて済むから、随分ラクになったはずである。印刷所もまた昔のように活字を拾わなくて済む。もっともこちらが送ったデータはそのまま使えるということではなさそうで、本格的な印刷をする前には何らかの手を加えているらしいのだが、基本的にはデータを活かすことが出来る。ただし、そうした進歩は常にいい結果をもたらすとは限らない。マイナス面もかなりありそうである。

いつだったか、尾崎紅葉の「金色夜叉」の直筆原稿やら、夏目漱石の「道草」の、同じく直筆原稿やらが、ごく一部だが見いだされたという新聞報道があった。それぞれに推敲のあとのはっきりとわかる原稿で、研究者にとっては非常に貴重な資料となる。しかしパソコン原稿全盛のこれからは、おそらくそうした資料を手にすることは絶望的にむずかしくなるだろう。推敲のあとも残らない、無味乾燥な活字原稿ばかりとなるに違いない。

手紙にしても同様である。かつては毛筆で書くよりほかに方法がなかったし、原則として本人の直筆だったから、もし残っていれば間違いなく第一級の資料となる。たとえば有名な、空海の「風信帖」、最澄の「久隔帖」、佐理の「離洛帖」などは、漢文で書かれてはいるが、いずれも真筆の手紙であり、極めて貴重なものとなっている。

また仮名で書かれたものとしては、俊成、定家、あるいは西行などのものが残されていて、文学史上の資料となっているし、武家のものでは、信長や秀吉などの手紙が実におもしろい。筆跡といい、内容といい、その人柄が如実に表れていて、面目躍如たるものがある。秀吉の「おちゃ〳〵(淀君)」あての手紙には、

廿日ごろかならず参り候ひて、若君抱き申すべく候。その夜さに、そもじをもそばに寝させ申しまいらせ候べく候。

などと書かれている。

特殊なものとしては勘返状《かんぺんじょう》という形式の書状もある。鎌倉時代以後に盛んになったもののようだが、手紙を受け取った人がその返事を書く際に、新しい料紙を別に用意せず、受け取った手紙の余白に直接書いて返したものである。両者の筆跡と、お互いのやりとりがそのまま残っていて興味深い。

書き手の、それぞれの体臭まで感じさせるような手紙が、これからは次第になくなってしまうのかと思うと、やはり寂しい。筆跡だけの問題ではない。メールやＬＩＮＥ全盛の時代である。紙に書く手紙そのものがなくなってしまう可能性だってあるだろう。データはパソコンやスマホに保存されはするが、それも機器の廃棄処分と同時に消えてしまう可能性が大きい。便利なような、しかし、途轍《とてつ》もなく寂しいような、複雑な気がする。

文法教育

川端康成の小説「雪国」の有名な書き出し、

国境の長いトンネルを抜けると雪国であった。

また、野球観戦をしていて贔屓のチームが九回ウラに逆転サヨナラホームランを打った時、思わず叫ぶ、

やった！　やった！

これらの「あった。」「やった！」の「タ」は何か、というのが当面の問題である。一般には過去、あるいは完了の助動詞と説明されている。学校文法でもそう位置づけられているし、私も教室では確かにそう教えて来た。明治以来、ヨーロッパのものが随分翻訳されているけれども、そこでもいわゆる過去形はすべて「タ」と訳されてきたから、そうした考えはほぼ常識化されていると言ってもよいだろう。

しかし、それは間違っているという考え方がある。西欧語の過去形を翻訳する場合、確かに「タ」以外にはないけれども、それはほかに適当な言葉がないからであって、「タ」は過去ではない。日本語の時間意識は西欧語のそれとはまったく違っているのに、同じように「過去」と定義してしまってはダメだ、というのである。

『日本語の深層』

平成二十五年の愛知大学の入学試験問題に右のような考え方をする文章が出題された。もっとも設問自体は説の当否を問うものではなく、述べられていることが正しく理解されているかどうかにあるのだが、出典は熊倉千之『日本語の深層』（筑摩書房）である。

実は、熊倉氏は私の友人である。私が一年だけ勤めた大学で同僚だった人で、まことに面倒見がよく、随分お世話になった。高校を出てすぐアメリカに渡り、苦学して大学を卒業。カリフォルニア大学で学位を取得し、しばらくアメリカで日本語や日本文学を教えていたが、その後日本に戻ってきていくつかの大学で比較文化を講じた。当然のことながら英語がぺらぺらである。今でもアメリカにお宅があって、定年退職後は一年のうち半分近くをあちらでも過ごしている。一度招かれてお邪魔したことがあるが、お宅はサンフランシスコの対岸、オークランドの高台にあり、窓を開けるとベイブリッジや霧にむせぶサンフランシスコの市街地、その向こうにゴールデンゲートブリッジなどが一望のもとに見渡せて、実にすてきなところであった。逗留中あちこちを車で案内してくださったが、ほとんどネイティブに近い英語を操り、それはそれはみごとなものだった。

専門とされているところも、いわゆる西欧語と日本語との違いがどういうところにあるかという考察にはじまり、それを基に、源氏物語から夏目漱石、村上春樹まで、実にはば広く作品の分析をする。チマチマとした、重箱の隅を突っつくような私の研究とは方法論もスケールもまったく違うのだが、会えば、いま自分がどんなことを考えているかを熱心に語ってくれる。

語学に弱い私には意見を述べる余地があまりなく、もちろん反論も出来ず、ただ黙って、なるほどと聞いている。とにかく非常にユニークな考え方をするのである。たとえば先の問題にかかわる時制の問題でいえば、西欧語は「過去」という、時間軸の上に「現在」と弁別できる動詞のシステムをはっきり持っているけれども、やまとことばにはそれがないという。

そもそも古代やまと民族は文字を持たなかった。記録する手立てを持たなかったから、話者が記憶を言語化する時は、常に発話する「イマ」になる。どんな動作につく場合でも、「タ」は「過去そのもの」を意味せずに、その動作が「イマ」話者の頭の中に蘇っている状態をいう。これまで「過去」と説明されてきたのは西欧語の文法用語をそのまま流用したにすぎないのであって、決して「過去そのもの」ではない。要約は非常にむずかしいのだが、極めて乱暴にまとめてみると氏の考え方は右のようなことになる。

助動詞「アリ」

問題提起はそのほかにもまだいろいろあって、著書の中で述べられていることは右の「タ」だけではない。一般的な言語学の認識とは異なり、古代やまとことばでは音声と意味とがある種の関連性をもって使われていたとか、日本語の形容詞は西欧語のそれとは違って、客観性がなく、話者それぞれの感性によって使用されているとか、次つぎと刺激的な発言がつづくのだが、私の専門からいうと、助動詞「アリ」の認定もまた興味深い。

古典文法に「たり」および「り」という助動詞がある。かつては「完了」とのみ説明されていたが、最近では「完了・存続」と定義されることが多い。

　宿りして春の山辺に寝たる夜は夢のうちにも花ぞ散りける

　春霞立てるやいづこみよしの吉野の山に雪は降りつつ

などに見える「たる」「る」がそれである。ここではいずれも連体形として用いられている。

右の歌は二首とも古今和歌集に見えるものだが、要旨はそれぞれ、

　外泊をして、春の山辺に寝た夜は、夢の中でも花が散ったことだ。

　春の霞が立っているのはどこなのか。この吉野の山にはまだしきりに雪が降っている。

ということになろうか。「たり」は、

　たら　たり　たり　たる　たれ　たれ

と活用し、「り」は、

　ら　り　り　る　れ　れ

と活用する。いわゆるラ変型である。いずれも動詞「あり」から派生して出来た語であろうということはこれまでにも説明されてきたが、接続助詞「て」に動詞「あり」が結びついて、

　て＋あり　→　たり

となったと考えられる「たり」の場合は、成り立ちからいっても現状の形からいっても比較的理解が容易である。なぜなら、

　寝てあり　→　寝たり

書きてあり　↓　書きたり
書かせてあり　↓　書かせたり

のように、接続関係がすべて連用形だからである。ところが「り」の場合はややこしい。現状の形は、

立てり
殿造りせり

のように、四段活用動詞の場合は已然形に接続、サ行変格活用動詞の場合は未然形に接続と説明されるから、生徒は混乱する。

ところがもっと困った問題が起こった。「上代特殊仮名遣い」という文字通り特殊な仮名遣いの研究が進んで、いわゆる万葉仮名にはエ音の表記に二通りあることがわかってきたからである。たとえば四段活用の動詞「立つ」の場合、

た　ち　つ　つ　て　て

と活用するが、その已然形「て」と、命令形「て」とでは、表記が違っている。それだけではない。「り」に接続するのは従来考えられていたように已然形ではなく、命令形の表記だったということもわかってきた。命令形は、そこで言い切りになるから命令形なのであって、命令形に接続するというのはしかし理に合わない。また、サ変動詞の場合も、命令形は「せよ」であって「せ」ではない。あれやこれやで、「り」の説明は本当にむずかしいのである。私は教室で、「……テイル」と現代語訳すると、その気持ちはほぼ正確に伝えられるよ、ということ

だけはいつも強調しておいた。

ところが熊倉氏は、この「り」を、「あり」という助動詞として修正すべきだと提案する。

日本語の音韻変化は、

u＋a
e＋a

はa音となるが、

i＋a

はe音となるのが基本である。たとえば前者は、

遠くあらず（ku＋a）↓遠からず
てあり（te＋a）↓たり

の如くであり、後者は、

きあり（ki＋a）↓けり

となるが如くである。それさえ心得ていれば、確かに熊倉氏の言われるように「高校生のレベルでもまったく問題にならないほど平明」なのである。すなわち、

立てり

はもともと「立ちあり（ti＋a）」から、

殿造りせり

は「殿造りしあり（si＋a）」から、と簡単に説明がつくからである。已然形か命令形か、ある

いはサ変動詞の場合はなぜ未然形接続なのか、などと考える必要はなくなってくる。

かつて、いわゆるク語法と呼ばれる表現について、「アク説」と呼ばれる考え方が提唱されたことがあった。ク語法とは、「いはく」「のたまはく」「願はく」などの「く」で、「……するコト」「……するトコロ」の意となり、体言化する接尾語、あるいは準体助詞などと考えられてきたものである。

ところがこれも非常に厄介で、四段活用動詞の場合は未然形接続ですべて説明が可能だが、その他の動詞の場合は、「見らく」「恋ふらく」「老ゆらく」などと、未然形接続だったり、終止形接続だったりして、しかも「らく」という形になったりする。また形容詞の場合は「遠けく」、打消の助動詞の場合は「なく」となるなど、一貫した説明がまったく出来なかった。

それに対して、「アク」という名詞があったと仮定すれば、非常に説明が容易になるとする考え方が現れた。なぜなら、

言ふアク（hu＋a）　↓　言はく
見るアク（ru＋a）　↓　見らく
恋ふるアク（ru＋a）　↓　恋ふらく
老ゆるアク（ru＋a）　↓　老ゆらく
遠きアク（ki＋a）　↓　遠けく
ぬアク（nu＋a）　↓　なく

と、「連体形＋アク」の形で、すべてが通常の音韻変化の理論通りに説明できるからである。

これは大変みごとな考え方であった。ただし最大の欠点は、「アク」という名詞があったと仮定すれば、という条件がついたことである。その点この助動詞「あり」説はまったく問題がない。「あり」という動詞が現にあって、その助動詞化と説明すればいいのだから、非常に強い。

熊倉氏によれば、助動詞「あり」は「現象が目の前にある（現前する）」ことを意味し、「完了」の意味はないという。「てあり」から変化した「たり」の場合は、「て」がもともと完了の助動詞「つ」の連用形なので、「完了した、動作・作用の主体が、現前すること」であり、普通「たり」と「り」は同じように考えられているけれど、明らかに違うともいう。冒頭で扱った現代語の「タ」はこの「タリ」の延長線上にある語だから、当然、過去そのものではないことになる。

学校文法

現在、学校で教えている文法の基本は橋本文法と呼ばれているもので、橋本進吉という人が打ち立てた理論が中心になっている。各教科書の記述はこまかなところで多少の差異はあるけれども、基本的には皆同じである。学校文法とも呼ばれている。熊倉氏は、

国語教科書はその説明を修正すべきでしょう。

とも言う。確かにより合理的な説明が可能ならばその記述は当然改められるべきであろう。しかし実際はなかなか容易でないこともまた事実である。氏は、一般に馴染みのある、

未然、連用、終止、連体、已然、命令

というわゆる活用形も、

未然、将然、進行、存続、已然、命令

とする。念のため文部科学省の教科書調査官をしている人に問い合わせたところ、文法については特に何の規制もないとのこと。合理的な体系であれば必ずしもこれまでの学校文法にこだわっていないのだが、むしろ、あまりに大きく変えると、その教科書は使ってもらえないのではと教科書会社や編者自身が自己規制をしてしまっているのではないか、とのことであった。おそらくそうだろうと思う。私もこの文章を書くにあたって、連用形とか終止形とか、従来の用語を熊倉氏の意に反して用いてきた。その方が一般に理解してもらいやすいと思ったからだが、そうした精神が、あるいは変革を妨げている大きな要因かもしれないとも思う。

熊倉氏の考えておられる体系や説明にも、まだ十分ではないところがあるのではないかと一方では思う。古代やまと民族は、はじめのうち文字を持たなかったから、話者が記憶を言語化しようとすると常に発話する「イマ」になる、とする説明も、わかるようで、疑問も残る。ほかの民族だってやはり最初はどこも文字を持たなかったのではないか。言語と文字を同時に獲得したような民族はいなかったのではないか。

冒頭で、やまとことばは膠着語である例として、「もつ（纏）る」を挙げ、

「モツルル」は「裳＋蔓＋ル」、つまり「着物のすそが蔓にからまっている」ことですが、

などと説明するのも、あまり合理的でない日本語論に思えてしまうのは残念である。

以上述べてきたことは、もっぱら私自身の理解が及ぶ範囲内のことであって、古文の解釈に

かかわる面にとどまっている。しかし氏の発言は、語学教育の目的はそれぞれの言語間に見られる差異を明らかに認識させるべきところにもあるのだ、とする立場からのもので、実はもっとずっとはばが広く、奥も深い。最終的には夏目漱石や中島敦の作品の読みに関する問題にまで発展させている。

発想がユニークで、興味深い指摘がたくさんあり、言語学の分野からの本格的な評価がなされてもいいと思っているのだが、残念ながらまだ管見《かんけん》に入っていない。今回ようやく入学試験問題という形ではあるが、公的にとりあげられることになった。とりあえずは喜ばしいことだと思っている。

書写教育

以前から親しくしている若い友人から、はじめての著書です、といって一冊の本が送られてきた。「文字を手書きさせる教育」（鈴木慶子　東信堂）という名の本で、私の直接の専門分野ではないが、非常におもしろく拝見させていただいた。

著者はいわゆる書道を中心に学び、研究してこられた方である。専門は書写教育ということになろうか。「大学の授業実践」というシリーズの中の一冊で、その名のとおり、著者がふだん大学で実際に行なっている授業を中心に述べたもので、その実践を通し、書写教育の意義やあり方などについて考えたことを率直に記している。こんなにも熱心に、いろいろ工夫しながら授業に取り組んでおられる方がいるのだ、と感心する一方で、今の大学生たちの実態、ないしは常識のなさをも知り、驚きを禁じ得なかった。

手紙

文字を、正しく美しく書く。以前は「習字」と呼ばれた時代もあったが、今の学校教育ではもっぱら「書写」、あるいは「書道」という語が用いられる。「書写」は小・中学校で、「書道」は高等学校で。「書写」はあくまでも国語教育の一環として指導される形をとるが、「書道」は音楽や美術とともに芸術教育の一教科として位置づけられている。

国語教諭の免許状を取得するためには、従って高等学校の場合は大学で書写の単位をとる必要がないけれども、中学校の場合は必修ということになる。国語という教科を教える中で書写教育もしなければならないから、という理由であろう。著者は、現在、さる国立大学の教育学部で教鞭をとっておられる。当然受講生たちはみな将来学校の先生になろうという人たちである。私の経験からいっても、おそらくまじめで、素直な学生たちであろうと想像される。

ところが私の想像を絶することがあった。受講生の中に生まれてから一度も手紙やはがきを書いたことがない人がいたというのである。

四月に授業がはじまってすぐ、たまたま著者の勤務校で書写に関する学会があったので、それに出席し、レポートを書くように指示した。その前に、学会への参加申込みをしなくてはならないので、申込書に必要事項を記入し、研究室宛に送るように、また、郵送にあたっては、当然ながら適切な添え状も同封すること、などの指導も行なった。書写教育の一環という気持ちだった。

届いた封書を見て驚いた。宛名の書き方のバランスが悪いなどというようなことは序の口で、添え状の文章がおかしかったり、誤字があったりする。もっとひどいのは、八十二円の切手がきちんと貼られていないのが二通もあった。一通は本人のもとに戻され、貼りなおして再度送られて来たが、もう一通は差出人の住所も名も書いてなかったので、著者が不足分を払うはめになった。

二人ともたまたま手もとにあった切手を貼っただけだったという。今まで手紙を書いて実際に投函したことがなかったので料金のことは考えもしなかった。ともかく切手を貼ればそれでいいのだと思っていた、とのことであった。料金不足だと差出人のところに戻ってくるという事実に、学生は驚いていたという。また差出人の住所も名前も書いていなかったもう一人の学生は、中に書いてあります、と言い、配達する人は中までは見ないでしょう、と言ったら、そうですけど……、と言って黙ったという。

パソコンの時代

私の現役時代とはまったく変わってきてしまっている。もちろんスマートフォンなどというのは影も形もなかったから、手紙を書いたことのない学生なんて一人もいなかった。ようやくワープロやパソコンが普及しはじめ、携帯が出はじめたころだったが、その携帯もまだメールは使えず、通話だけが可能だった。

私はワープロは非常に便利だからと積極的に使った。まだ高かったけれど学生たちにも勧めた。しかしレポートや卒業論文はかたくなに自筆であることを求めた。原稿用紙の使い方も知らないまま卒業させてしまっては困ると思ったし、何よりも普段から誤字の多い彼らの文章が気にもなっていたからである。その代わり丁寧に読んだ。書いてある内容だけではなく、一字一字チェックし、おかしな言葉づかいや誤字の指摘をした。学生たちは恥ずかしがったが、恥をかくのは社会に出てからではなく、出来るだけ今のうちに、と言ってつづけた。

ところがその後、パソコンが急速に発達し、ネット社会が構築され、学生生活もすっかり様変わりをしたらしいのである。最近では便利この上ない携帯やらスマートフォンやらが流通するに及んで、私などの想像もつかない日常となった。

そもそも大学自体も変わった。学内ＬＡＮが完備され、学生はノートパソコンが必需品になった。受講の登録はパソコンで行ない、大学からの連絡もメールで届く。授業中もあまりノートをとらなくなった。必要なデータはスマホでパチリと撮っておけばいい。レポートもパソコンで執筆し、教員のアドレスに直接送る。就職活動も今やパソコンなしには考えられない時代になってきている。

調べものも簡単になった。ほとんどの知識はネット上で手に入る。わざわざ図書館に行かなくても済む。しかもコピーは容易。いわゆるコピペをして適当につなぎ合わせれば苦労しないで一応もっともらしい文章が出来上がる。友人間ではひっきりなしにメールのやりとりをするが、そこで使われる言葉は日常の会話そのままである。時候の挨拶も、きちんとした丁寧な言葉づかいも、まったく関係がない。だから改まった手紙を書く段になると困ってしまう。封書の料金がいくらであるかも知らない学生が出てきても不思議ではないことになる。

手書きの実践

そういう学生たちに対して「書写」を指導する立場にある著者は悩んでしまうという。一体どういう態度で臨んだらいいのか。手書きをする機会も、手書きをする必要もない社会に生きている学生たちに対して、従来のような「書写」を指導してどういう意味があるのだろうか。「書写」の指導というのは、たとえば文部科学省による学習指導要領を見ても、文字の形、点画の長短、漢字や仮名の大きさ、配列など、いわば文字を書くにあたっての技術に関するものがほとんどである。そうした技術面の指導をしたところで果たして意味があるのかどうか。真剣に考えれば考えるほど空しいという。

著者は、授業の最初、すなわち学年のはじめに必ず実施していることがある。それは日本語の文字に関する基礎的な知識を問うものだが、「受講基礎調査」なるものを配布して、受講生全員に記入してもらう。具体的な内容は、

五十音
仮名の字源
いろは歌
筆順

などについてである。結果は成績に関係しないこと、あくまでも現在の自分がどの程度の知識を有しているかを確認するためのものであることを前もって説明しておく。

これは非常にいいことだと思う。学生はおそらく自分の知識のなさを痛いほど思い知らされることになるだろう。それ自体意味のあることだし、キーを叩けば黙って印字される時代に、日本の文字の由来を考え、筆順の大切さを知る、重要なきっかけともなるはずだからである。

著者はこの調査を何年もつづけてきていて、最近の学生は知識が激減していることを痛感して

いる。もちろん誰しも予想できることではあるが、そこから著者の奮闘がはじまる。「あ」という平仮名はどのようにして生まれたか、「ア」という片仮名はもとの漢字のどの部分か、実際に書いて見せ、彼らにも書かせる。もちろんその際には鉛筆や筆の持ち方、姿勢などにも気を配る。通常の「書写」のあり方にも十分配慮するのである。手書きをすれば、当然筆順の問題が起こってくる。これまで自分が用いていた筆順と、いわゆる標準とされる筆順とを較べさせ、どちらが合理的かを考えさせたり、ふだん電子辞書ばかりを使っている学生たちに、彼らが「紙辞書」と称する通常の書籍版による漢和辞典を何種類か引かせて、その結果を手書きによってまとめさせるレポートを課したりする。

さまざまな工夫を凝らして、著者のいう「手書きさせる教育」を推し進める。それはしかし、かつて著者自身が行なっていた、「見栄えよく手書きする技術を指導する」だけの、従来型習字教育の大転換でもあった。

著者がもうひとつ実行していることがある。それは、毎回の学習記録を学生自身につけさせることである。たとえば基礎調査の結果を見て、当然ながら学生たちは自らの無知を恥じ、反省もする。そうした学生の反応を確かめながら授業は進められるのだが、文字を手書きすることについての意識も、徐々にだが変化していくさまが、それらの記録類を通してはっきり見てとれるという。

本の帯には、

手書きの価値を知らせる大学の実践

という大きなキャッチコピーがあり、さらに、
▼身体に〈言葉〉を蓄えるために、手書きでなければならないことを認識させる
▼人間は、手書きの過程によって思考する。身体の働きを思考に参加させるのである。〈身体〉で考えるのである。
▼落ち着いて安定した思考状態が身につく。
▼粘り強く思考することを学ぶ。
▼PCで書くのは、全身的・人間的思考の機会の放棄である。
などという文言が並んでいる。私は著者の実践に感心し、大いに賛意を表するものだが、最後の「PCで書くのは、……」だけはいささかひっかかりを感じないわけにはいかなかった。

文章を書く

私の属する研究会の仲間に、私と同年輩の女性がいる。注釈書や研究書を何冊も出版されている方だが、ご自身歌人でもあって、歌集も持っておられる。多才で、謡も仕舞もやり、エッセイストでもある。私と違って非常にお元気。研究会ではリーダーとして若い人たちを叱咤激励している。その女性が最近パソコンをはじめた。研究会での成果をパソコンでまとめることになったからだが、八十歳を過ぎてのパソコン習得である。どんなにかご苦労をなさったことであろうと思う。遠くに住んでいるお孫さんが来る度に少しずつ教えてもらったとかで、今まで手書き資料だったのがはじめてパソコン仕立てになった時には、研究会で拍手喝采だった。

そのうちエッセイなどもパソコンで書くようになった。属する歌誌などにも投稿していたようだが、投稿するあてがなくてもしょっちゅう書いては周囲の人たちに配っている。実に達者な文章で、深みもある。ものを書くことが少しも苦にならないのだという。ところがそうした資料や文章は、まずはじめに原稿用紙に向かってペンで書き、そのあとで、パソコンを使って清書するのだという。それでは二度手間になってしまうではないですか、せっかく使えるようになったのだから、はじめからパソコンで書けばいいのに、などと私たちは言うのだが、いや、文章というのは、原稿用紙に向かい、さてと身構えて、はじめてペンの先から出てくるものであって、パソコンからは絶対にいい文章は生まれません、と断固として譲らない。

先のキャッチコピーの中の、「人間は、手書きの過程によって思考する」そのものなのである。確かにそういう面はあるだろう、と私も思わないではない。しかし実は、この原稿を私はパソコンで書いている。これまでの文章もすべてパソコンで書いてきたし、専門の学術的な論文もパソコンで書いている。今は原稿を出版社に送るのに郵送もしていない。常にメールの添付を使う。パソコン万々歳である。だから、「PCで書くのは、全身的・人間的思考の機会の放棄である。」などと言われると、私としてはちょっと困ってしまうのだ。

時代が後戻りすることはおそらく決してないだろう。パソコンがもっともっと発達して、たとえば口で喋ったことがそのまま活字になって出てくるような時代になることはあっても、パソコンが退化し、文字を書くのに昔のように筆で書くような時代に戻ることは絶対にないだろう。筆からペンへの移行時にも、おそらく人々は今と同じような戸惑いがあったのではないか。

筆↓ペン↓パソコンというのは、単にツールの問題に過ぎないのだと私は思っている。今まで使い慣れた道具がさらに便利な道具に変わっただけなのだ。はじめはぎこちなくても、そのうちきっと慣れてくるに違いない。

学生たちにいかに手書きの有効性を説き、授業で実践させても、日常的には決してパソコンやスマホを手放すことはないだろう。他の授業では相変わらずネットで検索し、パソコンでレポートを書き、メールに添付して教員のもとに提出するだろう。それを防ぐことはおそらくもう出来まい。時代の流れでそれは仕方のないことだとまず認めなくてはいけないのではないか。

平安時代に書かれた藤原道長の自筆日記が現存していて、世界記憶遺産なるものに登録されたことはまだ記憶に新しいが、そのほかにも、藤原俊成や定家の自筆原本、夏目漱石の自筆原稿などといったものが残されていて、後世のわれわれの目を楽しませ、感動させてきた。しかし、今後はそうしたものは一切なくなるかもしれない。手書きのものは署名だけ、という時代になるかもしれない。それはそれで実に寂しいことだが、実際問題として、そうしたことを前提に考えなくてはいけないのだと思う。その上で、ではどうしたらいいのかを考えなくてはならないのだと思う。

私は、だからこそ、著者のような試みがますます必要になってくるのではないかと思っている。大学だけではなく、むしろ中学や高校でも、そうした授業が必要になって来ているのではないか。電卓があればどんなにややこしい計算でもキーを叩けばポンと答えが出てくる時代でも、やはり、基礎的な加減乗除や九九の仕組みを学ぶことは絶対に必要であるのと同じように、学校の教室で、敢えて手書きの場、手書きの時間を設けることが今後どうしても必要になってくるのではないか。

これまで手書きしか方法がなかった時代には、文字に関する知識も自然に身につくことがあったけれども、生徒全員にタブレットを持たせようか、という時代である。右のような問題を真剣に考えなくてはいけない時期がもう目の前に来ているように思う。著者のような方がもっとたくさん出てきて、本気になって取り組んでくださることを心から願っているし、期待もしている次第である。

御堂関白記

―世界記憶遺産―

富士山が世界文化遺産に登録された際、日本中が沸き返った。確かに富士山は日本人にとって特別なものだ。万葉集の時代から歌に詠まれ、信仰の対象とされ、葛飾北斎や横山大観ら、すぐれた画家たちによって繰り返し絵にも描かれてきた。

私は勤務先が山梨にあったので、特に富士山に対しては思い入れが深い。朝、通勤の途上でくっきりと富士が見える。何度見ても飽きが来ない。見る度にすばらしいと思い、思わず感嘆の声が上がる。寒い冬の朝は空気が澄んでいて一段とすばらしい。近くに人がいれば、「富士が見えますよ」とつい声をかけたくなる。山梨では富士は日常生活の中に溶け込んでいて、いつだって見えるのに、声をかけずにはいられない。

実は勤務先の大学からは直接富士山を見ることが出来なかった。キャンパスのあるあたりがちょうど小高い山に囲まれたような形になっていて、わざわざ町はずれまで出て行かないと見えないのである。受験生に配る大学案内にはしかし富士山が校舎とともに堂々と表紙を飾っている。あれはちょっとした詐欺ですよ、と入学してきた学生たちは笑う。宣伝効果の上でも富士山は大きな役割りを果たしているということになろうか。

世界記憶遺産

富士山の世界文化遺産騒動の陰に隠れてしまった観があるが、その五日ほど前に世界記憶遺産なるものの登録ということがあった。日本のものでは伊達政宗による慶長遣欧使節関係資料と、藤原道長の日記である御堂関白記とが選ばれた。前者は支倉常長らがスペインに派遣された折に持って行ったものと、持ち帰ったもの。日本とスペインとの共同推薦ということでも話題になった。後者は平安時代におけるいわば最高権力者の自筆日記で、資料的価値は非常に高いのだが、どうも一般的な話題性に欠けるせいか、マスコミの扱いも地味になりがちだった。天下の富士山ほどではなくても、もう少し丁寧に紹介してくれてよさそうに思われる。

そもそも世界記憶遺産というのは、書物や文書が主たる対象である。自然遺産や文化遺産と違って派手さがないのはある程度やむを得ないが、それでもすでに登録されているものでいえば、たとえばゲーテの自筆原稿、ベートーベンの交響曲第九の自筆楽譜、アンデルセンの原稿や手紙、アンネの日記などが含まれている。世界的にも名の知られているものが多い。

それに較べると道長は日本史の中でこそ重要人物ではあるが、残念ながら世界的に著名というわけにはいかない。ただしここが非常に重要なことなのだが、時代的には御堂関白記は他の文書に較べて断トツに古いのである。ゲーテやベートーベンは十八世紀から十九世紀の人で、アンデルセンは十九世紀の生まれ、アンネに至っては第二次世界大戦中の人である。それに対して道長は十世紀から十一世紀にかけて活躍した人物である。日記の内容も長徳元（九九五）

年から治安元（一〇二一）年までの二十六年間。そのすべてに自筆本が残っているわけではないが、今から千年も前の人が書いたものが大部分そのままの形で残っており、しかも筆者までわかっているということはおそらく世界でも例がないのではないか。

平安京は火事が多かった。木と紙で出来ている家だし、明かりには灯火が用いられていたのだから失火も多かったろうが、盗みのための放火もかなりあったという。御所も何度も焼けている。時代が下ると戦乱もあった。応仁の乱では京の市街地はほとんど灰燼に帰した。そうした中を生き延びてきた資料である。いや生き延びてきたというよりもずっと守り通してきた資料である。人びとの懸命な営みが、むしろ私にはすばらしいと思えるし、感動的ですらあると思えるのである。

陽明文庫

京都市の西北、仁和寺の前を通り過ぎ、さらに西に進むと、福王子というバス停がある。そこで下車し、北に向かって歩くこと数分。閑静な林の中に「陽明文庫」と額のかかった建物と、二棟の書庫、虎山荘と呼ばれる数寄屋造りの建物とがある。昭和の激動期に三度にわたって首相をつとめた近衛文麿によって設立された近衛家代々の文書庫である。近衛家は、いわゆる五摂家（近衛、鷹司、九条、二条、一条）の筆頭で、藤原一門の中でも特に道長直系の子孫に当たる。そこに収められているものは、各種文書、記録、書状、あるいは歌集、詠草類をはじめ、さまざまな美術品まで、国宝八点、重要文化財六十点を含めて、全部で二十万点にも及ぶという。

その家柄からであろう、近衛家からは、摂政、関白など、政治の中枢にいた人物が多く出ているが、またほとんどが、一流の教養人、文化人でもあった。特に近世に入ってからは、十七代の信尹《のぶただ》は、三藐院《さんみゃくいん》と号し、寛永の三筆の一人に数えられるほどの能書家であったし、二十一代家熙《いえひろ》は、予楽院と号し、書画、茶道等万般に通じる、すぐれた教養人であった。そうした人たちが先祖代々の文物を大事に大事に守り伝えてきたのである。ちょうど俊成、定家以来の歌の家柄である冷泉家の人びとが、多くのすぐれた歌書を守り伝えてきたのと同じように。京都の戦乱の歴史を考えるならば、それは大変奇跡的なことでさえあるのだ。

現在、文庫は一般公開されている。もっとも、一般公開といっても、誰でも、いつでも、というわけにはいかない。通常の図書館などと違ってすべてが貴重品だから当然なことだが、はじめは然るべき人の紹介状が必要だし、あらかじめ予約もしておかなければならない。ありがたいことに研究者には十分門戸が開かれているということである。

私ははじめは大学時代の恩師に連れられて、その後は他の研究者と一緒だったり、時には一人だったりして、随分お世話になった。学生を引率しての研修旅行の際も、文庫側の都合とうまく折り合いがつけば、日程に繰り入れて見学させていただいた。

貴重品を拝見したり調査したりする場合、われわれは必ずその直前には丹念に手を洗うことを習慣としている。汗や埃で汚さないように、というのが第一義だが、大事にされている所蔵者へのそれはエチケットでもある。その点研修旅行の際の閲覧はほとんどがガラス越しである。

学生が直接手にする機会はまずないが、一応心得として、結婚式などに着用する白い手袋と、マスクとを全員に用意させる。一般の展覧会場と違って掛軸などが直接壁に掛かっている場合もあったり、具体的にケースから取り出して説明してくださったりすることがあるからだが、貴重品を実際に拝見する際の学習としては非常によい機会にもなっている。

具注暦

御堂関白記の文章は実は非常に読みにくい。そもそも漢文で書いてあるから、私のように普段仮名まじりの和歌のようなものばかりを読んでいる人間には歯が立たないのも当然だが、その漢文もいわば極めてブロークンな漢文なのである。漢文学専門の人でもおそらく読みにくいだろう。どうしても必要がある時には、平安時代の記録を専門に研究している人たちの注釈書を頼りに読むことになる。

今日雨が降ったとか、早朝、内裏へ参上したとか、誰それが来たとか、ほとんどがその日その日にあった客観的な記録である。時には大陸に渡った日本人の僧侶から送られてきた手紙を見て感動し、「憐れむべし、万里往来の書」（原漢文）などと記されることはあるが、そうした感情表現をすることは滅多にない。蜻蛉日記とか和泉式部日記などのような女流日記とはその点まったく違うのである。

活字になっても読みにくいのだが、道長の書いたものをそのまま読むのはもっとむずかしい。基本的にはひと様に見せるためのものではなく、忽卒《そうそつ》に書いているからなのだが、字がまことに乱暴なのである。もう大分昔のことになるが、東京の国立博物館で御堂関白記が展示されていたことがあった。お二人の年輩の女性がつくづくと眺めて、「きれいな字ねえ」とか、「端正な字ねえ」とか感心している。そんなはずはと思って肩越しに覗いてみたら、どうも勘違いされているらしかった。

当時の男性の日記は、具注暦と呼ばれるいわば出来合いの暦に書きつけるのが普通である。巻物にこまかな罫が引かれ、数行おきに日付や干支《えと》が入り、その下にその日の吉凶などが記されているものである。もちろん現在のように印刷物ではないからすべてが筆で書かれている。その日付などの部分について述べているらしかった。今の私だったら、いやそれはね、などと脇から口を出すところだが、その時はまだ若かったし、いかにも知ったかぶりをして、具注暦について述べ、こちらの空白の部分に書いてある乱雑な字が道長のものなのですよ、などと年輩の女性たちにものを教えるようなことは、とためらっているうちに、機を失してしまった。数十年も前のことなのに今でも気になっている。

何はともあれ、最高権力者の自筆の記録である。そもそも自筆本というのはそれだけでも非常に価値が高い。道長と同じ時代に生きた紫式部の源氏物語や清少納言の枕草子などは、自筆本どころか平安時代の写本さえも残っていないのである。原則として時代が下がれば下がるほど、写本の質も下がる。誤写が多くなるからである。

ところが御堂関白記の場合、たまたま自筆本のほかにそれを写した写本が同じ陽明文庫に残っていて、それと較べてみると、自筆本にもかなり誤りがあり、むしろ写本によって訂せられるところが少なくないという。自筆本が必ずしも完璧ではないわけで、そういうところにも道長の奔放さが表れているのではないかとも言われている。

この世をば

道長は名門の生まれではあったが、五男だったし、出世という面では決して早くから順調に昇進していたわけではなかった。むしろ長兄道隆の子で、道長にとっては甥に当たる伊周《これちか》のほうが遙かに先んじていた。道隆は一条天皇の中宮であった定子の父でもあり、枕草子にもしばしば登場する。中関白と呼ばれ、豪放磊落な人だったらしいが、酒の飲み過ぎがたたったとかで、四十三歳で薨ずる。そのあとを、右大臣であった弟道兼が継ぐ。実は道隆は生前から子の伊周を後継にと考えていたらしかったが、かなわなかった。ところがこの道兼はもともと病弱で、関白拝命後、十一日目にして亡くなってしまい、世の人は七日関白と称したという。

問題はまたそのあとである。官位の面では内大臣伊周の方が権大納言道長よりずっと上だったし、一条天皇にしてみれば中宮定子の兄にも当たる。これまでのいきさつからいっても当然伊周があとを継ぐことになっていたと考えても間違いないだろう。ところがそこに立ちはだかったのが一条天皇の母詮子である。詮子は道長の姉で、強硬に道長を推した。大鏡という作品によれば、わざわざ天皇のもとに出かけて行っては膝詰談判までしたという。

道長は大変剛胆な人物であったらしい。大鏡とか栄花物語などのいわゆる歴史物語はいずれも後のもので、道長とその一門の栄耀栄華を描くことに主眼があるから当然だが、道長は若い時から非常に肝が据わっていたという話をいくつも伝えている。権力を握ってからの道長は思う存分に力を振るった。まず伊周とその弟隆家の失態をとらえて伊周を大宰府へ、隆家を出雲へ左遷させる。次いで娘彰子を一条天皇のもとへ入内させ、すでに定子という正式の后がいるにもかかわらず、強引に后の地位に据えた。当時の後宮には周知のように多くの女性たちがいたが、正式の后は皇后、あるいは中宮どちらか一人である。にもかかわらず道長は娘を正式のものとした。ただし中宮が二人というのはさすがにまずいと思ったのであろう、定子を皇后とした上で彰子を中宮とした。

娘を天皇のもとに入内させ、皇子を生ませ、その皇子がやがて皇太子、天皇となった時に、いわば外戚として権力を振るうというのが当時の政権のとり方の一般的なあり方だったから、上流の貴族たちは皆一様に娘の入内を望んだ。ただしその場合にも貴族間の力関係は影響したし、そもそも入内にふさわしい娘がいなければどうしようもなかった。その点道長は娘に恵まれた。倫子との間に三人、明子との間に二人が知られているが、長女彰子を一条天皇のもとへ、次女姸子を三条天皇のもとへ、三女威子は後一条天皇のもとへ入内させて、一家で三人もの后を出した。もっとも年齢的にはかなり無理をしている。彰子が二十歳の一条天皇のもとへ入内した時にはまだ十二歳だったし、三条天皇と姸子は十八歳差、威子に至っては逆に後一条天皇より九歳も年上で、しかも天皇の叔母にあたる。しかし道長はご満悦だった。

この世をばわが世とぞ思ふ望月の欠けたることのなしと思へば

この世はすべて自分のためにあるようなものだと思う、満月に欠けたところがないように、自分にはまったく欠けたところがないと思うと。こうした一見思い上がったように見える歌を詠んだ話は非常に有名だが、これは威子が後一条天皇のもとに入内した折のものである。彰子が太皇太后宮に、妍子が皇太后宮になって、三后すべてが娘三人によって独占された形になった。

先にも述べたように、御堂関白記の記述は道長が政権を獲得した長徳元（九九五）年から治安元（一〇二一）年までの二十六年間で、年齢でいうと三十歳から五十六歳まで。六十二歳まで生きた道長の全盛期をほぼカバーする。もちろん空白の部分があったり、後に欠けたりした部分もあるようだけれど、内容は前述したように身辺の記録が中心で、あまり政治的な、生臭い話はそこには記されていない。右の「この世をば」の歌も、実は御堂関白記には記さていない。道長には常に批判的だった小野宮右大臣藤原実資の日記、小右記《しょうゆうき》に記載されていて、たまたま後世に伝わったのである。

冷泉家 ―古典籍を伝える―

読売新聞の読者短歌欄に、京都の高橋雅雄さんという方の、

　ぴつたりと門閉ざしある冷泉家。今出川通り過ぎてきにけり

という短歌が載っていた。撰者の岡野弘彦さんがそれを一位に選んで、

冷泉家は現在も歌の家としての格式と伝統を守る名家。京に住む作者の一言には、その名

　家に対する敬愛が示されている。

との評を添えておられた。「ぴつたりと門閉ざしある冷泉家」か、なるほどなあ、と思った。歌なのにわざわざ「冷泉家」の下に句点「。」を施している意図ははかりかねたが、冷泉家の格式というか、家柄の重々しい雰囲気がよく表現されていると感心した。

京都・烏丸通りを、右手に御所を見ながら北上し、今出川の交差点を過ぎるとすぐ右側に同志社大学のキャンパスが見える。その交差点を渡りきって今度は今出川通りを東に向かって歩くと、大学の赤い煉瓦造りの建物群に囲まれるようにして白壁の塀があり、瓦屋根の重々しい門がある。重要文化財にも指定されている冷泉家邸の門で、通常は確かに閉ざされている。その門を見ただけでも一般の人は近づきがたい感じを持つだろう。

歌の家

今さら言うまでもないことだが、冷泉家は平安末期から鎌倉時代にかけて活躍した、藤原俊成・定家父子の流れを汲む、わが国きっての歌の家柄である。もともとは御子左家《みこひだり》といい、同じような歌の家柄の六条家と対立しながらも、俊成・定家とつづき、定家の子息の為家までは順調に勢力を誇ってきたが、為家の次の時代になって、二条、京極、冷泉の三家に分裂した。うち、為家の長男であった為氏《ためうじ》一門の二条家が、当然ながら最も勢力が強く、保守的で、いわば本流であった。勅撰集撰者の権利もほとんどこの家の者が握った。

京極家を興した三男為教《ためのり》は、為氏の同母弟であったにもかかわらず、両者はきわめて仲が悪く、さらに子の為兼《ためかね》（ためかぬトモ）の時代になって新風和歌を提唱し、保守的な二条家と決定的な対立をした。

冷泉家の為相《ためすけ》は、為家晩年の子で、母は十六夜日記の作者として有名な阿仏尼である。三家の中では最も勢力が弱く、勅撰集の撰者には誰もなっていないけれど、六十歳代も半ばを過ぎてから生まれた孫のような為相を、為家はめちゃくちゃかわいがった。すでに為氏に与えてあった所領を取り戻して為相に与えるようなことをしたり、俊成・定家以来の相伝の歌書や文書類をすべて為相に譲ると証文にしたためたりもした。譲り状というのが今でも冷泉家に残っている。そうしたこともあって、為家の死後、いわば相続争いのようなことが起こった。歌書類は為家と一緒に住んでいたので阿仏尼母子が確保できたのだろうが、細川庄という所領は為氏が返さなかったために裁判沙汰にまでなった。十六夜日記はその裁判のためにはるばると幕府所在地の鎌倉まで足を運んだ阿仏尼の旅日記である。

古典籍類の伝承という意味からは、こうして冷泉家がすべて受け継いだことが結果的には非常に幸いした。京極家の為兼には子がなく、早く十四世紀に、また二条家も十五世紀のはじめには家そのものが断絶しているので、もしこの両家が継承していたらせっかくの貴重な資料類が散り散りになってしまった可能性があろう。もっとも受け継いだ冷泉家にしてみれば、貴重な典籍維持のためにどれほどの苦労があったことか。頻繁に起こった火災や盗難、応仁の乱をはじめとして繰り返された争乱、方丈記に描かれているような地震や竜巻、それらを無事に乗りきるために外部の人間には計り知れない苦労と努力とがあったに違いない。

江戸時代になると、古筆の収集が盛んになり、冷泉家の典籍類は好事家にとっては垂涎《すいぜん》の的となって、随分切断もされたらしい。貴重な典籍の一部が外部に流れたこともあった。本来冷泉家にあったに違いないと思われるもので、その後の所蔵者が異なるものが少なからずある。もちろんそれらも新しい所蔵者によって非常に大事に扱われてはきたが、われわれが国文学を志したころは、外部に流れるどころか、冷泉家の蔵そのものが厳重に閉ざされてしまっていた。

堀部ノート

冷泉家の当主は代々名前に「為」の字がつく。初代為相はもちろん、二代為秀以下皆さんがそうである。昭和になってからも、二十二代為系《ためつぎ》、二十三代為臣《ためおみ》、二十四代為任《ためとう》、二十五代為《ため》人《ひと》と、やはり皆さん「為」がつく。二十四代為任さんと二十五代目で現当主の為人さんはお婿さんだが、婿入りしてから改名されたという。

冷泉家の秘庫を公開しようという決断を下されたのは先代の為任さんである。実はその前の二十三代為臣さんは学者肌の方だったらしく、『藤原定家全歌集』という著書もあり、書庫の整理、調査もかなりご自分でなさっていたとのことであったが、昭和十九年、惜しいことに中国で戦死された。

おそらくその為臣さんと親しかったのであろう、為臣さんより二歳ほど若い研究者で、堀部(旧姓鹿島)正二さんという方がいらっしゃった。大変すぐれた研究者で、残念なことにやはり中国に出征し、戦死されてしまうのだが、唯一、その堀部さんだけが戦前の冷泉家で書物を閲覧しているのである。早く論文の中で「冷泉伯爵蔵」として他には見られない書物を紹介しているし、膨大な遺稿ノートが母校の京大に寄託されていて、その中に冷泉家に関するメモが残されていた。

戦後、そのノートの一部が、堀部さんの後輩で後に大阪女子大の学長などをつとめられた片桐洋一さんによって紹介された。「私所持和歌草子目録」という、いつの時代にか冷泉家が所蔵していたと思われる歌書類の目録である。万葉集や古今集などが、勅撰、打聞《うちぎき》、歌合《うたあわせ》など、十二の項目に分類されて記録されているのだが、われわれが見たことも聞いたこともない名前の書物がそこにはいくつもあった。

長い間には失われたものがあるにしても、冷泉家にはまだ相当量の典籍類が残っているらしい、というのが、学会や研究会で先輩の研究者たちから聞かされた話であった。ただしあそこだけは絶対に見ることは出来ないよ、ということも、そうした折に必ずつけ加えられた決まり文句だった。そもそも御文庫と呼ばれる蔵は神聖視され、中に入れるのはその時の当主だけで、他の人は家の者でも絶対に入れない、というような話がまことしやかに伝えられていた。

秘庫の公開

俊成・定家以来の伝統ある歌の家柄という紛れもない事実と、堀部ノートを通して垣間見られる現状とから、かなりの確率でまだ冷泉家には貴重な資料がたくさん残っているらしいということは想像できたが、それらにまったく触れることもできないのは本当に残念と、古典和歌に関心のあるわれわれは心の底から思っていた。ほとんど諦めかけてもいた。ところが、いつ頃だったろうか、冷泉家が財団法人化され、貴重な典籍類が公開されるらしいという噂が立った。学界でもそうした情報に早い人がいるのである。本当ですかと皆色めき立った。

もっとも公開といっても具体的にどういう形になるのか、誰でもが簡単に閲覧できる公共図書館のようなことはもちろん考えられないにしても、せめて同じように多くの時代をくぐり抜けてきた近衛家の陽明文庫のような、紹介状方式にでもしてくだされば本当にありがたいなど と、まだ噂の段階なのにそんなことまで考えていた。

昭和五十五年四月、新聞の第一面に「冷泉家の蔵開く」という大きな見出しが踊った。為任さんの長女である貴実子さんの書かれたものによると、それからの混乱ぶりは大変なものだったらしい。報道陣が押し寄せる、空にはヘリコプターが舞う、実はその二、三日前から蔵を開けて目録作りの作業をはじめていたのだそうだが、まったく仕事にならなくなったとのことだった。

噂は本当だったのだ。京都の平安博物館などの協力を得て目録作りが進められる一方、文化庁などとの協議を経て、財団法人冷泉家時雨亭文庫設立の準備は着々と整い、一年後の昭和五十六年四月には無事発足した。所蔵典籍類の全貌もその頃にはかなりはっきりしてきた。アサヒグラフなどが力を入れ、豊富な図版を示しながらの内容紹介もあったが、俊成・定家らの自筆本を含め、研究者にとっては本当に涎の出そうなものばかりであった。質量ともに決して予想を裏切るものではなかったのである。

問題の公開の方法もやがて明らかになった。典籍や文書類を全部写真に撮り、影印にして『冷泉家時雨亭叢書』というシリーズを朝日新聞社から出版するという方法だった。何よりも忠実にその内容を知りたいわれわれにとっては最も望ましい形式だったが、計画では全部終わるまでに十年もかかるという。最初の本が出たのが平成四年である。はじめて御文庫の扉が開かれてからでも十二年が経っていた。私はすでに六十一歳になっていたので、大いに悩んでしまった。せっかく刊行がはじまったけれども、全巻購入の予約をしようかどうしようか。たとえ刊行が終わるまで生きていられたとしても、研究者としての寿命の問題がある。結局、後悔だけはしたくないと、全巻購入することに決めた。その時点ではこんなに長生きし、研究がつづけられるとはとても思えなかったけれども。

私家集

私の専門は、日本の古典文学の中でも、和歌、特に平安時代を中心とした和歌である。当時の和歌はどういう性格を持っているか、その詠まれ方や享受の仕方は、などということを考えたり、歌集の注釈などもしているが、最も力を入れているのは、たとえば和泉式部とか、相模とか、あるいは堀河右大臣頼宗とかの、個人の歌集についてである。歌集にはいくつかの形態があって、多くの歌人の、多くの歌の中から、何らかの基準を設けて歌を選び、配列する、いわゆるアンソロジー型の歌集もあれば、個人の歌ばかりを集めて編集した歌集もある。前者にはさらに二通りあって、古今和歌集や新古今和歌集のように、天皇の命令で、いわば国家的な事業として編纂された勅撰和歌集もあれば、万葉集や古今和歌六帖のように、民間で、私的に編まれた私撰和歌集もある。一方、個人の歌ばかりを集めた歌集は、「家の集」とか「私家集」とか呼ばれた。これは数が多い。ところがその私家集は、万葉集や古今和歌集などと違い、研究がずっと遅れていた。私が手を染めはじめたころは、活字になっている本文そのものが少なく、全国の文庫や寺社など、あちらこちら写本を見てまわるような、ごく基本的なところからはじめなくてはならなかった。私家集の研究は労ばかり多くしてなかなかいい結果が得られないよ、泥沼だよ、と先輩から忠告されたりもした。

その私家集の資料で最も豊富なのが宮内庁書陵部だった。書陵部というのは皇室関係の文書や陵墓などを管理しているところで、良質の古典籍が多く保存され、国文学の文献を扱う者なら必ず訪れなくてはならぬ、いわばメッカだった。学部の学生は資格がなかったので、私は大学を出るとすぐに紹介状をもらい、勤め先の研究日などを利用して通いはじめた。和歌史研究会というグループが私家集の本文集成を企画し、『私家集大成』というシリーズを出版した際には、それまでの私の調査も随分役に立ったが、底本として用いられた本文には圧倒的に書陵部のものが多かった。

『冷泉家時雨亭叢書』

朝日新聞社から刊行された叢書は極めて順調で、第一期から第六期まで、全八十四巻、平成二十一年までかかったが、無事に完了した。当初は全六十巻で十年ほどという予定だったのに、調査が進むにつれて収めたい資料が多くなり、大幅に増やさざるを得なくなったとのことであった。各巻にはそれぞれ調査担当者がつき、作品や本文の解説を施すことになったのだが、私も平安関係の私家集を十六点ほど担当させていただいた。

関西在住の研究者で、それまでにいくつかの解説を担当された方に案内してもらい、はじめて冷泉家の門の前に立った時には胸がときめいた。確かに「ぴつたりと」閉ざされている門だった。呼び鈴を押し、来意を告げ、脇にある通用門を中から開けてもらい、足を踏み入れた。最初のうちは建物が補修中だったので臨時のプレハブの二階だったが、補修が終わってからは母屋の部屋に案内され、そこで担当の書物を調べさせていただいた。丁寧に、丁寧に扱った。時には担当以外の書物も見せていただくことがあった。俊成なり定家なりがかつて手にしたことがある書物だと思うと知らず知らずのうちに緊張もしたし、扱いもおのずから慎重にならざるを得なかった。

蔵書の中で何と言っても圧巻だったのは、俊成自筆の古来風躰抄とか定家自筆の拾遺愚草のような、いわばのちの写本ではなく、撰者自身の筆による原本が出て来たことである。定家の日記である明月記も自筆本が大量に保存されていた。また歌の家だけあって、撰集の資料のために集めたのであろう、私家集のたぐいも圧倒的に多かった。それまで私家集の宝庫であった宮内庁書陵部を質量ともに完全に凌駕した。それだけではない、調べが進むにつれ、書陵部の私家集のほとんどは冷泉家本の写しであることも判明した。どんなに丁寧に写しても、写しはやはり写しである。書陵部本には時々写し間違いがあることも次第に明らかになった。かつて最良の本文を謳って編集した『私家集大成』も、大幅に改訂せざるを得なくなり、冷泉家にある本文はすべて冷泉家本に置き換えて編集しなおした。それらはすべて今は身近にある『冷泉家時雨亭叢書』によって可能になった。

冷泉家の公開は一般の方々が考えているよりもずっとずっと大きな意味を持っている。学問的な価値も非常に高い。長い年月を苦労して保存し、伝えてこられた努力もすばらしいが、この時点での公開も、よくぞ決断してくださったと、改めて心から思うのである。

追記

その後『冷泉家時雨亭叢書』は刊行を再開し、平成二十九年、百巻をもって完結した。

Ⅲ

消えた母校

特に事情がない限り、普通は誰でも母校は持っていよう。なかには思い出したくないという人もいるかもしれないが、一般にはそれはきわめて懐かしい響きを持ち、意識するとしないにかかわらず、いつも心のどこかにあって、ふとした折に記憶の底から浮かび上がる。

その母校について、どちらのご出身ですかと人から問われると、私はとまどうことが多い。特に中学、高校の話になると、説明に窮する。その課程を一応経てはいるものの、厳密に言うと、中学も高校も出ていないからである。

下小岩尋常小学校

昭和六（一九三一）年の早生まれなので、小学校に入学したのは昭和十二年四月、東京府東京市江戸川区小岩というところにあった下小岩尋常小学校というところだった。すでに日中戦争ははじまっており、次第にエスカレートしていて、「非常時」とか「軍国少年」などという言葉が町に氾濫しはじめていた時代だった。

肺病という名で怖れられていた結核に父がかかり、数年の療養生活ののち亡くなったのは、昭和十六（一九四一）年十一月で、私が小学校五年生の時だった。十二月、埋葬のために父の郷里の福島に行っていて、太平洋戦争の宣戦布告をラジオで聞いた。翌年、女学校をやめて働きだした姉が父と同じ結核で死んだ。十六歳だった。私を頭に小学生三人の子を抱え、母は途方にくれたという。

当時の義務教育は八年制で、尋常小学校の六年が終わると、高等小学校に二年通った。もちろん正統的なルートとしては別に中学校や女学校があり、成績のいい生徒や経済的にゆとりのある家庭では当然そちらを選んだが、私に選択の余地はなく、高等小学校に進まざるを得なかった。もっとも尋常小学校とか高等小学校とかいう名称はその時点ではすでになくなっており、太平洋戦争のはじまった年の四月からは国民学校初等科、あるいは高等科となっていたので、入学時とは異なり、卒業証書は「下小岩国民学校初等科卒業」ということになった。

当時の下小岩国民学校に高等科はなかった。われわれは「本校」と呼んでいた小岩国民学校に通うことになったが、きっと「本校」と「分校」と呼ばれる時代があったのであろう。高等科に進んでまもなく、幸いなことに母が立川飛行場に隣接していた陸軍航空工廠《こうしょう》というところに寮母として職を得ることが出来た。飛行機造りのために全国から集められた若い工員さん(すべて軍属という身分だった)の日常生活における世話係りである。もちろん寮に住み込みの仕事だったから、私もそこから転校先の学校に通った。しかし戦局は急を告げ、はじめは働き手を戦争にとられた近在の農家への手伝い程度だった勤労動員が、途中からは本格的なものとなり、われわれもまた陸軍航空工廠に駆り出されて、飛行機造りの一端を担わされることになった。十三、四歳の子供の手を借りなければならないほど、戦局は逼迫《ひっぱく》していたということであろう。

陸軍航空工廠技能者養成所

勉強はまったくしなかったが、二年経ったら高等科の修了証書はもらえた。他に適当な仕事もなかったし、私もまた航空工廠の工員になるつもりで陸軍航空工廠技能者養成所というところに入った。身分はやはり陸軍軍属で、当時のことだからさまざまな面で民間よりは優遇されていたように思う。そこではきわめて基本的なレベルのものではあったが、ヤスリのかけ方や、設計図の描き方、あるいは旋盤の扱いなどの技能が学べた。日常生活は軍隊と同じで、はじめて親もとを離れ、号令のもとで生活する毎日であった。

ところがその年の八月、日本は負けた。入所して四か月半。子供のころからもっぱら軍国主義的な教育を受け、日本は神国だと教え込まれていたから、敗戦という事実は信じられなかった。陸軍は解体され、技能らしい技能も身につけないまま、敗戦直後の混乱のなかに放り出された。もちろん母も失職した。男親がいても食べることに苦しんだ時代に、親子四人、よくぞ生き抜いてきたことと今にして思うが、毎日が必死だった。立川の基地に駐留してきた米軍の使役に町内会から出されたところ、意外にペイがよかったので、そのまま通いつづけたりもしたけれど、仕事がなくなったら簡単にお払い箱になった。安定した職もなく、未来への希望もなく、私の人生のなかで最もつらい時期だった。

東京第二師範学校予科

そんなある日、師範学校というのは授業料がいらないだけではなく、給費制度というのがあって、無事入学できたら毎年僅《わず》かだがお金ももらえるそうだということをどこからか母が聞きつけてきた。師範学校には予科と本科とがあり、予科には中学校の二年次修了生か、高等科修了生が受験できた。そこで三年間勉強すると、中学校の卒業生と同じように本科に進むことができた。小学校の先生になれるものならなってみたい、勤労動員の時代からまったく勉強らしいことをしていなかったが、そう思って東京第二師範学校予科を受験した。池袋の校舎は空襲で焼け、試験は別の建物を借りて行われた。しかしあえなく落ちた。当然と言えば当然な結果なのだが、また悶々《もんもん》とした日を送っていたところ、かなり日数が経ってから、思いがけなく「補欠」の通知が来た。代替校舎が決まらなくてまだ授業がはじまっていなかったのである。もしかしたらそんな状況だったので入学予定者のなかから辞退者が出たのかもしれなかった。本当に救われた。戦後のどさくさでいろいろなことがあったが、私の人生にとってこれは非常に大きな分岐点となった。

新しい校舎は小金井にあった。旧陸軍兵舎の払い下げを受けたものとかで、窓ガラスも壊れたままの古い木造だった。がらんとした何もない部屋に、これも古い机と椅子だけが並べられていた。はじめのうちは黒板もなく、先生は部屋と部屋とを仕切っていた板に直接チョークで字を書いたり図形を描いたりしていた。一応建前は中学の二年か高等科を修了したことになっているから、おそらく授業もそのレベルで進められていたのだろうと思われるが、実質的には勉強らしい勉強はほとんどしていなかったので、ついて行くのが大変だった。補欠という負い目もあった。幼い頃から体が弱く、家の中で本ばかり読んでいるような子だったから、国語や社会は何とかなったが、他の科目は概《おおむ》ねダメだった。特に音楽と体育は苦手だった。師範学校なのでピアノは必修なのに、バイエルのごく初期の段階で挫折した。

予科三年、本科二年、順調にいけば計五年で卒業し、晴れて小学校の先生になれるはずだったが、思いがけなくわれわれが入学した翌年、すなわち昭和二十二（一九四七）年にきわめて大きな学制改革が施行され、影響を受けることになった。戦後の学制改革と呼ばれるもので、義務教育は小学校六年（「国民学校」からその折また「小学校」に改められた）と中学校三年、その上に高等学校三年と、大学四年の、いわゆる六・三・三制の導入である。昭和二十四年には新しく成立した「国立学校設置法」によって師範学校が廃止。東京第一、第二、第三師範と、青年師範とが合併して、東京学芸大学となった。われわれが予科を修了する段階では本科はなくなっているのである。当然そのままいけば再び路頭に迷うことになるが、さすがに便法は考えてくれた。要するに小学校六年と高等科二年、それに予科三年では計十一年。新制度の六・三・三の計十二年には一年足りない。そこで予科を四年間とし、就学年数を揃えた上で、新しい制度の大学受験を認めるというのである。エスカレーター方式で本科に行けるはずだったが、行けなくなり、改めて大学を受けなおさなければならなくなった。ただし進路は必ずしも学芸大学ではなくてもいいということになった。

東京教育大学

五年の就学期間が八年になり、わが家としては大誤算だったが、戦後の混乱期はお金のあるなしにかかわらず、皆食べるものにも着るものにも事欠いていたから、母子家庭でもあまり惨めな思いはしないで済んだように思う。

何とか四年の課程を終え、いざ大学受験となったが、普通六年間で学ぶところを実質四年間で飛ばしたようなものだったから、すべてにまったく自信がなかった。新制の国立大学はもうその頃から一期校と二期校とに分かれていて、本命の東京学芸大学は二期校だった。友達に誘われ、自信がないのに一期校の東京教育大学も受験してみたら、たまたま合格した。当時進学適性検査というのがあって、その点数がわりに高かったために、学科の成績不足をカバーしてもらえたのかもしれなかった。入学してからは当然ながら苦労したけれども、ピアノの授業がなくなったのだけは素直にうれしかった。

文学部で国語国文学を専攻したのは、自分に出来るのはそれしかないと思ったからである。ただし文学論とか哲学的な考察とかは苦手で、古典を出来るだけ丹念に、正確に、読み解くことなどにおもしろさを感じていた。目標は小学校の先生から中学校か高校の国語の先生になることに変わっていたが、卒業論文を手がけてみて、苦しいけれども研究の楽しさもちょっぴり味わったような気がした。

大学に入ってからは、家庭教師をはじめさまざまなアルバイトをした。育英資金の貸与も師範の予科時代からずっと受けていて、それらはすべて母に渡した。大学時代、喫茶店に入るとか、飲みに行くとか、今の学生がするようなごく当たり前のことをした記憶がほとんどない。まじめというよりも、そんな余裕が精神的にも経済的にもまるでなかったのである。

本当は大学院進学も夢見たのだが、さすがにそれは言い出せなかった。いつまで母親を苦労させておくのだと伯父たちからも言われつづけていた。学部卒業と同時に就職と決め、卒業論文に精を出していた四年次の十二月ごろ、突然指導教授に呼ばれたので行ってみると、ある都立高校で急に人が欲しいと言っている、都の採用試験さえ通れば来年の四月から必ず採用すると言っているから行ってみないか、との話であった。都立高校の採用は非常に厳しいと言われた時代だったからまことにありがたい話だったが、授業はその前の一月からという条件付きだった。慌てて卒業論文のめどをつけ、当然ながらまだ免許状は持っていなかったから、大学の教務課でそれまでに取得した単位を計算してもらい、都の教育委員会に書類を提出して仮免許状というのを発行してもらった。おそらく今ではもうそんな制度はないと思うが、戦後まもなくのころで、いわゆる代用教員と呼ばれる先生たちが地方には多かった時代である。大学を卒業していなくても、教壇に立てる方法があった。

ともかく仮免先生の誕生である。学生時代はずっと黒の詰め襟で通したから、生まれてはじめて背広なるものをつくった。日常の通勤にも、冠婚葬祭の際にも、その一着で済むようにと、紺のダブルだった。普段着慣れないものを着てはじめての教壇に立ったわけだが、もうピッカピカでしたと当時の教え子たちは今でも笑うのである。

母校の消滅

無事、三か月の仮免期間が過ぎ、大学の卒業と同時に正式の免許状も授与され、都の採用試験にもパスして、四月からはめでたく専任教員となった。母がよろこんだことは言うまでもない。最初は仮免時代からお世話になった都立国立高校に七年、次いで同じ都立の九段高校に五年、計十二年の間高校の国語教員として過ごした。その間のさまざまな経験についてはまた別に書く機会があるかもしれないが、いずれにしてもいわゆる進学校で、受験指導は大変だったけれども、授業やクラブ活動は大変楽しかった。早いころの教え子はすでに喜寿を過ぎ、九段高校時代の教え子でもとっくに還暦を過ぎている。最近は皆ひまになったものだからしばしば声をかけあってはクラス会やら学年会やらを開き、若い頃を振り返って楽しんでいる。彼らはいわば母校の恩恵を十分に享受し、母校に限りない愛着も抱いている。

私も高校の教員になってからかなり頻繁に母校に通った。大学院への進学はあきらめたものの、ものを調べたり考えたりする楽しさは忘れがたかったから、むしろきわめて有効に母校を利用したといった方がいいだろう。当時の都立高校には研究日というのがあって、ウイークデーに自由に使える日が一日あった。これは実にいい制度だったと思うが、週休二日制とともになくなってしまった。私はやはり学校は以前のように月曜日から土曜日まできちんと授業をやって、教員や事務職員はそれぞれ日曜日のほかに研究日が一日ずつとれるという仕組みにする方が、今の画一的な週休二日制よりずっといいと思っている。人件費は多少増えるかもしれないが、授業時数の不足という問題は解消するし、ウイークデーにおける自由時間というのは実に使い勝手がいいものなのである。

母校の研究室にはまだはじめのうちは大学院に進んだ同級生がいた。そのうち彼らも卒業していなくなると、同じ分野を専攻する仲間と相談し、先生に頼み込んで研究会を開いてもらった。そこで調べたり考えたりしたことがやがて論文となり、後に大学の教員になる際、役に立った。

ところがその母校が移転問題で揺れに揺れた。東京・大塚のキャンパスは狭いから広い土地を求めるのは仕方がないとしても、遥か筑波の地に移り、しかも組織形態をまったく変えて、東京教育大学を廃学にし、まったく新しい形態の大学をつくるのだという。賛成派と反対派が入り乱れ、学生をも巻き込んで、揉めに揉めた。卒業生の一人としては、ただはらはらと見守るより仕方がなかったが、わが恩師の先生方も二つに割れ、結局は筑波大学開学の折に、反対派だった先生方は皆よそに移った。母校の完全消滅である。

考えてみれば、私の母校で残っているのは小学校だけである。それも尋常小学校から国民学校、そしてまた小学校へと、名称は変更している。高等科というのは制度そのものがなくなった。陸軍航空工廠《こうしょう》技能者養成所も、師範学校も、完全に消滅した。われわれ世代の人間で母校を失った人は結構多いだろう。大きな学制改革にもぶつかったし、外地育ちの人は小学校さえも失っていよう。しかし大学までなくなるという経験を持っている人はそう多くはないのではなかろうか。

私にしても、まさかそんなことは夢にも思わなかった。拠り所を失った感じで、何とも寂しい限りである。しかし母校という実体はなくなっても、若い時代に一緒に学んだ仲間はいる。直接お教えを受けた先生方はほとんど亡くなったし、仲間も少しずつ欠けてはいるが、私にとってはやはりかけがえのない人たちである。久しぶりにクラス会などで会うことがある。会って話したからといって格別どうということはない。しかしそこには強い結びつきがあり、きずながある。母校というのは実は人と人とのつながりなのであって、場所とか建物とか、あるいは組織とかは、あまり関係ないのではなかろうかと、最近思っている。

地方の小さな公立大学

私の勤めていた都留文科大学というのは、人口がやっと三万人を超えた程度の、極めて小さな、都留市という一地方都市が設立した珍しい公立大学である。都留市は山梨県の東南部にある山に囲まれた町である。その小さな町に、北は北海道から南は沖縄まで、ほとんど全国の都道府県から学生が集まってくる。卒業生の多くは教員になり、卒業と同時にまたそれぞれの地方に戻ってゆく。ある意味では非常にユニークな大学でもある。

臨時教員養成所

山梨県は、大きく分けて国中《くになか》と郡内《ぐんない》という二つの地域に分けられるということを、私は都留に勤めるようになってはじめて知った。県庁所在地である甲府市を中心とする国中は、政治的にも文化的にもすべてにつけて優位に立っていて、都留市や富士吉田市などの郡内は、いわば辺境の地という位置づけにかつてはなっていたのだという。

当然ながらそうした傾向は人事面にも影響する。県の役人や教員は一般に国中志向が強く、郡内地方には腰を落ち着けたがらなかった。特に教育面では弊害が目立った。そこで地元の人間を育てればそうした弊害はなくなるだろうと、県立の臨時教員養成所を都留市（当時は谷村町）に設立したのだという。それがやがて市立の短大になり、四年制になって、現在の都留文科大学となった。従って教員養成というのはもともと持っていた性格なのである。文学部だけの単科大学だが、長いこと、初等教育学科、国文学科、英文学科の三学科体制で、その中心には常に教員養成があった。戦後しばらくは全国的に教員不足の時代がつづいたから、学生はまじめに勉強さえしていればあまり苦労せずに教職に就くことが出来た。一時は卒業生の八、九割が先生になって巣立っていった。しかも全国に散っていくのである。

大学の評価が、その間、次第に高まっていったのはもちろんである。それとともに本来の目的である地元出身者の育成という方向からはだんだん離れていった。郡内における教員の定着率の悪さということも昔話になってきたし、応募者が多くなって、地元出身者にとってはかなりむずかしい大学になってしまった。現在では社会学科、比較文化学科が加わり、それぞれに大学院も設置されて、施設面でもそれなりに充実してきている。出発当初のひどさについてはさまざまな伝説があるが、ともかく大学らしい形態は一応整えてきているといってもいいだろう。

市と大学

地方の小さな市がどうして四年制の大学を運営していけるのか、と在任中よく聞かれた。視察も多かった。産業が盛んで、財政規模が大きく、お金があり余っていれば別だろう。しかしかつて盛んであった織物業が衰退してからは、都留市には産業らしい産業はほとんど育っていなかった。しかも三万都市である。公立大学の運営母体はふつう都道府県が単位で、市立というのはたとえば大阪とか横浜のような大きな都市のものばかりであり、比較的小規模と思われる下関や高崎の場合でも、人口でいうと軽く二、三十万を超えている。たった三万の都市がどうして大学を運営できるのか。考えてみれば無茶な話である。確かに持て余しかけたことは何度もあって、国立移管や県立移管を模索したこともあったが、そうした話がこちらの希望通りにおいそれと決まるはずもない。

救ってくれたのは地方交付税の対象に公立大学が算定されるようになったことである。学生一人あたりいくらと計算されてそれが市に入る。交付税の建前からはそれがどのように使われようと直接的に大学には権限がなく、完全に市の自由のはずだが、大学は市と協定を結び、そのすべてを授業料収入と合わせて大学予算とした。もちろん形式的には授業料を含め、一度は市の収入となり、そこから大学予算として細かに分割されて支出されるから、ちょっと見にはそうした仕組みはわからない。市が大学のためにかなり無理をしている形に一般には見えるだろう。

大学運営のための経常費はもちろん、将来必要であろう建築費の積立金なども、すべてそこから捻出した。新たに求めた土地の購入費も、増築した校舎も、狭くなったために新築した図書館も、従ってすべてはいわば自前である。市独自の予算は一銭も使っていない。研究費も一応世間並みには計上されてきたし、よくぞここまでやってこられたものとわれながら思うほどである。

一方、学生数はほぼ三千人。先にも述べたように全国から集まってくる学生たちだから、当然ながらみな下宿生活をする。彼らがもたらす若い活気とその落とす金は市にとって決して馬鹿にならない。事務職をはじめとする大学関係の仕事など、直接的であれ間接的であれ、雇用の問題も大きいはずである。今や大学は都留市にとって最大の産業になっている。

大学紛争

私が都留に赴任したのは昭和四十一年だが、その前年、当時としてはかなり大きな、マスコミに取り上げられるような事件があった。直接のきっかけは新校舎建設をめぐってのものだったらしいが、市当局や大学当局の対応のまずさもあって、学生たちが反発し、対立した。根底にはさまざまな不満が学生側にあったらしい。私も赴任してみて驚いたのだが、学校が何ともオンボロなのである。新校舎はまだごく一部しか完成していなくて、昔の県立高等女学校のあとだという古い木造校舎を使っていた。寒かったし、廊下を歩くときぎしぎしと音を立てた。蔵書をはじめとする諸設備は何もかも貧弱で、それまで勤めていた都立高校よりすべてにつけて劣っていた。これでも大学だろうかと思った。

学生たちもまた驚いたろうと思う。都留文科大学では当時からすでに出張入試というのをやっていて、札幌から福岡まで、全国八か所に会場を設けて試験を実施していたから、合格して入学してくるまで彼らは実は学校を直接見る機会がなかったのである。

大学運営にも不透明な部分があったらしい。大学設立時に力を発揮したいわゆる実力者と呼ばれる人がいて、その人による一種のワンマン経営が行われていたという。学生たちにしてみれば積もりに積もった不満があり、それがちょっとしたきっかけで爆発したのだろう。学生たちを扇動したということで若手教員三人の首切りもあった。私が赴任したときには実力者と言われた人はやめていたが、紛争の余燼はなおくすぶり、首切り撤回のための裁判も進行中で、学内は荒れに荒れていた。そこへ全国的な大学紛争の波が押し寄せる。昭和四十三年から四十四年にかけて東京大学では安田講堂をめぐる攻防という象徴的な事件があり、東京大学と東京教育大学において入試が実施されないという事態となった。

近くに他の大学はなかったから、外部の活動家こそ滅多に来ることはなかったが、都留文科大学でも自治会系と全共闘系、生協系、体育会系などが入り乱れ、時にバリケードを築いたりして校舎を封鎖、火炎瓶なども飛び交って大騒ぎをした。その数年は本当に大変だった。私は若かったから、事情もよくわからないのに常に学生対策の前面に立たせられた。大学近辺に何日も泊まり込んでは学生諸君と話し合い、というよりも激論を交わし、怒号の飛び交う全学集会の議長までさせられた。その時点では後の平穏な都留文科大学などとても想像できなかった。

学生と教員の間

振り返ってみると、その頃が非常になつかしい。当時、あるグループのリーダーだった学生が、事件のあと退学し、しばらく経ってから復学したいと自宅に相談に来たことがあった。すでに結婚していて結局は実現しなかったが、ずっと後になって、今度は突然大学の研究室に現われた。入学式の日で、娘が入学できたのでとよろこびの挨拶をしに来たのだった。なかなかの理論家で闘士でもあったが、すっかり親の顔になっていた。いろいろやりあった仲なのに、そうした交流が出来ることがうれしかった。

都留の卒業生は、前にも述べたように全国に散っているので、どこに行っても必ず何人かいる。入試や学会や講演などで地方に出張すると、その地で教員をしている人たちがよく集まってきてくれる。同じ教育界にいるから話も合うし、実に楽しい。

そもそも学生と教員の間は他大学では考えられないほど密なるものがある。大学全体がこぢんまりしていることもあるし、接する機会が教室だけではないことが大きな理由であろう。学生は親元を離れ、ほとんどが下宿生活をしている。しかも小さい町である。下宿は大学の近辺で、みな歩いて通える範囲内に住んでいる。

一方教員の方は東京から通っている者が多いが、大学に教員用の宿舎があり、大部分の教員はそれを利用している。都留に一泊か二泊かし、翌朝一時限からの授業に備えるのだが、ゼミが終わると学生とともにぞろぞろと近くの食堂に出かけて行ってはさっきの話のつづきをする。あるいはビールを飲みながら若者らしい話題に興じたりする。教員仲間の時もあるが、大抵は学生と一緒だった。

心理学教室による統計では、いわゆる五月病などの精神疾患にかかる割合が他大学にくらべ非常に少ないという。親元を離れているにもかかわらずそうした結果が出るのは、おそらく下宿生活でも孤独にならないせいだろうという。今ではワンルームマンションが増えて快適な生活が営めるようになったが、かつては下宿も非常にお粗末なものだった。トイレや風呂は共同で、大きな声を出せば隣の人を呼ぶことが出来た。学生全体が家族のようなものだったから、それぞれ孤独を感じているひまがなかったのではないかという。ワンルームマンションが増え、多少患者の率が上がったとも言われているのは気がかりだが、教員との接触の多さも大きくプラスに働いていることは間違いないであろう。

研究室

課外の部活や自主的な研究会活動も非常に熱心である。通学に時間はとられないし、明るいうちに下宿に戻っても仕方がないという一面がある。町に娯楽施設らしいものは何もない。食べ物屋は多いが、映画館や麻雀屋が一軒もない町である。

私は週に二日は都留に泊まった。一日目は学生の輪読会につき合い、二日目はゼミのあと、卒論指導などで学生と話し合いをするのが常だった。人数はそれぞれに十数人程度だったから、ふつうは私の研究室を使った。終るとしばらくお茶を飲みながらの雑談となったが、これが結構楽しい。

何しろ学生の出身地はばらばらである。方言の問題となると話題に事欠くことがない。魚は料理をして食べるのがサカナで、海や川にいるものはウオだと使い分けている地方の学生は、サカナが泳いでいると言われてびっくりする。食べ物も地方によって随分違う。雑煮の作り方なども千差万別。今から思えば記録しておけばよかったと思うほどだが、切り餅か丸餅か、醤油か味噌か、だしのとり方、具の材料、本当にこんなにも違うものかと感心した。お赤飯は甘いものだと信じ切っている学生がいた。その地方では必ず砂糖を入れるのだそうである。ごま塩を振りかけて食べるのが普通だと、他の学生が一生懸命説明した。節分の話もおもしろかった。年の数だけ大豆を食べる話になったら、なぜ大豆なの？　と不審そうな顔をした学生がいた。その地方では豆まきは殻つきの落花生に決まっていた。だって床に落ちたのを拾って食べるのだもの、大豆だったらそのまま食べるの汚いじゃないの、と譲らなかった。こうした話になるといつまでも尽きることがなかった。それぞれに小さなカルチャーショックがあり、しばしば笑いの渦となった。

都留文科大学のような地方の小さな大学のよさは、おそらくそんなところにもあるのだと思う。本来の目的である学問以外に、日常のふとした触れ合いの中に学生たちは得るものがあり、かけがえのないものを見いだしていくのだと思う。

その後

私は平成七年、定年まであと一年を残して東京のさる私立大学に移った。定年を都留で迎えたいという希望は強く持っていたが、大学院を設置したいのでぜひにと請われ、僅かな期間でも私のようなものがお役に立つならと結局は承諾した。しかし学生の勉強に対する姿勢がそこではまったく違っていた。都留の学生は素朴でまじめだったと改めて思った。将来先生になりたいと思うような人たちだから当然なのかもしれないが、授業は本当にラクだった。テキストを持って教室に入ると、それまでざわついていた空気がぴたっと止んで、授業を聞く姿勢になった。他の大学から来ている非常勤の先生方も驚いていた。ここでは自分の心臓の音が聞こえますね、と言う。たまに私語する者がいても、一度注意すれば二度と注意することはなかった。それが新しく移った大学ではのべつお喋りをしている。何度注意してもおさまらない。多少定年は延びたが、これでは身が持たないと思った。そこへ都留から次期学長に選んだから戻ってこいという連絡が入った。学長なんて私の任ではないし、新しい大学の居心地がよかったら断っていたろう。しかしまた都留に戻れるというよろこびの方がその時はずっと強かった。

二期六年間、いろいろ問題はあったし、苦労もあったけれど、何とか学長職を勤めあげた。その後、都留文科大学は時代の流れに沿って法人化され、運営の仕組みも、また学部構成なども大きく変わってきた。昔の都留文科大学ではなくなりましたと、今でも残っている人たちは口ぐちに言い、残念がる。しかし大学の仕組みは変わっても、おそらく学生の素朴さ、まじめさは変わるまい。小さなコミュニティーで、肩を寄せ合い、競い合い、時には笑い合って、これからも切磋琢磨しつづけていくに違いない。

クラブ活動

大阪の市立高校や日本を代表する柔道の女子チームで体罰が行われていたと報じられた時、私はとても信じられなかった。軍国主義の時代ならともかく、平和になった戦後の日本でまさかと思った。少なくとも私の周辺ではそうした事実はなかったし、噂にも聞いたことがなかった。もしその報道に間違いがないとしたら、極めて例外的なことに違いないとも思った。

ところがその後、あちこちで体罰が行われていたことが発覚し、問題になった。大学を卒業してから五十年近く、ずっと教育畑に身を置き、私なりに世の動向には注意し、情報も集め、一生懸命やってきたつもりだったが、その間一体何をしていたのだろうと改めて思った。同じ教育の世界で日常的に体罰が行われていたという事実があったにもかかわらず、そうしたことをまったく知らずにいたのだった。恥ずかしかった。

もちろん勤務先の学校はどこでも体育会系のクラブはあった。いわゆる部活はそれなりに盛んだった。対外試合もあったのだから当然ながら熱心に練習もし、勝つための努力はしていた。しかしそれほど強いチームはなかったように思う。同好会的な性格が強く、あくまでも〝クラブ活動〟の域を出ていなかったということがあるいはそうした情報の疎さと関係していたのかもしれないと今では思う。

蹴球部

私自身は以前にも述べたが通常のコースである中学・高校の学校生活を経験していない。昔の尋常小学校を出て高等小学校を卒業し、陸軍航空工廠《こうしょう》の技能者養成所というところに入って終戦。戦後、師範学校の予科を経て新制大学に進むという極めて変則的な過程を辿ったから、いわゆる部活は師範の予科時代にちょっぴり経験したことがあるだけである。運動能力はゼロに近かったのに、何とサッカー部に所属した。当時は蹴球部といった。最も親しくしていた友人から一緒に入ろうと熱心に誘われたのである。その友人は運動神経が抜群だったのですぐに頭角をあらわしたが、私は全然だめだった。そもそも体力がない。痩せてきゃしゃだったからボールが満足に蹴れない。お前がボールを蹴ると脚が折れそうで見ていられないと上級生によく言われた。

終戦直後だったのでもちろんユニフォームなどは揃えられなかった。それぞれがあり合わせの短パンツとズックを用意して練習に励み、試合にも臨んだ。ごく一部の先輩がいぼいぼのついたサッカーシューズを履いていたのが羨ましかった。

師範学校には予科と本科とがあり、練習は一緒にしたが、対外的な試合は別々にチームを組んだ。予科生は年齢的には新制高校と同じなので、大会や練習試合はもっぱら都立高校などが相手だった。部員の数が少なく、私のような下手な人間でも試合には出ざるを得なかった。自分のところにボールが転がってこないことをひたすら念じながら、ただやみくもにグラウンドを走り回っているだけだったが……。

試合には勝った記憶がほとんどない。いつもいつも負けていたように思う。練習は最初のうちはきつかったけれど、そのうちに慣れた。全体的に和気藹々とした雰囲気で、いやな思い出は少しもない。もちろん先輩に殴られるなどという経験はまったくなかった。チーム内では落ちこぼれだったけれど、体育の時間などでサッカーやラグビーがあると、さすがに他の生徒よりはボールの扱いに慣れていて、まわりから頼りにされ、ちょっぴり自尊心がくすぐられた。

籠球部

大学ではスポーツにはまったく無縁だった。一般教育の体育の時間に体を動かす程度で、各運動部はわれわれ素人には近づきがたいところがあった。体育学部があり、そこには一流の選手が揃っていたからでもある。専門の国文学の授業や研究会などで準備が大変だったし、アルバイトも結構忙しかった。

ところが大学を卒業し、都立高校の教員になったら、国語の教師だけでは済まなかった。新入りで、学校の様子もまだよくわからず、職員室の隅にかしこまって座っていたら、背の高い生徒が三、四人やってきて、お願いがあります、と言う。何事かと思ったら、バスケット部の顧問になってください、と言った。体育の授業などで私はそれまでいくつかの球技を経験してきたが、あの大きなバスケットボールだけは手にしたことがなかった。ルールもほとんど知らなかった。その旨を伝えて、私には無理だと断ったのだが、彼らは引き下がらない。今までの顧問は前から辞めたいと言っていたこと、顧問がいなくなると大会などの対外試合には出られなくなること、なかなか引き受けてくださる先生がいないので名前だけでもいいからぜひ、とそれは熱心だった。

まわりの先生方は新人が困っているのに皆素知らぬ顔をしている。でも、指導もできない顧問だったら困るだろう、と言ったら、いや、練習は時どき先輩がやってきて見てくれますが、普段は自分たちだけでやっています、大丈夫です、と言う。結局、引き受けた。というよりも、引き受けざるを得なかった。名前だけといっても若い教員がそんなわけにはいかない。練習日には可能な限り体育館に顔を出した。一緒になってシュートの真似事などもした。ルールも憶えて試合があれば応援にも行った。

生徒たちは実に気持ちがよかった。勤務先が変わってからは体育会系のクラブとは縁がなく、私にとってはそれが唯一の顧問経験となったが、六十年近く経った今でも、部の集まりがあると必ず声をかけてくれる。文系人間としては本当に貴重な経験となった。

臨海合宿

二校目の勤務先は都心のいわゆる伝統校だった。旧市立一中で、校風をはじめいろいろなところに「伝統」が息づいていた。先生方もエリート意識が非常に強かったような気がする。時間割も教員の勤務形態も独特なもので、大学のようなところがあった。たとえば普通の高校では通常一時限は五十分で、一日六時限制なのに、そこでは一時限が七十五分で、一日四時限制。

しかも毎朝行われる各クラスのホームルームは授業の前ではなく、一時限と二時限の間にあったから、担任は一時限に授業のない日はゆっくり登校してもよかった。実際にはいろいろと仕事があって忙しかったから、なかなかそうはいかなかったが、午後も授業のない日は自由に退出できた。すべてが窮屈になった現在の教育界では信じられないほど、そういう点では自由な学校だった。

しかし古めかしいところもたくさんあった。保護者の会はPTAという戦後生まれの組織ではなく、父母会という名称で、組織も実態も戦前のまま残っていた。会長もかつて子供が在籍したというだけで、都議会の議長さんという人が、いわば都の実力者だったが、子供が卒業したあともずっと居座っていて、全国のPTA連合会の会長職もつづけていた。その父母会が、都心を離れた多摩地区に広大なグラウンドと、千葉県の興津に海の施設とを持っていた。グラウンドには年に一度、学年全体で出かけて行って、さまざまなスポーツを楽しむために使った。これはいわば遠足代わりのようなもので、文字通りのびのびとした一日になった。

海は一年の夏休みに全員で出かけ、いわば合宿をした。あとになってみれば貴重な思い出になるのだが、当時の生徒たちにとっては必ずしも楽しいものではなかったらしい。われわれ教員は一年の担任になると引率者として同行し、合宿中の生活の面倒を見る。現地での訓練に関する計画や実施はすべて体育の教員と水泳部のOBとが責任を持つ。もちろん水の中での訓練だし、うっかりすれば命にもかかわるわけだから、当然厳しさが伴う。起床から就寝まで、平和な時代に生まれ育った生徒たちにしてみれば経験したことのない日常を送ることになる。

男子生徒は全員赤ふんどしだった。これも伝統だという。女子はさすがに通常の水着だったが、腰には黄色い帯をする。ふんどしにしても腰帯にしても、いざというとき舟の上からつかみやすいのだという。合宿最終日の遠泳に向けて、ただひたすら泳力をつける毎日。途中、湾の先端にある高い崖の上から飛び込むという肝試しもある。きれいにダイビングをする者もいれば、崖の上で後ずさりをしてなかなか飛び込めない者もいる。

私は赴任してすぐ、一年の担任だと告げられた際、他の学校にはない、この学校特有の夏の行事があると聞いて慌てた。それまでまったく泳げなかったからである。何とか夏までには泳げるようにしておかなければいけない。少なくとも浮くようにだけはしておきたい。生徒にもその旨を告げ、一学期はプールで生徒と一緒になって練習をした。海では思い切って崖からの飛び込みもした。

合宿生活では思いがけないことがあった。体育会系特有の鍛え方なのであろう、夕食後、訓練から解放され、生徒たちがのんびりしていると、突然、広間に集合との声がかかり、水泳部のOBたちがまわりをとり囲んで、「正座!」と号令をかけ、昼間の練習について、「たるんでいる!」とか、「もっと気合いを入れろ!」とか活を入れはじめた。これも伝統らしいが、そうした経験は今の高校生にはまったくないから、皆緊張しまくって体をこわばらせる。私も戦時中を思い出してあまりいい感じはしなかったが、さすがに体罰を伴うようなことはなかった。

遠泳は、施設のある湾から一旦外海に出て、隣の湾まで泳ぐ。脱落者は途中で舟に拾い上げるが、ほとんどが泳ぎ切る。女子は皮下脂肪があるせいかかわりにけろっと浜にあがってくるけれど、男子は唇を真っ青にしてがたがた震えながらあがってくる。今でこそ懐かしがってクラス会でもしばしば話題になるし、いわゆる伝統を肯定的に捉える意見が多くなっているが、当時は決していい思い出ではなかったらしい。私が引率した年にたまたまＮＨＫが興味を持って泊まり込みで撮影をし、テレビで放映をした。赤ふんどしや訓練ぶりが話題になったが、後にフィルムが手に入ったのでもう一度見ようとホームルームで提案したところ、生徒たちはかたくなに拒んだ。

事件

勤めが大学に移ってからはまったく体育会系のクラブとは縁がなくなった。ゼミや研究会の学生とは夜遅くまで勉強したり、一緒に食事をしたりすることは多かったが、スポーツに関係のない国文学科の教員に声をかけてくるような奇特なクラブはなかった。

広い意味で関係が生じたのは学生部長をつとめた折である。単科大学の学生部長というのは高校でいえば教頭のようなもので、大学のあらゆることが学生部長のもとに集まってくる。運営に関する大きな問題はもちろん、各学科の問題、事務上の問題、学生個人に関する問題からトラブルまで、すべて学生部長の耳に入ってくる。必要なことは学長に報告したり、教授会に諮ったりするが、その場で判断し、即刻処理しなければならないことも多い。

よその大学でも問題になり、新聞やテレビでも大きく取り上げられたことが、私の勤め先でも問題になったことがある。新入生歓迎会と称する各クラブのコンパの折が危ない。アルコールの問題である。高校を出たばかりの新入生はまだ十八歳だから、本当はアルコール類はいけないはずなのだが、クラブ活動などに伴う場合はルーズになりがちである。滅多に問題になることはないのだが、時に暴走をする。あるクラブで新入生が二人も救急車で病院に運ばれた。一気飲みは絶対にいけない、アルコール類の強制はしないようにと、前もって強く言っておいたのに、そうした事件を起こしたので、部長や副部長ら幹部を呼んで、事情を聞き、叱った。一応、申し訳ありませんでした、と謝りはしたものの、今後、一気飲みは絶対にしませんとはなかなか言わない。起こしてしまったことは仕方がないけれど、今後が問題なのだと口を酸っぱくして言っても、先輩たちがずっとやってきたことを、われわれの代にやめるわけにはどうしてもいきません、とがんばった。体育会系のタテ意識の強さには本当に驚くばかりだった。わかりました、もうやめます、と言わせるまでに大変な苦労を強いられた。

山の遭難事件もあった。ゴールデンウィークあけの大学に、穂高で学生が滑落、一人死亡、の一報が入った時、どういう学生なのか、どういうグループなのか、まったくわからなかった。結局、ワンダーフォーゲル部だったのだが、定期的な大学公認の活動ではなく、ゴールデンウィークを利用しての山行だった。前後の授業も休むことが前提になっていたからであろう、大学には無届けだった。いくつかのグループに分かれていたらしいので、他のグループにはすぐに下山するよう連絡させ、私は現地にとんだ。亡くなったのは四月に入学したばかりの女子学生だった。ザイルを結んでいた上級生は病院に運ばれていたが、命は助かったものの、うなされ、悲鳴をあげ、恐怖が抜け切れていないように見えた。夜遅くなって両親が四国から駆けつけてきた。どうしてこういうことになったのと、娘の遺体にすがりついて泣く母親。ワンダーフォーゲル部の部員たちはただ黙って頭を下げるばかり。私もつらかった。

部員たちにいろいろ指示し、徹夜で処理に当たって、翌日大学に戻った私にまた知らせが入った。どうしても連絡のつかないグループが一つだけあります、と報告を受けていたが、そのグループがまたしても遭難、一人死亡！　とのことだった。連続だった。報告を受けながら不覚にも足が震えた。長い教員生活であれほどつらい思いをしたことはなかった。さる夕刊紙が「山の中の大学　山知らず」などと揶揄的に書き立てたりしたが、少しは当事者の立場にもなってほしいという気持ちが強かった。

体育会系の活動には少しでも油断すると、怪我や、時には生命にもかかわることがある。山で亡くなった娘さんにとりすがって泣いた母親の姿がいまだに忘れられないでいる。従って厳しさが伴うのは当然だと思うが、その厳しさと、体罰とはまったく別物だと思う。一気飲みを強制し、急性アルコール中毒を起こすなんて、もちろん論外である。

茶髪　―社会的規範―

長いこと学校勤めをしていて若い人たちに接していると、いつまでも若い気持ちでいられていいが、若者特有の問題に真正面からぶつかることも多く、いろいろと悩まされる。

大学にしても高校にしても、あるいは小・中学校にしても、その中心はあくまでも授業にあるはずである。簡単に言ってしまえば勉強の手助け、四角四面に言えば学問や研究の方法、ないしはその成果を伝えることが主たる目的だと思われるが、実際の指導面では生活全般にわたっていて、日常のこまごまとしたあれこれや、これからの人生のあり方、生き方など、問題が大きすぎて手に余ることも多い。

しかも学生は多様である。まじめな優等生ばかりだったらラクだろうが、必ずしもそうではない。多くの学生の中には必ず問題を起こす人がいて、予測もつかないような事件を起こしてくれる。はた目にはどうでもいいような小さな問題でも、困惑させられること甚だしい。

茶髪

私の勤めていた大学では卒業生の多くが教職についていて、在学生もほとんどが教員志望である。したがって毎年秋になると、大学では教育実習が一大行事となる。学生たちも落ち着かない。もちろん実習に出かけるためにはそれまでに必要な単位を修得していなければならないし、事前指導と称して行われるこまごまとした心得や諸注意も聞かねばならない。多くの学生はまじめに取り組み、実習校での評価も高く、ほとんど問題ないのだが、時にはやはり不心得者がいて、学校側とつまらないことで悶着を起こす。

今では一部の芸能関係者などにしか見られなくなったが、茶髪なるものがはやった時期があった。ごく普通の若者たちの間にも流行し、わがキャンパスでもちらほら見かけるようにはなっていた。しかし、まさかそのままの姿で教育実習に行くとは思わなかった。それだけではない。注意した実習先の校長に「なぜいけないんですか」とその男子学生は反論したという。担当の教員は弱り切り、実習校に駆けつけて平謝りだった。

私のような人間は、そもそも髪を茶色に染めること自体、はじめから生理的に受けつけないところがあるが、なぜいけないのかと改めて問われると、これがなかなかむずかしい。当面のところは「時と場とを心得ろ」の一本槍で済ませてしまうのだが、基本のところでは、そう簡単に済ませられる問題ではない。

新聞や雑誌などに「茶髪」の文字が盛んに出はじめたころ、私ははじめそれを知らずに「チャハツ」と読んでいた。そうしたら学生から、「先生、それ、チャパツって言うんですよ」と教えられた。「いや、これはハツだろう。パツとは読めない」と言うと、「でも、金髪って言うじゃないですか」とまたまたしたり顔に説明された。確かに「髪」は、訓では「カミ」、音では「ハツ」と読むが、時に「パツ」と読むこともある。頭髪、白髪は「ハツ」だが、金髪、銀髪、危機一髪は「パツ」である。しかしちゃんとしたルールがあって、「キンパツ」「ギンパツ」、あるいは「キキイッパツ」のように、前に来る語が「ン」とか「ッ」、専門的な用語でいうと撥音とか促音の場合に限って「パツ」と読む。「発」の場合も同じである。

イッパツ、ニハツ、サンパツ、シハツ（ヨンパツ）、ゴハツ、ロッパツ……

おそらく髪を茶色に染めるような若者たちが、金髪などの読みにひかれてまず使い、それがそのまま広まったのであろう。無知で軽薄な若者たち、と私はその時思った。街で見かけるいささか得意げなお兄ちゃんたちの考えつきそうな装いだし、ネーミングだ、と一方的に決めつけていて、格別それ以上は気にもしないでいたのだが、そのうち学内でも目にするようになり、教育実習にもそのまま行ったとなると、笑ってばかりはいられない。

そもそも髪や服装のあり方なんて、基本的には個人の趣味の問題だと思っていた。髪の毛をどんな色にしようと、どんなおかしな恰好をしようと、たとえ私にとっては虫酸《むしず》が走るようなものであっても、第三者が口を出すべき問題ではない。第一、一般的な習慣となっているようなことでも、身を飾るという点ではそれなりの意味はあるのだろうが、おかしなことはたくさんある。女がおしろいや口紅を塗ったりするのはどうだろう。高島田を結ったり、パーマネントをかけたりすることにどれほどの意味があるのだろうか。また、男が首からぶらさげているネクタイだって、何とも珍妙なものではないか。

考えてみると、実に奇妙なものばかりである。ピアスをしている男はヘンな目で見られるが、顔に化粧を施したり、大きな耳輪や鼻輪をぶら下げている男たちは、世界の民族の中にはいくらでもいるではないか。

「虫めづる姫君」

私の専門とする平安時代文学作品の中に、堤中納言物語という十編より成る短編の物語集があり、その中に「虫めづる姫君」というちょっと変わった作品がある。普通の姫君と違って、この作品の主人公は、蝶よりも虫が大好き。変化したものより、そのもととなるもの、本来のものを重視すべきだという確固たる哲学を持っていて、

これが成らむさまを見む。

というようなことを言っては、特に毛虫を愛し、身のまわりの世話をする童（わらはべ）にも、「けらを」「ひきまろ」「いなごまろ」などと虫に関する名前をつけては喜んで、周囲の当惑をよそに召し使っていた。もちろん自分自身も化粧は一切しない。

人はすべてつくろふところあるは悪し。

と言って、当時の女性の一般的な身だしなみであった歯黒めや眉墨も嫌っていたから、歯は真っ白で、眉は毛を抜かずにぼさぼさ、

いと白らかに笑みつつ、

とか、

いと眉黒にてなむ睨みたまひけるに、

などと作品には書かれている。現代だったらにっこり笑って口の中が真っ黒だったら気持ちが

悪いだろうが、当時は逆で、真っ白だったらこの上なく気持ち悪かったのである。

要するに、この姫君の場合も、一般的な風習、時代が要求する社会的な規範に添っているかどうかの問題なのである。一般的な風習に逆らって生きているから、親は嘆き、世の男どもの好奇心の対象となる。規範どおりなら、特に世間からヘンな目で見られることもない。

愛情表現

高校の教員を長くつづけてきた友人から聞いた話も、右のような観点からすると大いに考えさせられてしまう。学園祭の準備で放課後も生徒たちが遅くまで残っていたので、もうそろそろ帰るように放送をし、校内を見てまわった。屋上にあがったところ、人影がある。男子生徒と女子生徒がそこで抱き合っていた。思わず、「そこの二人、何をしているんだ」と言ったら、抱き合ったまま、男子生徒がこちらを見て、「見ればわかるじゃないですか」と言ったという。びっくりして、「離れなさい」と言ったら、「なぜ離れなきゃいけないんですか」と言われ、言葉を失った。昔だったら、そんな場面をもし教員に見つかったら、何か言われる前にまず慌てふためいて離れたに違いないというのである。「なぜ離れなきゃいけないんですか」と言われ、混乱し、どう答えていいかわからなかったと友人は嘆く。

確かにこの問題も、改まって問われたら、なかなか説明がむずかしい。愛し合っている男と女がいて、単に愛情表現をしているだけなのに、なぜいけないのか。外国に行ったら、公園や街角などで、白昼堂々と抱き合っている姿はいくらでも見られるではないか。

規範というもの

社会的な規範に添った行動といっても、その規範なるものは地域によって随分違っているし、時代によっても大きく変わっている。今では若い男女が腕を組んで歩くなどという光景は日本でもわりに普通に見られることだが、ひと昔前ならそんなことをしたら大変だったろう。装いにしても、行動にしても、一概にだめだと頭から決めつけるわけにはいかない。時代が変わったら、規範そのものが変わる可能性も十分にあるのである。

しかも、厄介なことには、規範めいたものがあればあるほど、逆にそこをわざとはずして、目立つ、変わった恰好をしているところに意味があるのだと考える若者たちがいることである。彼らにしてみれば、個性と称して、そういう点をこそ、特に強調したい気持ちがあるのだろう。もちろんそれはそれとしてわからぬでもないが、一方、やはり時と場とを考える程度の良識は、当然のこととして持ち合わせてほしいという気持ちが私にはある。目立ちたいなら、平凡なことだけれど、中味で勝負すればいいではないかという、基本的な考え方も捨てきれない。

規範をどうとらえ、どうつきあっていくかは、結構むずかしい。いつの時代でも、どの地域でも、特に若者を中心に、その規範なるものと闘ってきた。若者にとって、規範との闘いは、古くて常に新しい問題なのである。おとなしくて、言われたとおりにする、まじめ一方の優等生ばかりでも困る、と私は思っている。そんな学生たちばかりだったら、きっと世の中からは活力が失われてしまうだろうし、おもしろくも何ともない。多少はめははずしても、物事に果敢に挑戦するような若者であってほしいという気持ちも、矛盾するようだが、私の心の中には強くある。そうでないと、社会は旧態依然、少しも変わっていかないだろう。

若者たちには、どうぞバランスのいい人間に育ってほしいと、これは教育に携わったひとりの人間として、心から願っている。人生の終わりに近づいた人間の、ささやかだが、経験から得た願いでもある。

研究会

国文学関係の学会は多い。上代、中古、中世、近世、近代といった時代別の学会をはじめ、和歌文学会、俳文学会、歌謡学会、説話文学会などのジャンル別の学会、それに、国語学会、国語教育学会など、関連する学会があり、〇〇大学国文学会というような大学別の組織まで含めると、全体では大変な数になる。それらを連携しようとして全国大学国語国文学会というのも出来たが、結局うまく機能せず、新しい学会がひとつ増えた形になった。

われわれ研究者は従ってそれぞれの専門分野と関心とにより、二つ、三つと掛け持ちで入っているのが普通である。多い人は七つも八つも入っている人がいる。私の場合は和歌文学会と中古文学会とが主たる場で、そのほか、全国大学国語国文学会と国文学言語と文芸の会というのに一応会費を払っている。もといた職場の都留文科大学国語国文学会にも籍がある。それぞれの学会には皆機関誌があって、年に一回なり二回なりの発行をしているから、内容に応じてうまく使い分ければ論文発表の場にそれほど困ることはない。

部会

私の学生時代、東京教育大学の国文学科には部会という仕組みがあった。たとえば、国語部会、中古部会、中世部会、近代部会等々。要するに学生主体の自主的な専門別勉強会で、放課後、関係する先生方のご都合をお聞きし、毎週、曜日を決めて、作品を読んだり、研究発表をしたりする場である。

先生も熱心に参加してくださった。私の属していたのは中古部会で、主に指導してくださったのは佐伯梅友先生であった。「中古」というのは文学史用語で平安時代のことである。佐伯先生は文法、特に古典の解釈文法を専門とされていた。お人柄もそうだが、丸いふくよかな顔立ちも、ゆったりとした語り口も、すべてが穏やかで、まるで仏さまみたいな印象を与えられた方だった。講義は実に魅力的だった。強く自説を主張されるわけではない。的確な用例と、そこから導かれる自然で説得力のある説明。古今和歌集や堤中納言物語などの講読だったが、なるほど、こういう場合にはこういうふうに考えればいいのかというようなことが実によくわかった。先生の講義をお聴きし、私はそれまで何となく敬遠していた文法が、こんなにもおもしろいものなのかとはじめて知った。

部会は学生中心である。担当者がプリントを用意して説明し、それをもとに話し合うのだが、不十分な知識を動員しての議論は極めて未熟だったし、決してレベルの高いものではなかった。しかしそれなりに楽しかった。学年は関係なかったので、上級生も下級生もいた。時には卒業された先輩も参加してくださった。

佐伯先生は、必要な時以外、あまり口を差し挟むことをなさらなかった。ほとんどが学生同士でわいわいがやがや意見を言い合うのである。文の解釈の問題が多かったが、時には作品の理解に関することに話題が及ぶこともあった。ある時、どういう作品を読んだ折だったか、誰かが「こんな場面、確か映画にあったね」と言い出し、そのことが話題の中心になって大いに盛り上がった。先生はひとり、黙っていらっしゃったが、しばらく経って、突然「あ、エイガって、活動のこと?」とおっしゃった。何のことかわからず、皆一瞬きょとんとしたが、先生は、「エイガ」とは栄花物語のことかとばかり思い、どこにそんな場面があったかと一生懸命考えていらっしゃったと知って、大笑いになった。「活動写真」などという言葉もわれわれの時代にはすでに死語になっていたので、そのこともおかしかった。

研究会といっても、そんな雰囲気の会だった。佐伯先生を囲んでの研究会があると聞き、すぐ近くのお茶の水女子大学から参加の申し入れがあったりもした。大学は男女共学になってはいたけれど、女子学生はまだほんの一握りしかいない時代だったので、われわれにしてみれば大歓迎、大喜びで受け入れた。試験とか単位とかに関係のない、自主的な研究会というのはそれなりに意味があり、授業とはまた違った形でのおもしろさがあると思う。あとから考えてもそれはかけがえのない経験となった。

助手室

卒業論文のテーマに、私は平安の和歌を選んだ。指導教官はその道の大家である山岸徳平先生だった。当時先生は岩波書店から刊行中の古典文学大系『源氏物語』の執筆中で、岩波書店によっていわば缶詰にされているという話だった。日常は岩波の宿舎から授業に通い、夏休みなどの長期休暇中は箱根などに籠もって執筆させられているということだった。お忙しいというだけではない。先生は私などにとってはちょっと偉すぎて、時々報告にうかがうほかは、つまらない質問などはしにくい感じだった。同じ平安文学を専攻されている方に鈴木一雄先生がいらっしゃったので、当時はまだ助手だったが、もっぱら助手室に相談にうかがった。鈴木先生はとにかくやさしい方だった。何でも相談に乗ってくださり、どんなことでも親身になって聞いてくださった。直接教室で授業を受けたわけではないけれど、その後ずっと、先生というよりも親しい先輩といった形で師事することになる。

私は幼くして父を亡くしたので、大学はアルバイトと奨学金とで何とか通い、学部卒業と同時に高校の教員となった。大学院進学はとても考えられない状態だった。ただ部会の雰囲気や卒業論文でちょっぴり囓った研究めいた味が忘れられなくて、その後も時間を見つけては大学に顔を出した。当時の都立高校には研究日という制度があって、週に一日自由に使える日があった。それをうまく利用したのだが、時間割の都合で曜日は自由に選べない。たまたま部会と同じ曜日にあたった年はいいが、それ以外だと部会の出席は不可能となる。

はじめのうちは同級生がまだ大学院に残っていたので何かと都合がよかったが、そのうち彼らもいなくなると、拠りどころがなくなった。そこで鈴木先生に頼み込み、先生や数人の仲間の都合のいい日を聞いて相談し、研究会を開いていただくようにした。最初のうちはやはり作品を読む会だったが、そのうち頻繁に会が持てなくなると、極めて私的なものであったが、研究発表の場とした。思いつきでも何でもいい、自分が考えたこと、調べたことを、正式に学会などで発表する前に仲間うちで話し合い、意見を交換する場としたのである。定期的にきちんと開くものではなかったが、これは長くつづいた。後輩たちが大学院を出ると新しく参加し、次第に数も増えていった。ただし一度だけ危機があった。東京教育大学が筑波移転問題で揉め、鈴木先生が金沢大学に移られた時である。仕方なしに仲のいい三人ほどで喫茶店に集まり、作品を読む会などに切り替えたりしたが、鈴木先生が時どき東京に出て来られる日を利用して復活、再開した。もっとも大学の研究室はもう使えなかったので、会場はあちこち転々とした。

やがて鈴木先生が東京の私立大学に移り、次いで私立短大の学長になられてからは、会場もそこをお借りして会も安定することになる。そのころはもう私も大学に移っていたし、仲間も大学の教員になっている者が多く、その教え子たちも参加し、公的な発表前の検討会的な性格は変わらなかったが、ちょっとした学会なみの組織になっていた。

四十数年つづいたその会は、鈴木先生の突然の逝去によって幕を閉じた。先生の助手の時代からはじまり、金沢時代も雪のために飛行機が欠航した時以外は必ず出席されるほど力を入れてくださった会だけに、先生がいらっしゃらなくなったらもうおしまい、と思ったけれども、若い人たちがやはり必要と言い出して、数年後に再度復活。今につづいている。

私家集研究会など

そんな話をいつか勤務先の大学で授業の折にでも話したことがあったのだろう。ある年、卒業を間近に控えた学生たちが数人やってきて、大学を出てからそうした会を私たちも持ちたい、何か古典の作品を読むような研究会を作ってくれないか、と言ってきた。大学では毎週一回、放課後、学生主体の研究会があり、私も可能な限り顔を出していたが、その卒業生版を、というのである。地元山梨の小学校に勤務することが決まっていた学生と、千葉や埼玉の高校などに就職が決まっていた学生たちとである。研究会といったって、山梨に住む人はいいけれど、卒業してからわざわざ大学の研究室までやってくるのは大変だろうと言ったら、東京なら先生も便利でしょうし、ちょうど中間で、皆も集まりやすいのでは、と言う。結局、新宿のさる喫茶店に毎月集まることにした。

古典の作品の中には万葉集とか古今和歌集、あるいは源氏物語のように古くから研究の積み重ねられているものがある一方で、私家集と呼ばれている個人の歌集などにはまだまだ注釈書もない、ほとんど研究らしい研究もされていない作品がたくさんある。それらを選んで読んでいこうかということになった。はじめはその年度の卒業生たちだけで細々とはじめたのだが、話を聞きつけて先輩たちも顔を出すようになり、やがて後輩たちも少しずつ参加して、多少出入りがあったが、もう三十年以上もつづいている。今は常時十人ほど。他大学の卒業生も参加したりしてすっかり定着した。遠いところからははるばると静岡の下田から毎月通ってくる者もいる。もちろん皆仕事を持っているのでウイークデイには集まれない。土曜日の夕方か、日曜日ということになる。初期のころはただ読むだけだったが、せっかくだから形にしようということになって、注釈書という形で出版もはじめた。

いま、学校の現場にはさまざまな問題があり、雑談の折、そんなことも話題になる。後輩たちは先輩たちからそれぞれの経験談などを聞かされて、職場での苦労がここへ来ると癒されるとも言う。直接教室で役に立つ、たとえば教材の研究や指導法の話し合いの場ではないのだが、それが却っていいのかもしれない。

それとは別に、わが家を会場にしている研究会もある。私の直接の教え子ではないが、古筆資料を研究に活かしたいという若い人が三人ほど、やはり月に一度集まってくる。まだ学界に知られていない資料を調べたり、内容や価値について考えたりしている。参考にしなければならない資料がいろいろ必要で、この研究会ばかりは喫茶店などでは出来ず、狭い私の書斎を使うことになる。散らかし放題の部屋を毎月一度は大掃除するはめになってつらいが、お陰で私の部屋は最近清潔が保たれている。いずれにしても参加者たちが非常に熱心なのはうれしい。彼ら自身がぜひにと希望してはじめたのだから当然と言えば当然なのだが、私としては大いにやり甲斐があるというものである。

古今和歌六帖輪読会

もうひとつ、学長をやめた時、これからは暇になるでしょう？　と誘われた会がある。お茶の水女子大学の卒業生が中心になって開いている古今和歌六帖を読むという会からである。若い人たちと一緒にいると楽しいわよ、とその時言われ、ついその気になった。なるほど楽しい会である。必ずしも若い人たちばかりではなかったが、女性たちに囲まれ、年寄りとして適度に敬意を払われながら、しかし議論の際には格好の標的とされながら、気持ちのいい時を過ごしている。

この会も当然ながらメンバーには仕事を持っている人が多いから、集まりの日は土曜日とか日曜日とかに限られる。現役を退いて年金生活に入ってからは、ウイークデイは家にいることが多く、土曜・日曜日がむしろ忙しい。はじめはこの会もただ読むだけの会だった。それがやはり途中で何とかまとめたいということになり、はじめから検討しなおして原稿をきちんとつくりなおした。とりあえず第一帖がまとまった段階で、たまたまお茶の水女子大学の図書館が計画中だったEブックなるものに載せることにした。通常の書籍という形ではなく、ネット上で、いつでも、誰でも、どこからでも、無料で見られる仕組みである。ただし普通は編集者がするはずの、たとえば割り付けなどの仕事をすべてわれわれ自身がパソコン上でしなければならず、それが大変だった。図書館側もはじめての試みで勝手のわからないところがあり、実現までにはいろいろなやりとりがあった。しかも古今和歌六帖という作品は名前のとおり六帖まであり、全部で四五〇〇首ほどもある大部な歌集である。まだまだ読み終わるまでには時間がかかる。

どの会も、出席するためには当然ながら下調べが必要である。分担を決めて、担当の箇所を原稿化し、プリントアウトして持参する。教え子ばかりの集まりにはさすがに私は免除されているが、それでも下調べそのものは不可欠である。雨の日も風の日も、どんなに寒い日でも、しかし私は研究会に出ることを億劫に思ったことは一度もない。若い人と会うこと自体が楽しい。前日には一応の下調べをして、毎回、張り切って出かけている。

外国語

私は語学がまったくダメである。もともとお喋りのほうではないし、教員をしていながら人前で話すことを苦手としてきたから、会話が苦手というのはやむを得ないとは思っている。その点では仕方がないと自分でも納得しているのだが、しかし実は会話だけではない、読み書きもまったく自信がない。

年数だけは人並みにかけてきた。ただ習いはじめが戦時中のことで、途中に中断があり、戦争が終わって師範学校の予科に入り、再開したが、通常、中学、高校と六年かけて学習するところを四年間で飛ばしたために、基本がまったく出来ていないという事情はある。もっとも当時の友人で大学の英文学科に進み、中学や高校の英語の教員になった人が何人もいるのだから実はそれも言い訳にはならない。

大学入試を何とかくぐり抜け、一般教育の語学の単位も一応は取得し、卒業までたどり着いたが、結局ものにはならなかった。英語はすでに差がついているからダメだとしても、いわゆる第二外国語なら全員が初歩からはじめるわけだし、あるいは何とかなるかもしれないとかすかな希望を抱いて、大学ではドイツ語やら中国語やらにも挑戦してみたが、やはりダメだった。国文学を専攻し、古典文学を専門に選んだのも、もともと好きだったということはあるが、語学が絶対条件ではないだろうという安易な逃げの気持ちがどこかにあった。

国際化

どの分野でもそうだが、いま大学では盛んに国際化が叫ばれている。私の勤めていた地方の小さな大学でも、もう三十年近くも前になるが、やはり時代の波には乗らざるを得ないと考えて、新しく比較文化学科を設置した。創設以来、教員養成を中心に、地域に役立つ人材をと努力もし、それを売り物にもしてきたのだが、ささやかながら国際交流とその人材育成とに乗り出したのである。当然ながら海外との交流も活発化させなければならない。アメリカのカリフォルニア州立大学や中国の湖南師範大学などと交渉し、学生の交換留学を可能にした。いずれもいわば名門大学で、よくぞこんな田舎の小さな大学を相手にしてくれたものだとわれながら感心したが、そのほかにも、夏季休暇などを利用して実施する語学研修のために、カナダをはじめ、いくつかの大学と提携もした。

毎年、出発する学生たちに向かって挨拶をするようになった。これからの若い人にとって語学は非常に大切だから、ぜひがんばって来なさいという趣旨の話をしながら、しかし、自分では喋れないのを、何ともうしろめたく、もどかしくも思った。

語学が出来ないということを、実は私は専門の分野ではそれほど不自由に感じたことはない。外国の人で日本の古典を勉強する人も少なくないが、その人たちは当然ながら皆さん日本語が非常に達者だからでもある。困ったのは大学の責任者になってからである。提携先の大学から打ち合わせや挨拶などのためにしばしばお客さんが見えるようになった。正式の会談の折はいい。語学に堪能な人がきちんと通訳するために同席してくれるからだが、ちょっとした挨拶や雑談の折にはやはり自分で直接喋り、談笑できたらどんなにいいだろうかと、外国からお客さんが来るたびに思ったことだった。

海外旅行

外国への旅行は、在任中はむずかしかったけれども、退職してからは毎年のように出かけた。はじめのうちは旅行社を通してホテルを予約し、往復の航空券を手配してもらう、妻と二人だけの旅だった。しかし一度ツアーなるものに参加してみたら、その便利さ、手軽さ、何よりも安さに驚いて、それからはもっぱらツアー専門になった。

妻は一応英文学科の出身なので、ネイティブのようにはとてもいかないけれども、意思の疎通ぐらいは何とか出来る。二人だけの旅行の時は残念ながらもっぱら妻が頼りとなる。面目なく、もどかしいが、私は黙ってそばに立っているよりほか仕方がない。もっとも道を尋ねたり、チケットを買ったりするのは私がする。複雑なセンテンスを考える必要はないし、単語と身振りだけで通じる。たとえば大英博物館に行きたかったら、まず地図を手にして、「British Museum ?」と言えば、それだけで大抵の人は親切に教えてくれる。大英博物館は無料だが、やはりチケットを買ったりする場合には、窓口で、「two」と言って指を二本立てて示せば、やはりそれだけで済む。すべてボディーランゲージ込みである。妻は呆れかえっているが、方向音痴の妻に任せておくよりは確かだし、安心でもある。

ところが中国では、ホテルなどを除くとほとんど英語が通じない。もちろん日本語も通じない。当然ながら妻もお手上げである。ただしそこはやはり同じ漢字文化圏。会話は通じなくとも、書いてあるものを見ると何となくわかる。

中国本土は今はいわゆる簡体字オンリーである。日本でいえば常用漢字にあたるが、略し方が違うので戸惑うことが多い。もっとも推理するのは結構楽しく、この文字は日本の常用漢字でいえばどの字にあたり、どういう意味なのか、看板や広告や実際の現場を見ながら考える。たとえば「机」は「機」の簡体字で、「机場」というのは、中国では「空港」を意味するらしいというようなことは、飛行機で北京なり上海なりに降り立ってみればすぐにわかる。

そういう例は街を歩いていると非常に多い。中国語としての発音はわからないけれども、「賓館」とはホテルのことだな、とか、「超市」というのはきっとスーパーマーケットのことだろうなどと考えるのは実に楽しい。もっとも、ある都市に行ったら、あちこちに、「動漫」という広告が出ていた。何か大会があるらしいのだが、ヒントとなるものが何もないのでわからない。いろいろ考えたが、結局、ガイドさんに聞いてみたところ、いとも簡単に、「アニメのことですよ。」と言われて、なるほどと思った。同じ漢字文化圏といってもそう簡単なものではないらしいと思い知らされたことだった。

平安時代の僧侶で、歌人に、寂照という人がいた。俗名は大江定基。出家前に三河守だったので人びとからは三河入道とも、三河新発意とも呼ばれた。「新発意」とは、「しんぼっち」、または「しぼち」と読み、新たに発心して仏道に入ったばかりの人をいう。仏道への関心が現在よりもずっと強く、人生の途中で出家する人が少なくなかった当時においても、彼の突然の出家はかなり評判を呼んだ出来事だったらしい。その発心に至るまでのいきさつをはじめ、霊験譚、往生譚など、いろいろと説話化されている人物でもある。おそらく妻を亡くしたことが直接の原因だったのであろう、出家したのは二十代半ばだったが、やがて中国五台山を目指して巡礼の旅に出たいと切望するようになる。

当時、外国を旅することは容易なことではなかった。すでに遣唐使は廃止されていて正式な渡航は不可能になっていたが、商人船などの往来はあったようで、そうしたものに便乗しての渡航だったらしい。出かける前、寂照は母親の法要を兼ね、山崎の宝寺というところで盛大な法華八講の会を催した。ちょうどそれは彼の壮行会のような形になり、多くの聴衆による宗教的な熱気と、離別の涙とで異常に感動的なシーンが出現したらしいことが、続本朝往生伝とか大鏡など、諸書に描かれている。出家してからすでに十数年が経ち、かなりの尊敬と影響力とをかち得ていたようである。

当時の中国は宋の時代である。渡宋してからの記録も多少は残っていて、まず翌年には首都汴京《べんけい》（現在の河南省開封）で皇帝真宗に拝謁し、円通大師の名号と紫方袍とを賜っていることが知られている。寂照の一行は、総勢八人。寂照をはじめ五人はそのまま宋に留まり、結局日本には帰って来なかったようだが、意外にも故国との交流は当時でもあったらしく、念救という僧が一度日本に帰り、時の権力者であった藤原道長や藤原実資らと会い、さまざまな用件を済ませて、再び宋に戻るということをしている。寂照自身も直接手紙のやりとりを彼らとしている。道長の日記である御堂関白記や実資の日記である小右記などによってそれらを知ることが出来るが、手紙はやはり商人船などに託されたのであろう。御堂関白記寛弘二（一〇〇五）年十二月十五日の条に、

従内還出、入唐寂照上人書持来、可憐万里往来書

とある。宮中から退出して来たら中国に渡った寂照上人からの手紙がもたらされていた。はるばると来たこの手紙にさすがの道長も胸に迫るものがあったようで、「憐れむべし、万里往来の書」と感嘆している。そうしたやりとりが何度か交わされたらしく、幸い記録も残されていて、道長からの手紙もたまたま他の文献に見いだすことが出来る。それによると、

先巡礼天台、更攀五台之遊、既果本願、甚悦。

などとあるから、寂照の一行はまず天台山を巡礼し、念願だった五台山にも登ったらしい。「既に本願を果たしたようで、大いに悦んでいる」と書いている。その寂照一行もはじめはまったく中国語が喋れなかった。中国で編纂された宋史の巻四百九十一には日本に関する記述があるが、そこに、

景徳元年其国僧寂照等八人来朝。不暁華言、而識文字、繕写甚妙。凡問答並以筆札。

とある。「景徳元年」とは日本の年号でいうと寛弘元（一〇〇四）年で、寂照の入宋した翌年、

先にも述べたとおり首都汴京で皇帝真宗に拝謁を賜っているが、彼らは「華言を暁（さと）らざるも、文字を識り、写を繕ふこと甚だ妙なり。」と記されている。中国語は理解できなかったが、文字の知識はあって、巧みに書いた、凡そ問答はみな筆札を以てした、という。要するに筆記によって意思の疎通は十分に出来たのである。

語学教育

平安時代の昔から現代に至るまで、日本の外国語教育は基本的にはまったく変わっていないのだなと思う。最近でこそ会話重視ということで、ヒアリングの重要性とかオーラルメソッドとかが強調され、早期英語教育の必要性なども説かれて、小学校の授業に採り入れるなど、読み書き中心の語学教育から脱皮しようと懸命だが、そういった施策に対しての賛成論、反対論もまたかまびすしい。

語学教育はいかにあるべきか。それを語る資格はもちろん私にはないが、一部の知識人中心であったにしろ、読み書きを徹底的に鍛えてきたことは、これまでの日本の発展にとって非常に大きな意味があったことは間違いないことだとは思っている。

われわれの先祖が、古くは、いわば先進国であった大陸の知識や制度を吸収し、明治になってからは、西欧の文物を積極的に採り入れていち早く近代化に成功したことは、まさしくそうした知識人たちの読み書きの力によって支えられてきた結果である。一般の人たちには、翻訳という作業を通して知識が広められた。

もっとも日本語はかなり特殊な言語で、外国語から日本語へも、日本語から外国語へも、正確な翻訳は絶対に不可能だとする説もある。私の友人でアメリカ生活が長く、英語をネイティブのように話す人はそうした意見の持ち主で、だから自分は絶対に文学作品の翻訳はしないと言うのだが、たとえ不完全な訳し方しか出来ないにしても、翻訳の有効性を完全に否定することはむずかしかろう。われわれのように語学が不得手な人間にとって、外国のさまざまな著作物に触れ、楽しんだり、そこから知識を吸収したりすることが出来るのは、もっぱら翻訳のお陰であることは間違いないからである。

ノーベル物理学賞を受賞された益川敏英さんが、いつか新聞で、母語で学べる強み、ということを言っていた。日本では、日本語で、最先端の勉強が出来、自国語で、深く考えることが出来る、これはすごいことだと言う。さらに、自分は語学が大嫌いで、学生時代にはまったく勉強しなかった、物理の本を読んでいるほうがずっと楽しかった、と言い、英語が出来たらもっといろんな研究が出来たかも、などと思うことは一切ない、とまで断言している。

私は大いに共感しながら、しかし、これはノーベル賞を受賞するほどの研究者だから言えることであって、普通はなかなかここまではっきりは言えない、とも思う。私は国文学の研究に際して、外国語とあまりかかわりのない方法や分野で行い、これまでそれなりの成果をあげてきたつもりではいるけれども、外国語とのかかわりがあるなしにかかわらず、やはり英語なり中国語なり、翻訳は無理でも、何とか日常の簡単な会話ぐらいは出来るようになっていたらどんなによかったかという思いはあり、今でもその思いはずっとひきずっている。

教育の評価

書類のいっぱい詰まった段ボールの箱がどさっと届き、やはり断るべきだったと激しく後悔した。東京のさる有名私立大学から大学評価の外部評価委員を引き受けてほしいという依頼があり、断りきれなかったのである。まだ現役の時代だった。「自己点検・自己評価」ということが盛んに言われはじめ、そうした意識が浸透したころ、今度は「自己評価」ではダメだ、「第三者評価」が絶対に必要、ということになって、「自己点検・評価」ということになった。自分の大学でもいずれどなたかにお願いしなくてはならないだろうという気持ちもあって、強い調子では断ることが出来ず、ついついためらいながらも引き受けてしまったのだが、やはり失敗だった。

段ボールに入っていたのはその大学に関するもろもろの資料だった。学生数や教員数はもちろん、入試状況や就職状況などを示す各種データ、カリキュラム、時間割り、単位取得状況など、ありとあらゆる資料がほとんど整理されずに、ナマのまま、雑然と収まっていた。いずれ会議を開くので、それまでに目を通しておいてほしい、出来たら何か問題点を見つけ出しておいてほしい、ということであった。自分の大学のことでも手がいっぱい、〆切りのある原稿もあるのに、一体どうすればいいのか、という思いだった。

第三者評価

現役を退いて二、三年経ったころ、今度は某国立大学から依頼があった。実はもうこりごりしているのです、と事情を話し、すぐに断った。ところが相手は簡単には引き下がってくれなかった。一応相談してみたけれども、やはりほかに引き受けてくれそうな人はいない、ぜひに、というのである。普段研究会などで親しくしている人を通して頼まれたりするとだんだん断れなくなってくる。それに、こんなしんどい仕事を、本来の仕事にはまったく関係ないのに、若い人たちにさせるのはかわいそうだ、という気持ちにもなってきて、結局は引き受けることになった。現役の人たちは忙しいだろうし、こんな役割りを果たすのはトシヨリの義務かもしれない、とも思ったのである。

「第三者評価」というのがある程度定着してきていたという事情もあるだろう、今回は、最初に送られてきた資料自体が実に整理の行き届いたものであった。いわば「自己点検」ぶりが完璧なほどに行われていて、その作業や結果に問題がないかどうかを見てほしいという形であった。ここまで整理するためにはどれほどの時間と労力、それに知恵とが必要であったか、と思われるほどのものであった。ナマの資料ではないし、もしかしたらきれい事に処理しすぎているのではないかという懸念もなくはなかったが、問題点もそれなりに指摘してあって、わかりやすかった。前回の私大の場合でも最終的にはもちろんきちんと整理された形になっていたので、あれからがきっと大変だったのだろう。学内で委員に指名され、担当された方々は、ご自分の専門分野以外のことでどれほどの苦労をし、時間を使われたことかと心から同情した。

私大の場合にはなく、後者で新しく加わった仕事には、教員それぞれの個人評価があった。外部委員も専門別に依頼されていたので、大学内部の教員諸氏は自分の専門分野に近い人を選び、業績目録や、それに基づく自己評価書を提出することになる。われわれに見せるための業績目録づくりも作業が大変だったであろうが、自己評価書の作成も苦労が伴ったであろう。出来るだけ客観的であろうとする人と、ご自分がいかにいい仕事をしているかを積極的にわからせようとしている人とがあり、お人柄も何となくわかる感じがした。

私の場合は国文学が専門なので、国文学にかかわる方全員と、他の分野だが、研究内容が国文学に近い人の書類が届けられた。業績目録を拝見し、必要に応じて論文等も読みながら、ご本人の書いた自己評価書を傍らに置いて、参考にしつつ、感想めいたことを書いてゆく。

評価をしながら、しばしば自分が評価されているような錯覚に陥った。正確な評価が出来ているのだろうか。とんでもない間違いを侵してはいないだろうか。そもそも自分にひとさまの評価が出来るのだろうか。しかも当惑したのは、不正を防止するためであろう、パソコンの使用は不可、評価の記入は自筆で、という指示であった。一人一人の原稿を下書きし、書きなおしをしないで済むように心がけて、下手な字を恥ずかしく思いながら、精魂込めて書いた。

評価のむずかしさ

大学のありようも、すっかり変わった。私の学生時代の大学は、すべてにつけて、もっとずっとゆるやかだったような気がする。それはおおらかというよりも、むしろ、かなりいい加減なものだったように思う。たとえばこんな例がある。授業がはじまって最初の時間に、普通は、これからの一年間について、授業の進め方や、扱うテキスト、あるいは内容などについて話をするのに、ある先生は、一般教育の授業だったけれども、まず、

去年、この授業を聞いた人はいますか。

と聞いた。そして、「去年とまったく同じ授業をする、きっと、同じところで、同じ冗談を言うだろう、だから去年聞いた人には聞いてほしくないんだよね」というような意味のことを言った。アハハ、と笑うわれわれに向かって、もっと驚くべきことを言った。

実は今、大きな研究書の執筆でもの凄く忙しい。時間がいくらあっても足りない。それで、夏休みまで授業を休講にする。夏休みが明けたら出てくるように。

実際に夏休み明けまでまったく授業はなかった。しかし、その先生は、学者としては実にすぐれた方で、すばらしい業績をたくさん残しているし、教え子の中からも多くのすぐれた人材が巣立っている。大学の教員として、こういうケースはどう評価していいのか、今だったら、大いに問題になるだろう。

もっとひどい例もあった。やはり一般教育で、経済の授業だった。五月になっても六月になっても授業が開講されない。ずーっと授業はなくて、もう単位はもらえないだろうと思っていたら、年が明けて、一月になり、やっと開講された。戦後の物のない時期だったし、先生方も、一般に服装には無頓着な方が多かったが、その先生は、ぴかぴかの靴を履き、りゅうとした背

広を着て、颯爽《さつそう》とあらわれた。何でも、政府関係の仕事を兼任していて、そちらが忙しくて、とのことであった。結局、都合三回ほどの授業をし、形ばかりの試験をして、単位だけはくれた。ちょっとインチキくさいとは思ったが、くれるものはとありがたく頂戴した。のちに、革新系の東京都知事として人気のあった美濃部亮吉氏である。大学の仕組みが何事につけてルーズな時代にあっても、やはりこんな例は珍しいだろう。評価という面から言ったら、おそらく対象にもならないであろう。論外と言うべきである。

下村寅太郎という哲学の先生がいらっしゃった。鶴のように細くて、小さな声で、ぼそぼそと喋った。西田幾多郎門下で、高名な哲学者だとあとから知ったが、とにかく話が聞き取りにくく、閉口した。当時の教室はがらんとしていて設備らしいものは何もなかった。あるのは机と椅子だけ。もちろんマイクの設備などはなかった。やはり一般教育で大教室の授業だったから、うしろの方にいるとほとんど聞こえない。誰かが、

先生！　もっと大きな声で話してください。

と言ったら、先生は声を振り絞るようにして、

モウ、コレ以上、声ガ、出ナイノデス。

とおっしゃった。話の内容は実に豊かだった。のちのちも、私のものの考え方の基本的な部分で、あ、これはかつて下村先生がおっしゃったことだな、と思うようなことがしばしばあった。その時間にはなるべく早く行って、前の方の席を取るよう心がけた。

現在の教員採用は公募の形式がほとんどで、書類選考にパスすると面接があり、そこで模擬

授業などを課すところが多い。現在いる教員に対しても学生からアンケートを取り、授業がわかりやすいかどうかを問うたりしている。授業重視の姿勢を強く打ち出しているのだが、現代だったら、おそらく下村先生のような方は採用されないのではないかと心配になる。

評価の方法

個々の教員の問題にとどまらない。大学という組織全体の評価はどうあるべきなのか。これもむずかしい問題であろう。設備の豊かさ、教員の質のよさ、入学時における学生の偏差値の高さ、就職率、その他もろもろの総合力がいわゆる大学というものの評価につながってくるのだと思われるが、それらは、大変な時間と労力を費やして文章化しなければわからない種類のものなのだろうか。入試時における大学の序列化という問題がある。これはこれでさまざまな弊害をもたらしてはいるのだが、ある意味では世間が示したおのずからなる評価だとも私は思っている。伝統のあるなしにかかわらず、それは実に厳しいものがある。伝統があるからといってあぐらをかいていたら、たちまち失墜する。当然ながら、一般には歴史のある大学ほど有利である。世間の大学に対する見方というものは、そこの卒業生がいかに社会で有用な活躍をしているかによって決まる部分がかなりあるから、歴史の浅い大学はやはりつらい。まず何とか世間にその存在を認めてもらえるよう、必死になって努力することになる。もちろん、なかには確固とした教育理念もなく、放漫な経営に堕しているところもまったくないとはいえないであろう。教員だって、残念ながら、何年もほとんど論文らしい論文を書いていない人がどこの大学にも必ずいる。だから時どきはデータを整理し、世間に公表することはまったく意味のないことではないと私も思う。いい加減な大学は、多少は慌てる気持ちにもなるだろうし、怠けている教員は、業績欄の少なさにやはり恥ずかしい思いを抱いたりするだろう。

しかし、あの大変な努力に見合うほどのものであろうかという思いも拭い切れない。大学は、常々世間の厳しい評価にさらされ、入試の時期に、いやというほど具体的な数値を突きつけられる。教員も、周囲の研究者仲間や、同僚の、日常的な評価に堪えなければならないし、教室では、学生たちの多くの目が見つめている。そうした、おのずからなる評価で十分なのではないかと思う。外部委員を任された二度の経験で、そのことをつくづく思った。

文部科学省のお役人たちも、一度、ご自分たちの仕事ぶりを振り返り、細かなデータを整理して、「自己点検」なるものをしてみたらいいと思う。いかに大変な努力が必要であるかがわかるだろうし、今までは行政上のミスをしても、いかにきちんと反省してこなかったかを知ることにもなるだろう。冗談だが、その時は私も、敢えて外部委員を引き受けてもいいとさえ思っている。

大阪方式

大学の評価とは直接関係ないが、大阪では、維新の会とやらが教育改革に熱をあげた時期があった。新聞報道を通しての知見だが、市民の付託を受けた人間が、教育に口を出すことは当然で、教員の評価も、学校ごとに行い、何年かつづけて相対評価が低かった場合は、その教員は免職、という考えもあったらしい（さすがにこの部分はのちに撤回したようだが）。確かに人間が何人か集まったら、そこにおのずからなる序列は出来るだろう。優秀で、何事にもてきぱきと対応できる人と、必ずしもそうではない人。要領よく抜け目のない人と、ぐずぐずしていてもどかしい思いを持たれる人。学校だけではなく、どの社会でも見られることだろう。自然淘汰なら仕方がない。しかしそれを、権力が、「民意」を振りかざしてやってはいけない。言うことを聞かない教育委員は辞めてもらうとも言ったそうだが、教育への政治の介入がいかに問題の多いことであるかは、これまでの歴史がはっきりと証明している。「私の周囲では、試験を受けなおしてでも、他県に移ろうかと真剣に考えている人が何人もいます」と大阪の高校に勤めている教え子が年賀状に書いてよこした。実際にはよそに移ろうと思っても、そう簡単なことではないだろう。結局は大阪に残ることになって、黙って言うことさえ聞いてさえいればいいさ、仕方がないよ、ということになるのではないか。

為政者としては、競争原理さえ持ち込めば教育に活気をもたらせる、と考えたのであろうが、逆だと思う。今いる人はよそに移れなくても、これから教員になろうとする人で、少しでも骨がある人はそこを避けるだろう。唯々諾々として黙って言うことを聞くような人たちだけが集まってきたら、元も子もないのではないか。

評価は人間社会につきものである。しかしその使い方によっては大きなあやまちを犯すことにもなる。教育に対する政治の役割りは、教育に携わる人間が、十分に、思い通りの仕事が出来るような環境を整えてやること、その一点に尽きる、と私は思っている。

Ⅳ

東北弁

ＮＨＫの大河ドラマ「八重の桜」の視聴率は思ったほど高くはなかったらしいが、例によってわが家では妻が熱心に見ていたので、私も一緒になって見ることが多かった。

もともと妻は熱心な大河ドラマファンである。これまでもほとんどこの時間帯はドラマに熱中しているが、特に「八重の桜」は母校の同志社に関係があったので、いつもよりもずっと熱心に見ていた。妻の友人たちもその点は同じだったらしい。一年に一度開かれるクラス会を新島襄の出身地である群馬の安中で開いたところ、全国からの参加者が例年になく多かったそうで、やはり同窓の関心は一般の人たちよりもずっと高かったのだろうと思う。気持ちは大いにわかる気がする。

が、ドラマはやはりあくまもドラマである。細部ではかなりの虚構も入っていて、どこまでが真実かわからないところもあったが、大河ドラマは一応大筋では史実に則っていることが原則である。私は私なりに、戊辰戦争を中心とする会津の人たちの動向や心情にむしろ大きな関心を持った。

主役の綾瀬はるかさんも熱演していた。写真で見る新島八重よりはずっと美人でスタイルがよく、その点にやや違和感があったが、懸命に会津弁を駆使し、八重になりきっていた。しかし、やはりネイティブでない悲しさ。その懸命さにはほほえましいものがあったけれども、東北弁特有のくぐもり、そこから感じられるある種の温かさ、懐かしさには、残念ながら多少欠けていたように思われる。

会津藩士

原発問題で、今や世界的に有名になってしまったが、福島は、私の両親の郷里である。父は現在の須賀川市、母はいわき市の出身。もっとも父方はどこまで遡れるかはわからないけれども、ずっと須賀川在住だったらしいのに対し、母方はもともとは会津藩士で、戊辰戦争に負けたあと、福島県内を転々とし、最終的にいわきに落ち着いたらしいのである。ご多分に洩れず、会津藩士のその後の生活は苦労の連続だったらしい。母は明治三十八（一九〇五）年の生まれだから、戊辰戦争やその後の苦労には直接関係はしていないが、祖父などはもろに影響を受けた。戦争そのものにも遭遇した。タマがびゅんびゅん飛んできて本当に怖かったと母は聞かされていたという。

母方の祖父は、私が生まれた時にはすでに亡くなっていたので、私は写真の上でしか知らない。母の実家にりっぱな白い鬚を生やした人の写真が額に入ってあり、その人が祖父だと聞かされているだけである。テレビドラマの中で、大砲や鉄砲の弾丸が乱れ飛び、戦後の鶴ヶ城が無残な姿になっているのを見て、なるほどこれでは怖かったろうと思ったが、ふと、その時祖父はいくつだったのだろうかと疑問に思った。母は先にも述べたように明治三十八年の生まれだから、戊辰戦争のあった慶応四（一八六六、明治元）年には、祖父はまだ生まれていなかった可能性もあるのではないか、もしかしたら怖かったという話は祖父ではなく、曾祖父、つまり母の祖父の話ではなかったか、などと思ったりしたのである。

とんでもない思い違いだったかもしれないと思ったら、急にきちんと調べたくなった。いわき市の市役所に、祖父や曾祖父のことを調べたいのだけれど、古い戸籍謄本がまだあるか、もしまだあったとして、それを請求するにはどうしたらよいかと問い合わせたところ、本籍地がわかれば請求できると親切に教えてくれた。指示どおり、戸籍謄本等の郵送請求書というのに必要事項を記入し、請求者、すなわち私がどういう関係の人間であるかを証明できるもの、また請求者本人であることの証明として運転免許証などのコピー、手数料として七五〇円の小為替、それに返送用の封筒を添えて申し込んだ。

祖父は、万延元（一八六〇）年の生まれだった。母は八人きょうだいの下から三番目である。もっとも、兄と姉とをひとりずつ幼い頃に亡くしているので、実は十人きょうだいの八番目だった。母が生まれた時は当然祖父も高齢になっていたわけで、よくよく考えてみれば年齢的には問題がなかったのである。戊辰戦争当時、祖父は数えで九歳。有名な白虎隊は十六、七歳の少年たちが中心だったというが、その年齢には達していなかったけれども、やはり戦争が怖かったというのは祖父の話でよかったことになる。

もし、それ以前の謄本が欲しかったらいわき市に移る前の三春町の役場に請求するようにと言われ、念のため同じように申し込み、取り寄せてみたが、特に新しい知見は得られなかった。

三春町では、明治十九年に制定された戸籍法によって作成されたものが最も古く、それ以前のものはないとのことだった。会津藩士であったという曾祖父についても知りたかったが、くわしいことはわからなかった。

士族

母の小学校時代の卒業証書を見ると、名前の上に、仰々しく「士族」と書かれている。もと武士階級の家柄だったことを示すもので、華族や平民に対するものであろう。当時の記録によると、士族は全人口の僅か五パーセント前後しかいなかったようだから、ある種の気位と結びついていたものなのであろうが、「士族の商法」という言葉があるように、それは生計面では何の役にも立たなかった。生活は苦しかったらしい。母は子供のころ、兄（アニ）さんと呼んで親戚づきあいをしていた人が製餡所を営んでいたので、その家で子守りや家事の手伝いなどをして生活していたらしい。夜遅くなって、作業をしていた人たちが皆入り終わったあとの風呂に入る。疲れて、湯舟で眠りこけ、汚いお湯を思わず飲んでしまったことなどを私は何度も聞かされた。

しかしどう工面したものか、当時の女性としては珍しく東京に出て来て学校に通った。いわゆる苦学生だったらしいが、共立女子職業学校という、鳩山春子さんらが設立にかかわった学校である。のちに専門学校となり、大学となった。現在の共立女子大学の母体となるものだが、母はそこで和裁を学んだ。夫を亡くしたあと、戦後の窮乏時代に、子供三人を抱えてその技術が役立つことになろうとは、もちろんその時点では思いもかけなかったに違いない。

父と母との結婚は非常に安易なものである。たまたま父の姉と母の兄とが結婚していて、東京で世帯を持っていた。その弟と妹という関係による。同じ福島出身だったし、父もそのころは東京に出て来ていたので、おそらく両者ともにあまり異存がなかったのであろう。大正十四（一九二五）年のことである。

訛なつかし

私がもの心ついたころ、両親はすでにほとんど標準語を使っていた。従って家庭内で東北弁を耳にすることはなかったが、親戚は父方も母方も皆福島県人だったから、いや応なく東北弁には馴染まざるを得なかった。ご承知のように、東北弁は、どちらかというと発音が不明瞭。口の中でもごもご言うから、はじめての人には非常に聞き取りにくいし、わかりにくい。京都育ちの私の妻などは、慣れるまで大いに面食らった。ズウズウ弁という揶揄した言い方もある。それが恥ずかしくて、東北の人たちは、東京に出てくると積極的に話したがらない傾向があった。それでなくても口が重いのに、ますます口が重いという印象になる。

もっとも今はかなり事情が違ってきている。私のつとめていた大学は、文字どおり北海道から沖縄まで、日本全国から学生が集まってきていたので、ある意味では方言の宝庫みたいなところがあったが、日常的には皆標準語を使っていて、誰も特に不自由を感じなかった。小中学校における標準語指導というものが今はかなり徹底している面もあるからだろう。

新幹線に乗って東北に行く。父の郷里である須賀川は新幹線の駅がないので、手前の新白河で降り、鈍行に乗り換えるか、郡山まで行って、やはり鈍行に乗り換えてちょっと戻るかしか方法がない。新幹線では乗客はすっかり皆お客さんのような顔をして澄ましているが、鈍行に乗り換えると途端に地元の空気が流れる。女子高校生たちがどやどやと乗り込んできて、賑やかに喋りはじめると、ああ、東北に来たな、と強く感じる。かわいい、あどけない顔をした女の子たちが、気兼ねなく地元の言葉で喋っている。見ていてというか、聞いていて思わずほほえんでしまう。はきはきとしない、その言葉づかいの中に、私などはむしろ、東北人の誠実さとか、ある種の懐かしさとかを感じてしまうのだが、それは身贔屓というものであろうか。石川啄木の有名な歌に、

　ふるさとの訛なつかし停車場の人ごみの中にそを聴きにゆく

というのがあるが、それは関西弁や九州弁にも共通するといった性格のものではなくて、どうしても東北弁だ、啄木の出身がどこであるかに関係なく、東北弁としか解せない、と私は固く信じている。

　今の若い人たちの言葉はそれほどでもなくなったが、ひと昔前の、特にお年寄りの言葉は本当にわかりにくかった。

　私が国語の教師になってからのことである。何かの雑談の折に、たまたま仮名づかいの話になって、その使い分けがむずかしいと叔父は言い、「イには四つあるだろう?」と言い出した。すぐには何のことかわからず、きょとんとする私に、叔父は指で字を書いて見せた。

「い」と「ゐ」と「え」と「ゑ」だ。

なるほど。叔父は四つともまったく同じ発音をしていたので、尋ねられている意味は十分に理解できた。これぞ東北弁、とも思った。

しかし、叔父の発音が混乱していることを指摘したところで実は問題が完全に解消したことにならない。「い」と「ゐ」、あるいは「え」と「ゑ」は、今ではいわゆる標準語でもそれぞれ同じ発音になってしまっているが、本来は、「い」は「i」で、「ゐ」は「wi」だったはずであり、「え」は「e」で、「ゑ」は「we」だったはずである。それがいつの間にか同じ発音になり、イとエに固定されてしまった。いや、もっと厳密に言えば「え」にもア行の「え(e)」とヤ行の「え(ye)」とがあり、たとえば、

あの山越えて、

の「越えて」は、本来「越ゆ」というヤ行に活用する語の連用形に助詞の「て」が添えられた形なのだから「koyete」のはずなのである。こうした音韻の変化を考えると、あるいは東北弁のほうが一歩進んでいるのかもしれないとさえ思えてくる。

おもしろい話がある。母から聞いた話だが、母の子供のころ、「夕立とかけて何と解く?」というナゾナゾがあった。答えは「糞(くそ)食らい」と解く。そのココロは、「にしからくらい」というのだそうである。解説を聞かなければおそらく一般の人にはわかりにくいだろう。「八重の桜」でもしばしば出て来たが、以前の東北弁では二人称代名詞の「あなた」にあたる言葉は「にし」あるいは「にしは」がつまった言い方で「にしゃ」と言った。「主(ぬし)」の

訛った言い方である。ともかく「にし」は「西」でもあるし「主」でもある。「い」と「え」は先に述べたように発音が同じだから、「にしからくらい」は「西から暗い」でも「主から食らえ」でもあるのだ。夕立は西から暗くなってくるし、糞を食らうなんて俺はいやだからお前から食え、と言う。東北弁でなければ成り立たないナゾである。

そうした、発音にかかわる微妙なところが、残念ながら綾瀬さんの東北弁には欠けていたような気がする。かつて、亡くなった長岡輝子さんが朗読した宮沢賢治の「雨ニモマケズ」をテレビで聞いたことがあるが、それはそれは見事な東北弁だった。長岡さんは岩手県の盛岡の出身だそうで、これこそがネイティブによるホンモノの東北弁だ、と思ったことだった。もっとも、われわれはひとしなみに東北弁と呼んでいるが、地元の人たちに言わせれば、きっと、盛岡の東北弁と、会津の東北弁とはまた違うのだろう。しかし、もし若いころの長岡さんが演じていたら、言葉遣いの面からも、また、失礼ながら容姿の面からも、新島八重にふさわしい、味のある役づくりが出来たのではないかとさえ思えてくる。

でも、やはり綾瀬さんでよかったのかもしれない、とも一方では思っている。ホンモノの東北弁だったら、あるいは画面にいちいち字幕を入れなければ一般の視聴者にはなかなかわかってもらえなかったかもしれない。その点、綾瀬さんの東北弁は、言ってみれば、わかりやすいドラマ向きの東北弁だったということになるだろう。

少年期

口の悪い教え子は、先生はどこから見てもとても都会育ちには見えませんね、という。確かに私は、色は黒いし、見てくれは悪いし、ハンサムという語に最も縁遠いことは十分に自覚しているが、しかしれっきとした、東京生まれ、東京育ちである。古い戸籍謄本などによれば、亡くなった長姉と、伯父に子がなく、請われて養女になった次姉とは、「東京府南葛飾郡吾嬬町下木下川」というところで生まれ、私と二歳下の妹は、同じ吾嬬町の「東六丁目」で、五歳下の末の弟だけが、「江戸川区小岩」というところで生まれている。いわば山の手ではなく「川向こう」ではあるが、東京生まれであることに間違いはない。

南葛飾郡吾嬬町というのは、現在では墨田区に属している。しかし私はその土地の記憶がまったくない。母たちがよく、「ムコウジマ」とか「キネガワ」とかを話題にしていたが、それが以前住んでいたところと関係があるのだろう、とは思うものの、どういうところなのか、土地も、家も、具体的にはさっぱりイメージがわいてこない。もちろん「ムコウジマ」が「向島」で、隅田川の東部一帯を指し、多くの文人たちが愛した街であろうということぐらいは今では知っている。永井荷風の「墨東綺譚」などで有名なところでもある。しかし「キネガワ」は久しくわからなかった。ところがふとしたことから「木下川」を「キネガワ」と読むのだと最近になって知った。姉たちふたりが生まれたところである。

インターネットというのは本当に便利なものである。古い地名を調べていたら、たまたま「上木下川」と「下木下川」という地名が出てきて、そこに読みが記されていた。しかもその記述によれば、私が生まれる直前に地名変更もされているらしく、両親が亡くなってしまったので確認は出来ないのだが、姉たちが生まれたところと、私と妹とが生まれたところとは、戸籍上の住所は違っているけれども、あるいは同じところだったのかもしれない。

小岩

吾嬬町から江戸川区の小岩に引っ越したのは、これもはっきりしないのだが、妹や弟の生まれた年から判断すると、おそらく私が三歳か四歳ごろのことで、それから高等小学校一年までを過ごしたのだから、およそ十年間近く住んだことになる。小岩は、吾嬬町のさらに東である。町のはずれに江戸川という川があり、その川向こうはもう千葉県だから、いわば東京の東の端になる。住宅地から一歩外に出ると、当時はまだ田んぼがひろがり、芹などを摘むことができた。家の近くにも小さな川があって、本当に汚いどぶ川だったが、網でトンボを追いかけたり、時どき泥の中から顔を出す鮒を掬ったりした。全体に土地が低かったのだろうと思う。少し雨が降るとすぐに水があふれた。子供たちはおもしろがって長靴で外に出たがったが、どぶ川の水がまじっていたり、当時は便所から汚物があふれたりして、親たちから厳しく叱られた。

私の通った小学校は下小岩小学校といった。ほかに小岩小学校というのがあり、大人たちはそちらを「本校」と呼んでいたから、あるいは下小岩小学校は分校の時代があったのかもしれない。のちに国民学校と一斉に名称が変わったのはご承知のとおりである。何年も前のことになるが、北海道教育大学に頼まれて集中講義に行ったら、そこにやはり下小岩小学校の卒業生という若い先生がいて、その奇遇に驚いたことがあった。学校の前に「野崎屋」という文房具屋さんがありましたね、などと話し合ったことだった。

家の近くにブリキ屋があった。いかつい体つきだが人のよいおじさんがいて、いつもタンタントンとブリキを叩いていた。大きな仕事もしていたのかもしれないが、店先の仕事場ではいつも鍋の底の穴をふさぐような仕事ばかりをしていた。すでに物資が乏しくなっていて、新品の鍋など手に入りにくくなっていた時代である。目の見えない、お琴のお師匠さんをしている人が奥さんだった。ふたりの間には当時まだ子がいなかったせいもあったのだろう、われわれは非常にかわいがられた。仕事場である板の間は子供たちの遊び場にもなっていて、メンコやベイゴマやカルタ取りなどをそこでやった。

おじさんは熱心な仏教徒でもあった。数珠を揉みながら、よく仏壇の前でお経をあげていた。時にはわれわれも仏壇の前に坐らされ、一緒にお経をあげさせられたりした。親たちはそれをよろこんでいるふうだった。

子供たちは時に喧嘩もしたが、概して仲がよかった。私の家の隣にはシンちゃんという一年上の男の子がいて、よく遊んでくれた。おとなしいお兄さんという感じだった。はす向かいにはヒデカズちゃんという二歳下の男の子がいて、その家にはたくさんの本があり、ヒデカズちゃんの家に行くと、私は遊びはそっちのけで本にかじりついていた。

横丁をちょっと入った奥にはエイコちゃんという同学年の女の子がいた。私は体育が苦手で、鉄棒は逆上がりがついに出来なかったし、跳び箱は向こう側に跳べたことがなかったほどだったから、男の子らしい乱暴な遊びよりも、女の子と遊ぶ方が楽しいところがあった。エイコちゃんとはよくままごと遊びやおはじきなどをした。

いつのころであったか、まだ六年生か、あるいは高等小学校に入ってからか、皆で遊んでいたとき、何かのことでふざけてエイコちゃんのものを私が取り上げたことがあった。返して、とエイコちゃんが言い、いやだ、と言って、私がそれを高くかかげたら、背のあまり高くないエイコちゃんが思いっきり腕を伸ばした。その時、思いがけなく脇の下に黒いものがちらっと見えた。自分はまだ全然なのに、もう！　と私はどきどきした。父が亡くなり、母の仕事の都合で間もなくわが家は引っ越してしまうのだが、その後、エイコちゃんは病気になり、若くして亡くなったと風の便りに聞いた。

空襲

太平洋戦争が激しくなり、日本の敗色が次第に濃くなった昭和十九年、わが家は北多摩郡昭和町というところに引っ越した。陸軍の飛行場があった立川の隣町で、現在の昭島市である。私は十三歳になっていた。転校ということをはじめて経験したが、東京っ子、といって皆にいじめられた。小岩は東京といっても東のはずれにあり、北多摩とそう大きな違いはないのだが、郡部の人たちからすれば区部はどこも皆ずっと都会に見えるらしかった。同じ東京の人なのに、都心に出ることを「東京に行く」と地元の人たちは言った。

授業らしい授業は次第になくなって、人手の少なくなった農家へ手伝いに行ったり、近くにあった陸軍航空工廠《こうしょう》に勤労動員されるようになった。ひっきりなしに空襲警報が鳴り響くようにもなっていた。昭和二十年三月十日の夜は特に大変だった。Ｂ29独特の飛行音がいつまでもひびき、東の空が真っ赤だった。かなりやられている、と大人たちは言い、私も防空ずきんをかぶったまま一緒になって見つめていたが、その空襲で東京は焦土と化した。

母の知人もそれ以来ぷっつりと連絡が絶えた。最もひどく被害を受けたあたりに住んでいたから、きっとあの晩亡くなったに違いない、と母は言っていたが、焦土と化しただけでなく、たくさんの人びとが命を落とした。しかし小岩は奇跡的に焼け残った。すぐそばまで焼け野原になったのに、延焼を免れた。戦後、復興に手間取った地区が多い中で、無傷だった小岩はいち早く賑わいを取り戻したという話を聞いた。

戦後の混乱期は日々の生活に追われ、職を得てからは仕事に夢中で、私はあまりうしろをふり返ることなく、ただひたすら前ばかり見て歩いていたような気がする。小岩時代を忘れていたわけではなかったが、一度も訪ねたことがなかった。

小岩、再び

数年前、両国の江戸東京博物館に行った際、ふと思いついて、せっかくここまで来たのだから、小岩まで足を伸ばしてみようか、と思った。京都育ちの妻はもちろん小岩を知らないので、即座に賛成した。頭の中に地図はあった。まず大通りを通って小学校まで行き、そこから昔の自宅があったところまで歩いて、帰りは駅まで裏道を通ってみよう。

駅そのものは当然ながらすっかり変わっていた。改札を出たらすぐのところに栃錦の土俵入り姿の銅像があって、驚いた。栃錦が小岩の出身で、しかも下小岩小学校の先輩にあたるとは知らなかった。栃錦はもちろん戦後の横綱である。われわれの子供時代は双葉山全盛の時代だった。ほかに玉錦とか男女ノ川とか、あるいは羽黒山とかいう横綱がいて、テレビなどはまだなかったから、ラジオの前で手に汗を握りながら夢中になって聞いていた。

出羽が嶽という相撲取りもいた。大変な巨漢力士で、人気があった。関脇あたりまで昇ったらしいが、私が相撲に興味を持ったころはもう落ち目で、十両から幕下、最後は三段目あたりまで落ちて、まだ相撲を取っていた。のっそりと立ち上がって、敏捷に動き回る相手に手を焼いているような相撲ぶりを、確か映画館のニュースか何かで見た記憶がある。なぜその出羽が嶽を思い出したかというと、彼が小岩に住んでいたからである。街の中を歩きまわるのに特製の三輪車に乗っていた。それはそれは大きな三輪車だった。出羽が嶽文治郎という名前だったので、われわれはブンちゃんブンちゃんと言って、三輪車のあとについてまわった。

駅を出ると、まわりの建物は変わっていたが、大通りはそのままだった。まっすぐ行って左折すると小学校の横に出るはずだったが、ふと思い出して、その手前を右折してみた。病弱だった私がよく母に連れられて通った医院があるはずだった。果たして医院はあったが、歯科医院に変わっていた。息子さんか、いや、お孫さんの代になっているのかもしれなかった。

小学校は昔のところにそのままあった。ただ、木造二階建てだったのが鉄筋三階建てになっていた。正門の位置も記憶よりは左寄りになっていた。昔は正門を入るとすぐ右手に奉安殿があり、必ず帽子を取って最敬礼をしてから教室に向かったものだった。奉安殿とは、天皇、皇后のお写真（御真影といった）と教育勅語とを納めた建物である。そのほか校庭には二宮金次郎の銅像もあったはずだが、それらはいずれもなくなっていた。

断りもなしに門の中に入るのはためらわれたので、塀の外から眺めただけだったが、校舎の上の方に、「祝　開校80周年」という横断幕が掲げられていた。そうか、今年が八十周年だったのか、そうとすると私が入学したのは開校してまだ数年しか経っていなかったということになる、と思った。非常に新しい学校だったのだ。尋常小学校から途中で国民学校に変わり、戦後また小学校に戻った。時代に翻弄されたのはどこも同じであろうけれど、母校は健気に生き残っていた。門の前にあった文房具屋は名称が変わっていて、自動販売機を中心とした、小さな雑貨屋ふうの店になっていた。ガラス戸越しに中を覗いてみたら、申し訳程度に、ノートや鉛筆などが置いてあった。

わが家のあったところはそこから数分のところにある。家並みはすっかり変わっていた。すぐそばにどぶ川があったのだが、りっぱな道路になっていて、自動車がひっきりなしに通っていた。まず、わが家のあったところを確認し、その上で、ここがシンちゃんの家、ここがヒデカズちゃんの家、などと見てまわった。すべて建物も表札も違っていた。ブリキ屋さんのあとだけは姓が同じだったから、建物がマンション風にはなっていたけれど、お子さんかお孫さんでも住んでいるのであろう。ちょっと離れたところに千葉街道という大きな道路があった。自動車がたくさん通っていて危ないから、ひとりで行ってはいけないよ、と小さいころよく言われていたが、行ってみたら意外に近かった。もっともっとずっと距離があるように思っていた。

うろうろと歩きまわっていたら、けげんそうな顔をして通りかかった人がいたので、実は、といい、以前、といってももう七〇年近くも前になるのですが、ここに住んでいた者なのです、と名乗って、この近くに住んでいらっしゃる方ですか、と聞いたところ、戦後しばらく経って住みついたとかで、いろいろと親切に教えてくれた。どぶ川はかなり早く暗渠になって、その上を道路にしたこと、今はもう雨が降っても水浸しにはならないこと、昔から住んでいる人もいるにはいるが、随分変わってしまったこと、などなど。近くにモリノハラという原っぱがあって、そこでラジオ体操などをした記憶があるのですが、と聞いてみたけれど、さあ、そんな原っぱはありませんねえ、とのことだった。戦後、空き地はあっという間につぶされ、家が建てられてしまったのだろう。

帰りは裏道を通って駅まで出たが、記憶どおりの道が辿れた。小学校時代を過ごした土地は、七〇年近く経っても身に染みついている感じだった。おそらくこれでもう小岩に来ることはないだろう。シンちゃんやヒデカズちゃんはどうしているだろうか。もし元気でいるなら会ってみたい気もするが、思い残すことは特になくなった。

駅で、栃錦の像に別れを告げ、電車に乗った。

恩師

小学校から大学まで実にたくさんの先生にめぐり会った。担任としてさまざまな面でお世話になった方もいらっしゃれば、授業だけの方もいらっしゃる。人間的に本当に尊敬できて、心から恩師とお呼びしたい方もいらっしゃるし、ああいう先生にだけはなりたくないという方も、残念ながらいらっしゃらないわけではない。

大学でお教えを受けた先生がその後の自分の専門に最も深くかかわっているわけだから、つながりの面から言えば関係が深いのは当然だが、専門以外で、そのお人柄に惹かれて、生涯の師と仰いだ方ももちろんいらっしゃる。師範学校の予科時代の担任は私の最も苦手とする体育の先生だったが、卒業以来ずっとおつきあい願い、何かにつけてご報告にもうかがった。

また、授業などで直接お教えを受けたわけではなく、学会や研究会などを通してお話をうかがい、時にはご指導を受けて、勝手に、というか、ひそかにわが恩師と思い申し上げている方もいらっしゃる。さまざまな恩師の中で、小学校時代にお教えを受けた一人の先生のことについてここでは述べたい。

山崎千次郎先生

東京都江戸川区小岩にある、下小岩尋常小学校。私の母校だが、その四年時に、担任が変わった。山崎千次郎という先生だった。すでにある程度経験を積んでおられる感じだったが、「とてもこわい先生だってよ」とか、「どちらかというと偏屈な先生だって話よ」とか、姉が聞き込んできた評判は必ずしも芳しいものではなかった。

私は病弱で、学校生活に元気よく飛び込んでいくようなタイプの子ではなかったから、そんな評判だけでももう怖じ気づいたが、あとから考えてみると、小学校六年間のうち、自分の持っている多少でもよいところを、何とか認めようとしてくださったおそらく唯一の先生だったような気がする。

とにかくいじいじした子だった。はっきりと大きな声でものが言えない。休み時間でも大抵独り、教室やグランドの隅でぽつんとしている。運動は苦手で、鉄棒はぶらさがったまま、跳び箱は自分の体が箱の向こう側に行ったことがなかった。一年生の初めての運動会の時、途中にマットが敷いてあって、そこででんぐり返しをしてまた駆けていくという一種の障害物競争があったのだが、私だけがどうしても出来なくて、這い這いに変わったことがあった。

そんな私でも、本を読んだり、物事を考えたりすることはあまり苦にならなかった。というよりもむしろ好きだった。近所の家に遊びに行って、一緒にいた子供たちは皆外に出ていってしまったあとも、一人残り、その家にある本を夢中になって読みふけっているようなところがあった。

山崎先生は、確かにこわい面もあったけれど、そうしたそれぞれの生徒の長所はちゃんと認めてくださっていたような気がする。通信簿に記された評価も決して悪いものではなかった。ところが五年生になって、担任が変わったら一変した。新しい担任は、師範学校を出たばかりの、若い、軍国主義調の先生だったから、徹底的に嫌われ、いじめられた。お辞儀の仕方が悪い、返事の声が小さい、なにやかやと、いつもいつも大きな声で怒鳴られ、一層萎縮した。

いろいろなことがあって、母も悩んだのであろう。その年の十一月に父が結核で亡くなっていたので、頼りになるのは多少でも息子のことを認めてくださった山崎先生だけ、と思ったのかどうか、先生のお宅に相談にうかがったらしい。実はその時山崎先生は学校をやめていらっしゃったのである。くわしいことはわからないが、校長先生と意見があわなくて、というのがもっぱらの噂であった。長野県のご出身。当時の小学校の先生には珍しく、早稲田の国文科を出られた方であったが、どういう事情があるにしろ、職をなげうってしまうというのは穏やかではない。そういうところにも、あるいは「偏屈」というような評判の立つ原因めいたものがあったのかもしれない。

お子さんはいず、いかにも面倒見のよさそうな、気さくな奥さまと二人暮らしだった。何も出来ないけれど、遊びによこしたらどうですか、とおっしゃったとかで、時どきうかがうようになった。こちらは内気な子で、積極的に喋ろうとするわけでもなく、先生も内職の手仕事をしながら学校のことなどを聞いてくださるだけで、うかがったからといって格別どうということはなかった。何が楽しくてああやって来るのだろうと、時どきご夫妻の間で話題になったとあとでうかがったが、改めてそう聞かれても、自分でもよくわからない。ただ、先生のお宅には書棚があり、藤村全集をはじめいろいろな本が収まっていたので、それらをお借りしては読んでお返しするというスタイルがだんだん定着していった。

太平洋戦争

振り返ってみれば、私の小学校五年の年、昭和十六年という年は大変な年だった。長い闘病生活の末に父が結核で死に、埋葬のために福島県の父の郷里に行っていてアメリカに対する宣戦布告をラジオで聞いた。山崎先生のお宅にうかがうようになったのはそのあとのことである。ほぼ一年間ほどそんな生活がつづいたであろうか。突然先生が引っ越しをされることになった。愛知県の豊川というところにある女学校に先生の口が見つかったのである。いつまでも内職だけに頼る生活は無理だったから、もちろん先生にとってはよかったのだろうが、私はつらかった。

先生がいらっしゃらなくなり、私は尋常小学校を卒業して高等小学校に通いはじめていたが、夏休みになって、遊びに来ないかという連絡が先生からあった。わが家も経済的に大変だったと思うが、母がいろいろ工面して送り出してくれた。

知らない土地への旅は、特にひとり旅ははじめてである。戦時中のこととてリュックサックにお米を入れ、東海道線で豊橋まで行き、そこから飯田線に乗り換えるのだが、豊橋に迎えに来てくださっているはずの先生の姿が見えない。やむを得ず飯田線で豊川まで行き、番地を書いたメモを手にうろうろしていたら、親切な人が声を掛けてくださった。見慣れない子供が大きなリュックを背中にして不安そうな顔をしていたので気になったのであろう。たまたまその方が先生と同じ学校の先生で、さっきご夫妻で豊橋まで迎えに行ったわよ、ということになり、お二人がお帰りになるまでその先生のお宅にお邪魔することになった。

本当は東海道線より飯田線の方が早く着いて、先生が私を迎えてくださることになっていたのが、たまたま事故のために遅くなり、私が先生を探してうろうろしたために行き違いになったのだった。お帰りになった時は暗くなっていたが、本当にご心配をおかけしてしまった。

その一週間は実に楽しかった。戦争中であることを忘れるほどであった。今まではお宅にうかがってももちろん泊まることはなかったし、まるで親子のような生活をさせてくださった。近所の子供たちも遊びに誘ってくれ、危ない川遊びをしたりして先生に叱られたりもした。

その後、戦争はますます激しくなり、状況も厳しくなって、やがて昭和二十年八月十五日を迎えることになる。

戦後

敗戦と、それに伴う混乱はここであらためて述べるまでもないが、先生のことでいえば、また、女学校をおやめになった。この戦争を遂行することがお国のためと信じ、生徒たちにもそう教え、勤労動員などにも積極的にかかわってきたのに、すべてが間違っていたとなった時、どういう顔をして教壇に立ったらいいかわからない、というのが先生の理屈であった。昨日まで言っていたこととまったく違うことを平気で説いたりする人が多かった中で、みごとというよりほかはないが、そこがまたいかにも先生らしいところなのであろう。

長野の親戚の家からそうした事情を書いた手紙をくださり、今後手紙をくれる時はこの住所に、とあったきり、音信不通になった。何度その親戚の住所宛に手紙を書いても返事はなかった。心配だったがどうにもならなかった。こちらも自分たちの生活でいっぱいいっぱいだった。

それがいつごろだったろう。突然、先生からお手紙があった。山の開墾地に入植していたというのである。しかし失敗し、山を下りた。久しぶりに親戚の家で私の手紙の束を見、返事をくださったというわけである。また教職に復帰する、ともあった。

長野県南佐久郡北相木村というところの新制中学校で、再び先生は教鞭をとっていらっしゃった。私はすでに大学生になっていたが、無理をしてお訪ねをした。記憶がおぼろになっているけれど、確か小海線の小海で降り、長いことバスに揺られて山の中に入って行ったように思う。山の斜面の途中にバス道路があり、その上も下も段々畑になっていた。学校の校舎だけがやけに新しくきれいだったのが印象的であった。

結婚されて何年もご夫妻はお子さんに恵まれなかったが、開墾地で男の赤ちゃんが生まれていた。開墾地での生活をうかがっても、決して多くを語ろうとはなさらなかった。ただ、「刀折れ、矢尽き」とだけおっしゃった。決して頑健ではない、どちらかというと小柄な先生には、もともと過酷な開墾生活は無理だったのであろう。お子さんを育てるためにも山を下りざるを得なかったのかもしれない。

北相木村の中学校で何年か過ごされた後、小諸に移られた。千曲川の近くの田んぼのなかに一軒ぽつんと家を建てられ、そこがついの棲家だとおっしゃっていた。無事に定年までつとめあげられれば、あちこち合算してぎりぎり年金もつくし、あとは家のまわりの僅かな畑を耕しながら生活すれば、何とかやっていけるだろうということであった。定年をむしろ待ち望むふうでもあった。

退職後は文字どおり晴耕雨読、穏やかな晩年であった。私もそのころは教員になっていて、時には泊まりがけでうかがい、教育界の現状などをお話ししたが、先生はもっぱら聞き役であった。内に秘めた激しいものは相変わらずお持ちだったようだが、あまり外に表すことはなかった。

若いころに少しなさっていたらしい俳句を、定年後本格的に再開なさっていた。荻原井泉水の「層雲」に属され、俳号を農夫朗と名乗って、自由律俳句であった。

拗ね者といわれ我が道を歩き通す
やっと素直に泣ける年寄りになった
小春日、二人で少し畑して二人でお茶にする
その日のためにもう捨てるものはないか
すべてよしと言える終りを迎えたい

作品に残された先生の最晩年の心境である。先生と奥さまは実に楽しそうに普段からご自分たちの死について語り合っておられた。

先生が亡くなった折、死者は生きている者を煩わしてはいけないと生前からお考えになって

おられたとかで、家族だけで荼毘に付しましたと奥さまから連絡があった。いかにも先生らしいとその時も思ったが、私は先生のご意志に反し、ご焼香にうかがった。

数年後、奥さまも亡くなった。本当に仲のよいご夫婦だった。気さくで、かわいらしいえくぼが印象的な方だったが、奥さまは、先生のことをいつも「お父さん」と呼び、「どんな時でも私はお父さんについていく」とおっしゃっていた。その奥さまが一度だけ先生と違った行動をとられた時があった。「お父さんはいやがるのだけれど、死んだ時、大学の医学部に献体しようと思うの」とにこやかにおっしゃって、さっさとご自分で手続きをとられた。

後日談

私が大学の教員になって何年か経った後のことである。卒業生の一人が郷里の長野県の採用試験に合格し、何と南佐久郡北相木村の小学校に赴任したのである。非常に優秀な女子学生だったが、はじめて赴任した学校の様子を挨拶状に書いてよこしたのでそのことを知った。長野県にどれほど学校の数があるか知らないが、私はあまりの偶然に驚いた。

そこで、私は早速長い長い手紙を書いた。小学校時代からお世話になった恩師がいて、戦中、戦後の混乱の中で苦労され、山を下りて最初の学校が北相木だったこと、私もそこに尋ねて行ったことがあること、きっと今の生徒の父兄などがそのころの生徒だったに違いないから、折があったら山崎千次郎先生という方を知らないか、と聞いてほしいこと、などを書いた。

狭い村のことだし、わりに簡単に話を聞く機会はあったらしい。ところが、ああ、ちょっと変わった先生ね、という程度の反応しかなかったらしく、教え子は、私の手紙との落差にとまどったようであった。そうかもしれない。一般的にはやはりちょっと変わった先生だったのかもしれない。私にとっては大事な、本当にかけがいのない先生だったけれども、世間的に見ればやはり変わっていたのかもしれない。でも、とも思う。それでもいいのではないか。私にとっては真実かけがいのない先生だったのだし、客観的にはどうであれ、それだけでも十分なのではないか。

私も長いこと教員生活を送ってきて、私のことをかけがえのない恩師だと思ってくれるような教え子が一人でもいるだろうかと考えてみると、何とも心もとない思いがするのである。

家庭菜園

「ウソでしょう!」とそこにいた女性たちが一斉に声をあげた。ある研究会で、雑談の折、何かの話からわが家で穫れた大根の話になった時である。ふだん、古い書物や、古い文学作品にしか興味を示さず、しかも重箱の隅を突っつくような細かなことばかりしているヤワな男に、とても畑仕事なんて出来るはずがないと思いこんでいるようであった。とんでもない、小松菜やほうれん草はもちろん、トマトだってキュウリだって茄子だって、最近はヤーコンだって、少しずつだけれど何でも作っているのだと言ってもなかなか信じてくれない。次の機会には泥つきの大根を持って行って見せることになった。

勤労奉仕

病気で早く亡くなった父はごく普通のサラリーマンだった。農業にはまったく縁がない。福島の畳屋の長男に生まれたが、体力もなく、とても畳職人には向いていなかったのであろう、次男であった叔父があとを継いで、父は東京に出て来ていた。東京での生活は狭い借家住まいだった。形ばかりの庭はあったけれども、本当に小さなもので、日当たりも悪かった。多少なりとも土との縁が生じたのは太平洋戦争がはじまってからのことである。

父が亡くなり、一家は引っ越しをした。母が職を求め、立川にあった陸軍航空工廠《こうしょう》の寮母の仕事にありついたのである。それまで住んでいたところは江戸川区といって、東京の東のはずれにあったが、一応、区部である。寮は立川の隣り、今の昭島市にあった。当時はまだまだ農村であった。もちろん学校も移った。戦争が激しくなるにつれて授業はだんだん出来なくなり、われわれも二学期になると陸軍航空工廠に動員され、飛行機造りの一端を担わされることになるのだが、それまではもっぱら近くの農家へ手伝いにかり出された。十三歳ごろのことである。草むしりなどは特に技術を必要としないし、私は黙々と仕事をしたからむしろ農家の人から褒められたりしたが、農具を使う仕事となると、弱った。まったく経験がなく、もともと地元育ちの同級生に全然かなわないのである。

体つきもきゃしゃであった。鍬などもうまく使えない。最も恥ずかしい思いをしたのは麦打ちである。確か「くるり」という道具だったかと思うが、竹竿の先に回転する短い棒を取り付けてまわし、筵の上に広げた麦をぱたんぱたんと叩いて脱穀するのである。それがうまくまわらない。同級生たちは実に器用に、慣れた手つきで文字どおりくるりくるりとまわし、打ちつける。私は長い竹竿を持て余し、棒はいたずらに自分の頭や背中を叩くだけで、筵の上になかなか水平に落ちてくれない。「東京っ子」「東京っ子」と言って笑われ、囃され、いじめの材料とされた。

食糧不足

戦争が終わると、飢餓の時代がやってきた。ちょうど食べ盛りだったし、配給だけではもちろん足りず、いつもお腹をすかせていた。陸軍は解散して母は失職していたから、当然ながら経済的にも苦しく、闇米になど手を出せる状況にはなかった。寮はなくなっていたので、近くに部屋を借り、一家四人が身を寄せ合って生活をしていた。お金の工面は母が近所の娘さんたちに和裁を教えたり、仕立て直しをしたりして、何とかやりくりをしていた。たまたま解体された寮の跡がしばらく空き地のまま放置されていた。誰かに許可を得たわけでもなく、もと、そこに住んでいたという理由だけで、勝手に、その空き地を母と二人で耕しはじめた。

母と二人といっても、私が率先し、あるいは積極的に協力して、畑仕事に乗り出したわけではない。農作業には嫌な思い出しかなかったから、出来ることなら避けたかった。しかし食糧不足に悩んだ母が、少しでも子どもらの空腹の足しになればとはじめたことだったし、私も渋々、手伝わざるを得なかった。母もまったく経験がなかった。すべては見よう見まねである。知り合いの農家から苗などを分けてもらい、いろいろと教えてもらいながら、慣れぬ手つきで鍬を握った。寮の跡地だったからかなりの広さがあった。さつま芋をはじめいろいろなものを作った。後には建物の基礎の部分が残っていたので、それを利用し、内側に水を張り、稲を植えたら見事に実って、農家の人たちを驚かせたりした。

最も嫌だったのは肥料を施す時だった。当時は、「汚穢（おわい）」とか、「肥やし」とかいったが、要するにもっぱら糞尿を用いた。強烈な、何とも言えない匂いだった。今だったら当然社会問題になるところだろう。しかしそのころのトイレはどの家も汲み取り式で、ひと月に一度は強烈な匂いに悩まされていたから、仕方のないものと周辺の人たちも皆あきらめているところがあった。それにしてもはた迷惑なことだったに違いない。この仕事だけはいつも私の役目で、母の手を煩わせることはなかったが、どんなに注意しても汚物が衣服にはつくし、匂いと汚さと周辺への気兼ねとで、いつもいつも泣きたい思いだった。

世の中が少しずつ落ち着き、寮の跡地にも公団住宅が建つことになって、わが家の臨時無断耕作地はその役割りを終えた。多少淋しくないこともなかったが、どんなにほっとしたことか。もう二度と畑を耕すことはないだろうと思った。

庭

大学を卒業し、教員として都立高校を二つ経験した私は、運よく大学に職を得て、その年ようやく遅い結婚をした。家は国分寺に建てた。実は土地だけは極めて早い時期に買ってあったのである。私の母はどこか無鉄砲なところがあって、私が就職し、生活が安定しかけたらすぐに借金をして土地を買う算段をした。借金は毎月の給料で返していけばいい、というのである。そんな無茶な、と抵抗した時にはすでに遅かった。息子の希望も満足に聞かずに手を打っていた。坪五千円だった。当時の私の初任給が確か一万八百円だったから、一か月分の給料で二坪買えたことになる。今の初任給ではおそらく半坪も買えないだろう。母の無鉄砲さにはただただ脱帽である。

お陰で多少庭のある家に住むことが出来た。子どもが生まれ、小さなうちはその庭を芝生にしていたが、ある時ふと、この庭の隅っこを耕してみようか、という気になった。なぜそういう気持ちになったのかは自分でもよくわからない。食べるものがなくて必死になってやる農作業はつらかったけれど、純粋に作物を育てる楽しみはまた別かもしれないと思ったのだろうか。

はじめはほんの僅か、一坪程度を耕してみた。土が固くてスコップがなかなか通らなかった。体もヤワになっていたし、息を切らしながらの重労働となった。まるで開墾地の作業のようだと思った。まず、簡単なものをと思ってほうれん草や小松菜を播いてみたが、さっぱりだった。土地が痩せていて酸性だったのであろう。ホームセンターに行って石灰や肥料類を買ってきた。それからはしばしばホームセンター通いをすることになる。たった一坪の小さな畑との格闘である。もちろん勤めをしながらその合間にするのだから、日曜日とかゴールデンウイークとかしか時間はとれない。それも疲れが残らないように午前中だけである。小さな畑だからそれでも十分だったのだが、〆切りの原稿があったり仕事が忙しかったりすると植え付けなどに時機を失してしまうことがあった。片手間の仕事だから仕方がないと割り切った。

小さな芽が一斉に出てくるとうれしかった。トマトや茄子やキュウリの苗も二、三本ずつ買ってきて、チマチマと植えた。僅かでも収穫があると、やはりわが家のものはみずみずしくておいしいと独り悦に入った。作物を育てることがこんなにも楽しいものかと思った。勤務先の大学でもやはりそんな学生グループがあり、農家から畑を借りて耕していた。社会学科の学生たちだったが、グループの名を「ソーシャル菜園ス」と名づけて、いかにも楽しそうだった。

市民農園

完全に職を退いてから、庭の畑を少しずつ広げた。その分芝生の部分が減ってきたわけだが、すでに子どもたちもいなくなっていたし、妻もあまり文句を言わなかった。広げたといっても全体で四、五坪程度のものだから、チマチマ農法に変わりはないのだが、わが農園の最大の欠陥は日当たりの悪さだった。庭のまわりには梅だの楓だのが植えてあって、夏になると覆いかぶさるようになる。戦後の混乱期のつらさも忘れ、思いっきり日の当たる場所で作物を育ててみたいと思うようになったのはわれながら不思議だった。

ちょうどそんなころ、市報に、農家の人が指導をしながら農地を貸すという記事が出ていて、多少ためらったが申し込んでみた。毎週水曜日の午前中二、三時間、一応それぞれの区画はあるのだが、農家の人があらかじめ種や苗を用意してくれていて、共同で作業をするのである。若い人も少しはいたが、時間帯が時間帯だったから多くは年金生活者だった。私もその頃はすでに七十代の半ばになっていて、参加者の中では最もトシヨリの部類に属していたけれど、素人ばかりの中にまじると鍬の扱い方などは誰にも負けなかった。昔取った杵柄とはよく言ったものだと思った。晩酌の習慣もない、たばこも生まれてから一度も吸ったことがない、競馬や競輪はもちろん、絵、俳句、楽器など、高級なものも含めて、およそ趣味らしい趣味をまったく持たなかったつまらない人間が、唯一、仕事以外に見いだした楽しみとなった。

この市民農園への参加は三年ほどつづいたが、頸動脈狭窄という診断で手術をし、しばらくは入院、加療をせざるを得ないということになって、退会した。病後はしばらく休んだが、体力が回復するにつれ、また少しずつ、以前のように、わが家の庭だけで再開した。もっとも年齢的な問題もあり、体力の衰えは明らかで、僅かな畑でも十分過ぎるものになった。

素人

市民農園時代は、指導者もいたし、時期が来ると、さすがに多くの収穫があり、処理に困るほどだった。近所にも配ったりしたが、ただ喜んでくださるだけだったらこちらもうれしいのだが、すぐにお返しなどと気を遣う人がいて、それも憚られた。わが家の庭の収穫は、それに較べ、きちんとした量の保証がない。非常に出来がいい年と、まるでだめな年と、差が大きいのである。農薬は一切使わないから、うっかりすると虫のために全滅することさえある。朝起きたら、青い菜の部分が葉脈だけになっていて、泣きたい思いをすることがある。悔しくて、そのまわりの土の中を丹念に掘って探すと、夜盗虫がぽろりと見つかったりする。白菜の頭がお椀状にむしばまれていることがあった。虫にしては被害が大きすぎると思ったら、次の日、数羽のムクドリがせっせとついばんでいた。「トリさんたちも生きるのに必死なのよ」などと、草むしりなどを一度も手伝ってくれたことのない妻は、暢気なことを言う。

肥料はもちろん以前のように人糞を使ったりはしない。家で作る堆肥と、ホームセンターで買ってくる石灰やら混合肥料やらが中心で、すっかりさま変わりである。堆肥は家の庭や近くの神社の落葉を掻き集めてきて作る。米糠と混ぜ合わせ、一年間寝かせておくのだが、そのほかにも台所の生ゴミや草むしりの際の草を利用する。後者は大きなコンポを二個用意し、交互に使う。ただし生ゴミはやはり匂いがあり、虫も湧く。しかも単に腐らせるだけだから、本当に肥料として効き目があり、作物の生育に役立っているのかどうかは定かでない。ゴミの減量にだけは確実に協力していることになろうか。多少なりとも堆肥の効果かと思われるのは、土が柔らかくなってきたことである。はじめのうちはカチンカチンでスコップもなかなか通らなかったのが、今では非常に楽になった。白茶けていた色も、畑の土らしくずっと黒くなった。土地の改良が進んでいる証拠だろうとは思う。耕すのに苦労がなくなった。

しかし、作物を育てるということはやはり大変である。経済効果の面からいったらあるいは持ち出しかもしれないと思う。肥料やら苗やらで結構費用もかかるし、労力もかなり使う。それに見合うだけの収穫が十分に得られているかどうかとなると疑問である。やっとわが家で収穫できるころにはスーパーなどで滅法安くもなっている。趣味というものはお金がかかるものだと割り切ってしまえば、そんな経済効果なんて問題にはならないだろう。本職の農家だったら生活がかかっているから深刻だろうが、そこは素人の気安さで、ただ、楽しめばいい。

それにしても作物を育てるということは何とむずかしいことか。連作障害とやらを避けるために毎年植付け記録をつけたりし、狭い畑を工夫して使ってもいる。しかしなかなかうまくいかない。手をかけたら手をかけただけ、作物は正直にそれに応えてくれるという人もいるが、とんでもない、同じように手をかけたつもりでも私の場合はいつも結果が違う。子育てや教育とまったく同じだ、などと思うのは、やはり長年かかわってきた職業のせいであろうか。

私の戦後

暑い日だった。私は当時十四歳。陸軍航空工廠《こうしょう》技能者養成所の第5期生。もともとは東京の立川飛行場に隣接していた陸軍航空工廠の付属機関として設立された養成所だったが、戦局の逼迫《ひっぱく》とともに埼玉の児玉というところに疎開していた。身分は陸軍三等軍属。三月に国民学校高等科を修了し、四月に入所したばかりだった。

はじめて親元を離れ、しかもすべて軍隊式の生活。疎開先は二つの小学校だったが、班ごとに分かれて宿泊していた。教室の板の間に毛布二枚で寝袋状のものをつくり、蓑虫のようにもぐり込んで寝起きする毎日だった。朝は点呼ではじまり、昼はやすりのかけ方や製図の基本などを学び、夜はまた点呼で終わる。少しでももたもたすると容赦なくビンタが飛んだ。

そんなある日、正午に重大放送があるので本部のある小学校に全員集合するようにという命令が下った。暑く、乾いてぱさぱさとした道を、隊列を組んで向かった。カーキ色の制服にカーキ色の帽子、もちろんゲートルもきゃしゃな脚にしっかりと巻いていた。

校庭には朝礼台の上に古いラジオが置いてあり、その前に全員が並ばされ、気をつけの姿勢で玉音放送なるものを聞いた。ラジオが古く、ピーピーガーという雑音が入り、音声もくぐもっているように聞こえ、何を言っているのかさっぱりわからなかった、もっとも言葉づかいそのものがむずかしかったから、たとえはっきり聞こえても、内容をきちんと理解することが出来たかどうかは疑問である。放送が終わり、何が何だかわからないまま、また、隊列を組んで、埃っぽい田舎の道を黙々と帰った。指導教官もそこにはいたはずだが、何もおっしゃらなかったところをみると、やはりラジオからの音声を十分に聞き取れなかったのかもしれない。

無条件降伏

宿舎に帰り、しばらく経ってから、戦争に負けたらしい、という情報が入ってきた。とても信じられなかった。日本は神国であり、負けるはずはないと徹底的に叩きこまれていたからでもある。完全な軍国少年だった。日清、日露の戦争はすでに歴史的事項になっていたが、支那事変、太平洋戦争とつづく戦いは、はじめのうち、非常に順調だった。そのうち旗色が悪くなり、あちこちが占領され、空襲が日常化してきても、最後は絶対に勝つ、と思い込んでいた。本土決戦、一億玉砕などという言葉もあった。たとえどんな状況になっても、降伏だけは絶対にあり得ない、と信じ切っていた。

天皇陛下による重大放送があると聞いた時も、いよいよ本土決戦なので、その際の覚悟のようなものをおっしゃるのではないか、などと話し合っていたほどだから、負けたと聞いても、皆、まさかと思った。明日の新聞にどう出るか、それで確認できるだろう、などと話し合ったが、イタリアやドイツの時のように、「無条件降伏」などと出るのだろうか、というようなことも話題になった。いや、今までの報道を見ると、全滅でも「玉砕」、退却でも「転戦」と言ってきたのだから、絶対に「降伏」という言葉は使わないだろうと、私は理屈を言った。果たしてその通りになったのでよく覚えているのだが、翌日の新聞には、「降伏」でもなく「敗戦」でもなく、「終戦」という、当時としてはまことに耳慣れない言葉が使われていたのが印象的だった。

しばらくは騒然とした時が過ぎた。われわれの宿舎の近くに同じように宿泊していた兵隊のひとりが、訓練用のプロペラ機に乗って飛び立ち、真っ逆さまに道路に突っ込んで自爆したのを目撃したりもした。軍は解体され、われわれ一同は身のまわりのものをリュックに詰め、それぞれの自宅に帰っていった。たった四か月ちょっとの共同生活で、しかも非常に厳しい規律のもとでの毎日だったが、いざ別れるとなるとつらかった。絶対に負けるはずがない戦争に負けたという虚脱感と、これから先どういう生活が待っているかという不安感とで、よく言われるような、戦争が終わってホッとした、というような気分にはとてもなれなかった。

進駐軍

一応母が寮母をしていた寮に戻ったが、当然ながら寮生はやはりもう誰もいず、寮はがらんとしていた。母も残務整理が終わったら退去しなければならない身になっていたので、いろいろとつてを辿り、近くの農家から部屋と物置とを借りて、移り住んだ。物置は台所として使った。それからがわが家の本格的な戦後であった。まず、収入の道を考えなくてはならない。たまたま母がむかし和裁を習っていたので、近所の娘さんたちに教えたり、仕立て直しを引き受けたりなどして急場を凌いだ。もののない時代だったので少しずつだが仕事はあった。食料は絶対的に不足していた。以前にも書いた、寮の跡地を耕していろいろ作物を栽培し、補うようになったのはもう少し後のことだが、ちょうど食べ盛りのころだったのでひもじさには参った。

そのうちアメリカ兵が立川の飛行場を接収し、進駐してきた。街の中をジープで姿を見せるようになると、はじめのうちはこわごわと建物の陰から見ていた。何しろ「鬼畜米英」である。何をされるかわからないと思った。チョコレートをねだるなどという発想は私にはまったくなかった。ところが進駐してきてしばらく経ったら、町内会を通じて、立川の基地内で雑役をする人を求めている、ここからも何人か出さなくてはならないのだが、行ってくれないか、という話があった。まだ新しい仕事もせずにぶらぶらしていたので、多少ためらいもあったが、承諾した。

基地内はまだ雑然としていた。おそらく旧陸軍の兵舎跡か何かを接収し、そのまま使いはじめたのだろうが、終戦時の混乱を十分に整理しかねている感じだった。建物内外の掃除や補修など、仕事はいくらでもあった。ただ思いがけないことは、当時としてはペイが非常によかったことである。終戦直後のわが家の経済にとって、それは大きな恵みであった。

アメリカ兵たちも皆気さくで、決して「鬼畜」などではなかった。兵役に就く前は学校の先生だったという黒人兵は特にやさしく、親切だった。はじめのうちは通訳を通して仕事を指示されたが、しばらくすると通訳なしでも指示がわかるようになった。慣れというのは不思議なものである。こちらもまたブロークンながらある程度意志を伝えることが出来るようになっていた。あのままずっと働いていたら、あるいは後に英語で苦労するようなことはなかったのかもしれないが、だんだん基地内が整備されてくるにつれ、仕事がなくなってきて、ある日突然、明日から来なくていい、とクビを言いわたされた。それでも三か月間ほどは働いたであろうか。私にとっては実にいい経験だったが、そのあとがまた困った。恒久的に働ける口がなかなか見つからなかったからである。

受験

私の人生の中で、そのあとの数か月間は、大袈裟ではなく、最もつらい、最も苦しい時期だったように思う。年が改まっていた。肉体的につらいと思った時期や、経済的に苦しいと感じた時期はほかにもあるが、あの一時期だけは、本当に苦しかった。将来に向かって何の希望も見いだせない、絶望的な時期だったからでもある。若い人間にとって、これは堪えがたいことで、自暴自棄に陥っても少しもおかしくはない状態だったのではないかと今にして思う。辛うじて踏みとどまり、悪の道に走ったり、不良仲間に入ったりしなかったのは、生まれつき臆病だったからだろう。

私を筆頭に、妹と、まだ小学生だった弟と、三人の子を抱えて母は奮闘していた。何の当てもなく日を送っている私を見て、やはり気がかりだったのだろう、以前にも書いたが、師範学校でも受験してみたらどうかとすすめた。師範学校なら授業料も要らないそうだし、給費制度もある。私もその気になって、高等科修了時に担任だった先生のところに行き、書類を作成してもらい、願書を提出し、受けた。しかし、落ちた。

考えてみれば当然だった。最終学年では工場動員のためにほとんど授業らしい授業がなく、養成所に入ってからは、通常の教科とはまったく無縁だった。また最近三か月ほどは、進駐軍基地の雑役夫だったのである。勉強もしないで受験に通るはずはなかった。すみません、不合格でした、と担任だった先生のもとに報告に行った際、職員室で忙しそうに立ち働く若い先生方の姿を見た。静かに、しかし、皆さんてきぱきとしていた。こういう職場で働きたかったと、はじめて、痛切に思った。

以前より一層つらい毎日が待っていた。精神的にも落ち込んでいた。何とかしなければならない。でも、何ともならない。職業紹介所というものが出来たと聞いて行ってみた。後の職業安定所のような組織的なものではなく、民間のものだったが、適当な仕事がなかったというだけではなく、十四、五歳の少年が職を求めているということで、家庭事情から経済状態まで、根掘り葉掘り聞かれて、非常に惨めな思いをした。重い足取りで家まで帰ったことを今でも鮮明に思い出す。

六月に入ってからだったろうか。突然、師範学校から通知が届いた。池袋にあった校舎は空襲で焼け、入試は他の建物を借りて行われたのだが、その後、校舎のめどがなかなか立たなかったらしいのである。やっと小金井にある旧陸軍の施設が使えるようになり、実はまだ新学期が始まっていないのだが、定員に空きが出来た、もし希望するのだったら、補欠入学を許可するがどうか、という内容だった。

まったく思いがけないことだった。戦後の混乱期だからこそ起こり得た僥倖《ぎょうこう》ではあろうけれど、本当に救われた思いがした。あの一片の通知が、その後の私の人生を大きく変えたことはまず間違いないからである。その後学制改革があり、アルバイトをつづけながらではあるが、育英資金のおかげもあって、大学まで進むことが出来た。

戦後七十年

戦後七十周年という節目の年にあたっては、新聞やテレビなどがいろいろと特集を組んでいたが、あれからもう七十年も経ったのかという感慨もある一方で、よくぞあの時点で降伏という決断をしてくれたものだという思いも強くしている。戦争を知らない戦後生まれの人たちにはなかなか理解しにくいであろうが、これぞ正義の戦いと信じ、あるいは信じ込まされた身には、降伏という選択肢はほとんど絶望的にとりにくいものだったのである。軍部にとっては責任とかメンツの問題もあったろう。当時の陸軍大臣阿南惟幾は、終戦の日の朝、自決までしている。

われわれが子供のころ、日本は常に戦争をしていた。戦争というものはいつもしていなくてはいけないものだと思い込んでいた。平和という言葉は知っていたけれど、現実の平和は知らなかった。中国やアメリカと戦争をしていて、これが終わったら次はどことするのだろう、などと子供同士で本気になって話し合っていた時代を、今の若い人たちは想像できるだろうか。日本全土が完全に焦土と化し、多くの人命が失われる前で本当によかったと思う。いや、今にして思えば、広島や長崎に原子爆弾が落とされる前に決断すればもっとよかったし、さらにいえば、劣勢はすでに明らかになっていたのだから、沖縄やサイパンがひどい目にあう前に決断すればもっとよかったはずなのだ。でも、それは結果論だろう。どの時代でも勇ましい意見は通りやすく、勇ましくない意見は通りにくいものである。ましてや降伏というような決断は非常にしにくい。ぎりぎりのところだったが、よくぞあの時点で決断したものだと、むしろ高く評価すべきなのだろう。本当を言えば、戦争をしないという決断をこそまずすべきだったのだと思うけれど。

人びとは焦土の中から立ち上がって、懸命に働き、日本は奇跡といわれる復興をなし遂げた。朝鮮半島やベトナムや中東などではその後も戦争が起こり、今もつづいているところがあるが、日本は七十年間も、完璧に平和を守り抜いた。私個人のことでいえば、平和のおかげで、古典文学の研究などという不要不急のことで生涯を送る幸せも得た。

ところが最近また雲行きが怪しくなってきている。この七十年間の平和は、多くの犠牲の上に獲得した、非常に貴重なものであるということを忘れているかのように、「積極的平和主義」などという勇ましいことをまたぞろ言い出してきている。「戦後七十年」が、いつのまにか「戦前……」にならないことを、ただ願うばかりである。

近代医学

夕食を済ませて立ち上がろうとしたら、右足に力が入らない。おかしい、と思ってまた椅子に戻り、数分経ったら何ともなくなった。二か月に一度、狭心症で病院に通っているので、そんなことを主治医に話したら、症状というのはその時すぐ診ないとわからない、今度起こったらすぐに診てもらうように、とのことであった。

二度目もやはり食事のあとだった。今度は三十分ほど脱力感が消えなかった。すぐに病院に連絡したら、「脳神経外科」というところにまわされた。脳梗塞の疑いがあったらしく、CTスキャンを撮り、後日結果を聞きに行ったら、特に異常はないという。ただ、最近は別なところも調べるのですよね、と若い医者は言い、念のため、と言いながら、エコーの検査にまわしてくれた。首の部分に潤滑油のようなものを塗って、女性技師が何やら器具を押しつけてくる。コンピュータからは血液の流れる音らしいものが聞こえてきて、不思議な感じがする。また、一週間ほど経って結果を聞きに行ったら、「うーん、ちょっと詰まっているかなあ」とつとめて明るい調子で医者は言い、そのあと、「今日はご家族の方は見えてませんよね」と言った。

頸動脈狭窄症

脳の血管に詰まっているところがなくとも、頸の血管に詰まりがあると、その箇所が部分的にはがれて脳に飛び、ある日突然、梗塞を起こしたりすることがあるのだという。私の場合はすぐに消えてしまったけれど、やはり一時的には梗塞を起こした可能性が大きい。左で梗塞を起こすと右が麻痺し、右で梗塞を起こすと左が麻痺するそうだが、私の場合は左の頸動脈が詰まっている。右足に力が入らなかったのはそのためだろうともいうのである。もう少しくわしく調べてみましょうと、今度は頸部についてのCTスキャン検査をし、その結果を聞きに来る時は、ぜひご家族の方もご一緒に、と言われて帰った。

脳神経外科の待合室はいつも混んでいる。指定された日も散々待って、予約時間よりも大幅に遅れ、心配する妻と診察室に入って行ったら、すでにパソコンの画面にはCTの結果が映し出されていて、やはり手術をしたほうがいいですよ、と告げられる。

手術の方法は聞くだけでも怖ろしいものだった。まず全身に麻酔をかけ、首の部分にメスを入れる。詰まっている箇所の動脈を取り出して、前後をピンセットのようなもので押さえ、血液の流れをとめる。その上で動脈を割き、血管の中を掃除して、再びしまう。そんなこと出来るんですか、と思わず聞いてしまった。第一、血液の流れをとめたらそれだけでもう梗塞を起こしたのと同じじゃあないですか。

医学には、これまで随分お世話になってきたし、恩恵も蒙ってきた。そのすばらしさは十分に味わってきているけれど、そんな無茶なこともするのか、という思いが強かった。その病院ではすでに同じ手術を三〇〇件近くもこなし、うまくいかなくて再手術をしたのは二例だけ。脳への血液も三十分以内ならとめても大丈夫。前後の作業があるので手術に要する時間はかなりになるけれど、血管内の手当てそのものは三十分以内に済ませればいいのです、との説明だった。

インフォームド・コンセントなるものを受け、手術に同意する、という書類に妻とともに署名捺印し、手術の順番を待つ二か月の間は長かった。頸動脈の切開手術なんて想像するだけでも怖ろしかった。実際には何も手がつけられなかったけれど、身辺整理もしておかなくてはいけないかな、と思ったりした。

手術はまったく知らないうちに終わった。病室を出る時に手術着に着替えてストレッチャーに乗せられ、麻酔が効きやすいようにと鎮静剤を打たれたのだが、それで眠ってしまい、手術室に入ったのも知らなかった。目が覚めたら翌朝だった。集中治療室で看護師さんが、「久保木さん、朝の八時ですよ。いろいろクダがついているのであまり体を動かさないでください」と言った。点滴やら何やらで体中がクダだらけだった。麻酔から自然に醒めたのかと思ったら、そうではなく、今は醒ますのだそうである。自分では気がつかなかったが、手術が終わった時にも一度麻酔を醒まして声をかけ、手足が無事に動くかどうかを確かめた上でまた眠らせる。朝八時に改めて起こし、いくつかの検査をして、特に問題がなかったら集中治療室から引き上げる。

さすがに首に力が入らない。自力で起き上がることはもちろん、寝返りを打つことも出来ない。集中治療室から戻ったと、わざわざ病院は自宅に電話を入れてくれたそうで、妻や、昨日から駆けつけてきてくれていた息子たちが顔を出してくれる。お粥だったが、朝食がきちんと出てきたのには驚いた。確かに首が固定されているだけで内臓に異常はないのだから、普通に食事がとれても当然なのかもしれないが、上を向いたままスプーンで食べさせてもらった。夕方にはそろりと起こしてもらい、ゆっくりと歩いてトイレにも行けた。退院直後は首筋に鮮やかな傷跡が残り、季節でもないのにマフラーをしないと街も歩けなかったが、それもすっかり消えた。手術前に感じた怖ろしさも、敢えて思い出せばよみがえらないこともないが、四、五年も経てば次第に薄れてくる。

結核

幼いころから腺病質だと言われてきた。きゃしゃで、いかにも弱々しかった。今だったら虚弱体質というところであろうが、病気にはよくかかった。小学校二年の時には赤痢になって隔離され、五年の時には肋膜炎で長期欠席を余儀なくされた。外遊びよりは家の中で本を読んでいる方が好きだった。体育は大の苦手だった。

われわれの小学校時代には皆勤賞とか精勤賞とかがあって、終業式などで表彰されたけれども、もちろんほとんど縁がなかった。長ずるに及んで、しかしあまり病気はしなくなった。すぐにリンパ腺を腫らしたり、熱を出したりということはなくなった。大学の入学前後には急に背も伸びて、身長だけは同世代でも高いほうになった。色はもともと黒かったから、一見して健康そうには見えるが、やはりもろいところは残った。

三十代の初め、二つ目の勤務先である都立九段高校に移って間もなく、結核にかかった。九段高校では夏休みに一年生全員を海に連れて行く。朝の点呼からはじまって、午前と午後には基本的な水泳の訓練、夜は講話。高い崖の上からの肝試し的な飛び込み、最終日には遠泳まであって、男子は赤ふんどしという、昔ながらの合宿である。若かったから、二週連続で引率を命ぜられ、真っ黒になって帰ってきたら、女子山岳部の女性顧問から、やはり若い男の先生が必要と口説かれて、山行に駆り出された。山の経験はほとんどなかったが、テントや食料をかついで中央アルプスの駒ヶ岳に登った。まだロープウエイなどはなかったので、麓からすべて歩いた。意外に無理が効くではないかと秘かに満足していたら、秋の検診でひっかかった。父も姉も結核で死んでいる。肺病といわれ、当時、最も死亡率の高い病気だった。

まだ結婚もしていなかったし、これで自分の将来はどうなるだろうと、目の前が真っ暗になった。たまたま同じ時期に結核の宣告を受けた他の教員がいて、年配でもあり、開放性ということもあって、即刻休職になったが、私の場合は開放性でなかったことと、二人も一度に休まれたら困るということで、勤務をつづけながらの治療となった。幸い勤務校の近くに警察病院があり、そこの内科医長が校医でもあったので、授業の空き時間を利用して診察が受けられるようとりはからってくれた。ストレプトマイシンとかヒドラジットとか、新薬が登場して効果を発揮しはじめていた時期であった。

一年ほど、服薬と注射とをつづけて、ほとんど完璧に治った。その後、健康診断などでは必ず胸部レントゲン写真の撮影があったけれど、こちらから言い出さない限り、結核の既往症を指摘されたことが一度もなかった。父や姉ももう少しがんばっていれば死ななくて済んだのに、と改めて思った。医学の進歩に感謝し、いろいろと便宜をはかってくれた校医の先生にも感謝した。

ちなみに、その時の校医が実にすばらしい方だった。小野田敏郎先生といい、もと軍医だったそうだが、もの言いがはっきりしていて、心から信頼でき、人間的にも実に魅力的な方だった。ずっと後のことになるが、フィリピンのルバング島から一人の軍人が帰国した。小野田寛郎少尉といい、その毅然とした態度が評判になったが、私の尊敬する小野田先生の弟さんと知った時、あの方の弟さんなら、と大いに納得したことだった。九段高校をやめてからも、小野田先生とは年賀状のやりとりだけはずっとつづけていた。警察病院から他の病院に移られ、院長となり、そこも退職されてからは、悠々自適の生活を送っておられたようであるが、何年か前に亡くなられた。奥さまも病臥中とかで、弟の寛郎氏から丁重なご挨拶状をいただいた。

狭心症

五十代に入って、坂道などを自転車で走る時、何とはなしに、肩のあたりが押さえられるような、不快感を覚えるようになった。息もすぐ切れる。トシとともに仕方がないのだろうと思っていたら、かかりつけの医者から、もしかしたら狭心症の症状かもしれないと教えられた。

病院に行って、普通の心電図、負荷心電図、二十四時間計測するホルター心電図など、いろいろと検査をして、ほぼ間違いないとなったが、より厳密な検査をするためには、最近はカテーテル検査というのがあるんですよ、とすすめられた。

カテーテルという細い管を血管の中に通して、心臓まで持って行き、造影剤を流して血液の流れ具合を見る。直接目で確かめるわけだから、外側から判断する心電図などとは全然精密度が違う、というのである。あとからものの本で調べたら、アメリカではじまってまだ何年も経っていない検査だったらしく、当日は担当医のまわりに白衣を着た医師達が何人も取り囲んで見学をし、ものものしい雰囲気だった。

検査そのものは大して苦痛もなく終わった。部分麻酔だからこちらの意識もはっきりしていて、足の付け根からカテーテルを入れ、モニター画面を見ながら血管の中を巧みに操って心臓まで持って行く、その様子を診察台の上から私も医師たちと一緒になって眺めていた。ところがそのあとがつらかった。カテーテルを通すために血管に穴を開ける。普通の血液検査の場合だったら注射針の穴が小さいから五分も押さえていれば血が止まるが、カテーテルの穴は大きい。医者が二、三十分も押さえて一応の止血をし、その上で大きな絆創膏を貼ってがんじがらめに局部を押さえ込む。もし血が吹き出たら大変なんだと脅かされて、ベッドに足を括り付けられ、二十四時間、絶対に動いてはいけないと言い渡される。寝返りを打てないことがこんなにも苦しいものかとはじめて知った。結果は、冠状動脈の一部が九〇％詰まっていて、いつ心筋梗塞を起こしても不思議はない状態だと告げられる。完全な狭心症である。重いものはなるべく持たない方がいい、ストレスも溜めない方がいい、などと言われる。しばらくの間は〆切りのある原稿を一切断ったりした。

数年の間はそのままおずおずと過ごしていたが、やはりきちんと手当てをした方がいいでしょう、と医者に言われ、バルーンという方法をすすめられる。カテーテルを用いるのは検査の時と同じだが、先端に小さな風船をつけて運び、局部でふくらませ、詰まっているところを拡げるのだという。成功するのは六割、四割はすぐに戻ってしまう。不幸にしてその四割に入ったらもう一度やりなおす。そうしたらそのうちの六割は成功する。またまた残りの四割に入ったら、再度同じことを繰り返す……。現在ではその拡げたところにステントというのを置いてくるのでもとに戻りにくく、成功率はずっと高くなっているそうだが、私の時はまだそんな状態だった。幸いにして一度で成功した。ただし術後の安静時間は一層長く、苦痛の度合いは検査の折とは比較にならないほどだった。二度も三度も繰り返されてはとても叶わないと思った。

九〇%詰まっている時の血液の流れはどういう状態だったか、恐らく患者が気にするからであろう、見せてはくれなかったが、成功したあと、術前、術後という形で見せてくれた。冠状動脈の真上で造影剤を流すと、確かに一か所、急に細くなっているところがあり、極端に流れが悪くなる。それが術後は、すっと、ほとばしるように流れていった。

多病息災

「無病息災」という言葉がある。病気もせず、健康そのものであることをいうが、持病の一つぐらいあった方が健康な人より体を大切にし、かえっていいということから、「一病息災」という言葉もある。私の場合は「多病息災」である。いろいろな部門のお医者さんたちが、それぞれの立場から、いろいろと気をつけてくださっている。

昔の教え子たちに会ったりすると、先生はいつもお元気ですね、とよく言われる。そうではない、たまたま元気な時に君たちと会っているのだ、と私は言う。確かに幼い頃に較べると丈夫になっているとは思う。風邪を引くとか、わけもなく熱を出すとか、日常的な小さな病気にはかからなくなっていた。

今は大分お年を召されたが、近所の女医さんは非常にやさしい先生で、子供たちが小さい頃随分お世話になり、その後も親しくおつきあいさせていただいてはいるが、私自身は最近あまり面倒をおかけしなくなっている。だから病気といえば、私の場合大きなものばかりである。結核の時はかなりのショックを受けたが、狭心症の時はいよいよ来たか、という感じだった。ただし母がまだ存命中で、戦中戦後を女手一つで苦労して子供三人を育ててくれたこの人をおいて、先に死ぬわけには絶対にいかないと思った。

頸動脈の手術の時は、今の医学は何という無茶なことをするのだろう、という驚きが先に立った。医学の進歩はまことにめざましいものがある。私の専門とする国文学でも少しずつ深まってはいるが、スピードがまるで違う。カテーテル検査ひとつをとってもそうである。最初の経験から三十年ほど経つが、その後の状況調べやバルーン治療などで、私は心臓だけでも十数回、頸動脈手術の際にも三回ほど受けているが、非常にラクになった。器具や技術も向上したのである。若い医師がいとも簡単にやってのける。午前中に検査を受ければ夕方には歩いてトイレに行けるようにもなった。日常茶飯事の検査になったのである。

いずれにしても近代医学の最先端の治療を受けて、今の元気な私がいる。昔だったらもう何度も死んでいるはずなのに、まだ一度も死んでいないと、先日も教え子たちの集まりで冗談を言ったが、医学の進歩にはまさに驚くべきものがある。

私にとっては近代医学さまさまである。

手術　―あとがきに代えて―

息切れがますます激しくなった。ものの四、五分も歩くと立ち止まっては深呼吸をする始末。定期的に通っている病院で二十四時間身につける心電図で検査をしたところ、主治医が驚くほどの結果が出た。すぐにカテーテルで調べてみましょう、ということになった。

三十年来の狭心症でカテーテルによる検査や治療はもう十数回もやっている。初期のカテーテルに較べれば最近は非常にラクになっているが、それでも細い血管にクダを通すという検査である。血圧を計るのとはわけが違う。何度やってもいやだ。出来ることなら避けたい。私が渋っていると、それでもこのまま放っておくわけにはいかないでしょう、と医者が言った。

検査の結果は最悪だった。今まで治療したところは無事だったが、今度は血管がつまっているのではなく、心臓と大動脈とを結ぶ弁がいかれていて、人工の弁に取り換える必要があるということだった。さらにＭＲＩとかＣＴスキャンとかいろいろな検査を受けて、これまでかかっていた循環器内科から心臓血管外科というところへまわされた。

インフォームドコンセント

話を聞けば聞くほど大変な手術であることがわかってきた。まず胸を切り開く。肋骨を支えている胸骨というのを縦に割いて、大動脈を取り出し、心臓との境にある弁を切って、新しい人工の弁と取り換える。その過程ではさまざまな障害の起こることが予想されるが、実際にはやってみないとわからないことが多い。もちろんその度に適切な処置をする。簡単に言ってしまえばそういうことになるのだが、インフォームドコンセントといって、具体的に予想される障害についての丁寧な説明がある。

正直を言うと、手術を受けるかどうかについては随分迷った。このトシでそんな怖ろしい手術を受けてどんな意味があるだろう。たとえ成功してもあと何年も生きられるわけではない。息切れがつらかったら家で静かに本を読んだり原稿を書いたりしていればいいではないか。

一方ではこうも考えた。いや、やはり一年でも二年でも生きている間は元気なほうがいい。たとえ手術に失敗してもこのトシまで生きられたのだから十分だろう、もっと積極的に考えるべきだ。

人工の弁には二種類あるという説明もあった。チタンなどで作られたいわゆる機械弁と、牛や豚などの心臓を利用した生体弁とである。前者は耐久性にすぐれてはいるが、日常的に特別な薬を飲みつづけなければいけないという欠点がある。それに対し後者は、ごく自然な形で体にはなじむけれども、十年か二十年しか持たない。私の場合は後者を使う、という話だった。それでは十年か二十年経ったらまた手術をするようになるのですか、と私は思わず聞きそうになって、慌ててやめた。今年八十六歳なのに、そんなに生きられるわけがないではないか。そう気がついたからである。我ながらおかしかった。

結局受けることにしたのだが、意外に悲壮感はなかった。若いころ結核を宣告された時はこれからの人生を思って目の前が真っ暗になったものだったが、やはり年齢がそうした気持ちを払拭したのであろう。医者のくわしい説明を聞いた上で、妻ともども捺印をした。

集中治療室

緊急性がそれほどないと思われたのか、手術を受けると決めてから三か月ほど待たされ、やっと順番が回ってきた。手術の一週間前に入院し、改めてＭＲＩやら心電図やらいろいろな検査を受け、術後の肺炎予防のためとかで痰の出し方などの訓練をする。三日前からは点滴も始まり、前日には膝から上、首から下の体毛をすべて剃るように命じられる。清潔さを保つためという。臍の穴までオリーブ油のついた綿棒で掃除をさせられた。夕食と当日の朝食は抜き、しかも下剤までかけられた。

当日は十二時に手術開始。十一時には妻や子供たちもやってきて、家族全員に見送られながらストレッチャーに乗せられ、手術室に入る。すぐに麻酔がかけられ、あとはまったくわからなくなった。予定では五、六時間という話だったが、動脈硬化が進んでいて慎重にやったとかで、終わったのは七時を過ぎていたという。集中治療室に運び込まれたのを見届け、執刀医の説明を聞いた上で家族は帰って行ったとのこと。

翌朝、うっすらと目が覚めた。口の中には太い人工呼吸器が押し込まれ、鼻の穴や両腕、胸などから何本もクダがぶらさがっている。それらをうっかり抜かないように、両手はベッドに括られている。麻酔薬がまだ完全に抜け切れていないのか、やたらと眠い。午後、妻たちが来てくれたのを何とはなしに憶えている。

三日目、人工呼吸器がはずされ、非常にラクになった。喋れるようにもなった。体中クダだらけなのは相変わらずだが、看護師に体を支えられながら、ベッドの上に体を起こす訓練をはじめる。リハビリ開始だそうである。自分の体なのにこんなにも自由にならないのかと驚く。

夜、眠れなくなるから昼間寝てはダメですよと医師に言われるのだが、両手をベッドに括られ、体を動かすことも出来ず、何もせずに仰向けなっていると、どうしても眠くなる。そうすると当然のことながら夜眠れない。難行苦行の夜がやってくる。

点滴だけで食事が摂れないのは我慢できるが、水も飲んでいけないのはつらい。口の中がからからになる。夜中に看護師に訴えると、親切な人はうがいをさせてくれたり、水を含んだ脱脂綿で口の中を拭いてくれたりするのだが、我慢しなくてはダメですよ、などととりあってくれない人もいる。

へんな夢を見る。そこにいない人の声が聞こえたりする。一種の幻聴であろうか。術後、一時的に認知症のような症状を起こす人がいるそうである。看護師が交替する度に、お名前は、今日は何月何日ですか。今どこにいるのですか、などと聞かれる。おそらく認知症テストなのだろう。

脈拍が弱いので機械で調整しているが、このままつづいたらペースメーカーを埋め込む手術を別にしなくてはならないかもしれない、と告げられる。さらに一週間ほど入院期間が延びるという。弁の置換手術は外科の仕事だが、カテーテルやペースメーカーは内科の役割りだそうで、内科の医師がしばしば様子を見に来るようになった。現状でもつらい思いをしているのに、さらにまた手術かとうんざりしたが、こればかりはどうしようもない。よろしくとお願いする。

ペースメーカー埋め込みの日、微熱が出た。医師たちは何やら相談していたが、大事をとって延期しますという。術後まだ日が経っていなかったし、体力も回復していない。おそらくそうしたことを考慮したのだろう。偶然だが、それが幸いした。二、三日様子を見ているうちに脈拍が回復したのである。もっとも医師たちは悩んだらしい。これが本物ならいいが、たまたま今だけというのは怖い。ペースメーカーを入れないで退院し、日常の生活に戻ってから急に脈拍が弱くなったら困る。やはり今手術をしておくべきなのではないのか。

結局、さらに様子を見ようということになり、安定を確かめた上で手術はしなかったのだが、しなくて済み、本当によかった。それでも集中治療室には八日間も留め置かれた。早ければ二、三日、通常四、五日というのに長期滞在だった。つらい、苦しい、過酷な八日間だった。

退院

もとの病棟に戻った時には自分で歩いてトイレぐらいは行けるようになっていた。クダも一本ずつ取れ、その度に負担が軽くなったように感じられてうれしかった。リハビリも専門家がついて、簡単な体操をしたり、ゆっくりゆっくりだが院内の廊下を歩き、少しずつ距離を伸ばしていった。病棟に戻ってからは比較的順調で、術後三週間ほどで退院となった。

ただ、あまり例はないらしいが、味覚障害が起こったのには閉口した。何を食べてもおいしくない。口の中全体に苦みやら渋みやらの膜が覆っている感じで、すべてが同じ味になる。医者が薬を変えたり、特別な薬を加えたりしてくれたが、効果はなかった。

教え子がアロマセラピーでなおった人がいますよと、小さな瓶に入ったオイルと、ペンダント風のものとを送ってくれた。その方面のことに私は疎いからわからないが、おそらく高価なものなのだろう。匂いを嗅いで味がわかるようになるなんて、と半信半疑だったが、気持ちがうれしかったので、オイルをしみ込ませたペンダントを常時首からぶらさげていた。はじめ二、三か月はまったく変化は感じられなかったけれど、アロマが効いたのか、それとも単に時が解決したのかはわからないが、少しずつ少しずつ味がわかるようになった。

夕方、涼しくなってから近くの公園までの散歩もはじめた。杖をつきながら、ゆっくりゆっくり歩いた。やがて保護者つきだが、電車に乗っての外出も可能になった。

エッセイ集

病院から戻ってきたら、研究会などで一緒に勉強している後輩や教え子たちが、私のエッセイ集を出版したいので了解してほしいと言ってきた。入院する直前まで毎月連載していたエッセイを、この際まとめたらどうかという。すでに引き受けてくれる出版社とも話し合っていて、あとは六十篇近くある文章の中から、適当なものを選べばいいだけですという。今から準備すればちょうど米寿のお祝いに間に合います、とも言った。

一般の人向けに書いた身辺雑記を含むつまらない文章を、また改めてまとめなおしてみたところで仕方がないのではないか、とも思ったが、ほとんどが教員をしている教え子たちは、自分たちが教室で授業をする際に使える話もあったりするので、まったく意味のないことではない、と言い張った。それぞれに案を持ち寄り、どの文章をどういう形で入れたらよいかという検討まではじめていて、それはそれは熱心だった。

出版は普段から注釈書などでお世話になっている青簡舎の大貫さんが引き受けてくださっていた。表紙の図案やカットは絵をやっている長男と長女にあらかじめ要請もしてあった。本当に諸事万端整っていたのである。ただただ頭が下がる思いがする。

また、この拙いエッセイを書くにあたっては、昔からの友人である神戸大学名誉教授の寺島敦氏からの誘いがきっかけだった。氏は地震学者で、今でも同じ雑誌に「なまずのひとりごと」という卓抜なエッセイを書きつづけている。教え子たちへの感謝の気持ちとともに、氏にもお礼の言葉を申し述べなければならないだろう。

何はともあれ、手術が無事に成功し、エッセイ集が遺稿集にならなくて本当によかった。関係する方々に改めて心からお礼を申し述べる次第である。

平成二十九年十二月

久保木　哲夫

久保木　哲夫（くぼき　てつお）
昭和6年2月　東京に生まれる
昭和29年3月　東京教育大学文学部国語国文学科卒業
都立国立高校、都立九段高校教諭を経て、都留文科大学教授
平成8年～平成14年　都留文科大学学長

主な編著書

『四条宮下野集　本文及び総索引』（昭45　笠間書院）
『平安時代私家集の研究』（昭60　笠間書院）
『完訳日本の古典　無名草子』（昭62　小学館）
『伊勢大輔集注釈』（平4　貴重本刊行会）
『康資王母集注釈』（共著　平9　貴重本刊行会）
『新編日本古典文学全集　無名草子』（平11　小学館）
『肥後集全注釈』（共著　平18　新典社）
『折の文学　平安和歌文学論』（平18　笠間書院）
『古筆と和歌』（編著　平20　笠間書院）
『出羽弁集新注』（平22　青簡舎）
『うたと文献学』（平25　笠間書院）
『範永集新注』（共著　平28　青簡舎）

かへり見すれば

二〇一八年二月二七日　初版第一刷発行

著　者　久保木哲夫
発行者　大貫祥子
発行所　株式会社青簡舎
〒一〇一-〇〇五一
東京都千代田区神田神保町二-一四
電　話　〇三-五二一三-四八八一
振　替　〇〇一七〇-九-四六五四五二
装　幀　水橋真奈美
イラスト　久保木健夫
　　　　　久保木京子
印刷・製本　株式会社太平印刷社

ISBN978-4-909181-07-7 C1095